北岳·中国文学年选

（丛书主编：续小强　王朝军）

《名作欣赏》杂志鼎力推荐

权威遴选　深度点评

中国最好年选

卢翎 ◎ 主编

2019年 小小说选粹

Selected Mininovels

山西出版传媒集团

北岳文艺出版社

·太原·

图书在版编目(CIP)数据

2019年小小说选粹 / 卢翎主编. —太原:北岳文艺出版社, 2020.1

(2019·北岳·中国文学年选 / 续小强,王朝军主编)

ISBN 978-7-5378-6087-1

Ⅰ.①2… Ⅱ.①卢… Ⅲ.①小小说-小说集-中国-当代 Ⅳ.①I247.82

中国版本图书馆CIP数据核字(2019)第294548号

书名:2019年小小说选粹	策　　划:王朝军	责任编辑:高海霞
主编:卢　翎	项目统筹:赵　婷	书籍设计:张永文
	高海霞	印装监制:郭　勇

出版发行　山西出版传媒集团·北岳文艺出版社
地　　址　山西省太原市并州南路57号
邮　　编　030012
电　　话　0351-5628696(发行部)
　　　　　0351-5628688(总编室)
传　　真　0351-5628680
网　　址　http://www.bywy.com
E-mail　bywycbs@163.com
经 销 商　新华书店
印刷装订　山西人民印刷有限责任公司

开　　本　787mm×1092mm　1/16
字　　数　353千字
印　　张　23
版　　次　2020年1月第1版
印　　次　2020年1月山西第1次印刷
书　　号　ISBN 978-7-5378-6087-1
定　　价　59.80元

“看起来似曾相识，其实是你创造的”

——2019年小小说随想

翻阅2019年的文学期刊，给我留下深刻印象的是一批系列小小说（短章）作品，如：莫言的《一斗阁笔记》、《一斗阁笔记》（二），大解的《众神之乡》，石舒清的《凌伯讲的故事》《九案》，李浩的《五个飞翔的故事》《六个飞翔的故事》《十二个飞翔手故事》，余烈的《盘古岭》，赵大河的《羔羊及其他》，班宇的《隐鸣》，水鬼的《食色两相》，谢志强的《艾城奇人异事》，非鱼《河上有风》，刘立勤的《扶贫笔记》，高杉的《长征的那些事》，郭君峰《永不消逝的魂灵》，陈峰的《岁时贴》，王平的《关于时间的元小说》，王向威的《可能之书》，何君华的《并不是世界名著》等等。它们出现在不同的文学期刊中，且形态各异，被称为笔记小说、短篇小说、中篇小说、先锋文本、探索文本、越界文本等等。

早在20世纪90年代，小小说领域就有作者开始尝试创作系列小小说，如孙方友、凌鼎年等，他们的系列小小说作品往往是人物或地域为中心，将若干小故事连缀起来，却缺乏一种整体性的建构。21世纪以来，滕刚《个人履历》等作品的出现，则标志小小说作者以系列小小说的形式建构一个独立完整丰富艺术世界尝试的开始。2005年出版的《尴尬风流》将这种尝试与探索推向宽广的空间，作品甫经问世，便争议丛生。王蒙说，把它算作长篇小说也行，算作小小说亦可，他是作为系列小小说写的；出版时，出版方认为此书可算作是一种别致的长篇小说体；有研究者认为，它是“新笔记体小说”……认识上存在的歧义，恰恰说明作品在文体实验上的价值。

文体分类使小说、散文、诗歌、戏剧之间有了严格的区分与边界，但是文学（小说）创作何曾将严守文体的界限视作责任，无数文体探索实践已然昭示逾越与跨界的可能性与合理性。系列小小说的尝试与探索，或许还存在着一些问题，也可能继续饱受争议，但是，在颠覆与重构中，它所开启的新方式，拓展了小小说的可能性。

之于2019年的这些有了五花八门名称的系列小小说作品，我所看重的是那些质地坚实、独立而闪亮片段，以及由它们所构成的世界的完整性，它们之于小小说发展中所可能发生的影响。

2019年4月末，申平的《苏东坡小小说译评》研讨会在广东惠州召开，与会者的研讨由《苏东坡小小说译评》延伸了当下小小说创作如何面对世界文学资源与中国叙事文学传统的问题上。我对这一话题感触颇深。其实，我亦曾在探讨冯骥才《俗世奇人》特点的文章中，涉及了这一话题。《俗世奇人》的独创性，今天看来仍不乏启示性意义。所以，我想从冯骥才的《俗世奇人》谈起。

早在20世纪80年代后期，颇受争议的“怪世奇谈”三部曲（《神鞭》《三寸金莲》《阴阳八卦》）完成后，冯骥才曾经花费了几年的时间思考如何在艺术上有所创造，“为了这一步，我在这一类小说的文本、语言、文字、方法和审美上琢磨了好几年。在当时文坛的多数作家都竞相掉进‘宗法洋人’的泥淖时，我依然想从唐宋传奇、笔记小说到《聊斋志异》这条古道上再往下走几步。我不相信古人把路走尽了，我想在这苍老的泥土中开几朵自己的矢车菊”。（冯骥才：《漩涡里》）他不想步人后尘，他要寻找或者说创造一种属于他的“文本方式”（也可以理解为一种叙事方式）。1994年冯骥才在《收获》上推出《市井人物》（七篇），这便是日后《俗世奇人》最初的七篇作品，也是冯骥才“成功地运用古典”所创造的“文本方式”的“成果”。

诚然，《俗世奇人》“成功地运用古典”，笔记元素、传奇风骨等都可以看到他学习中国古典小说创作手法的痕迹，但是仅看到这一个方面，是不足以充分解释《俗世奇人》的创造性，一个不可忽视的事实是，《俗世奇人》并非单纯地回归传统，而是基于“对老手法有了新感觉”，并赋予它“一种创造性的因素”。这种创造性的因素，在某种意义上说包含着文学现代化的因素，而这一现代化的因素是离不世界文学这个大背景的，也离不开中西文学、文化乃至文明的碰撞。在冯骥才的自述《冯骥才记述文化五十年》中，我们可以看，他喜欢俄罗斯文学，在“文革”动荡的岁月里，他阅读了大量欧洲18世纪、19世纪的文学作品，在20世纪80年代现代主义文学大潮中，他埋头读书，“从《麦田守望者》到《二十二条军规》，从意识流到拉美文学爆炸，略萨、博尔赫斯，马尔克斯、魔幻现实主义再到日本的川端康成等等”。这一切无疑都成了他小说创作的资源。他能够将“市井传奇、民间的段子、《聊斋》和《西游记》荒诞的笔法、博尔赫斯和马尔克斯的魔幻、武侠小说和章回小说的招数”，信手拈来，“创造一种方式”，“放得下对这个时代的感知与思考”，这是“一种宽泛、自由、包容性很大的形式”，“把荒诞、写实、哲理、象征、古典小说的白描，乃至通俗小说的写法全糅合在一起”的《俗世奇人》的方式。

自20世纪80年代的叙事革命以降，小说写作就成为一种形式的建构、话语的创造。“只有建构起了自己的叙事方式的作家，才称得上是一个有创造性的作家。”（谢有顺：《中国当代小说的叙事前景》）冯骥才说，“别人用过的手法都是死的，你给它生命，它就有了生命力。除去作品的内容要给它全新的生命外，还要看你对这老手法是否有了新感觉，是否能给它一种创造性的因素。成功地运用古典——看起来似曾相识，其实是你创造的。”（冯骥才、周立民：《对话录》）或许，这种创造性正是《俗世奇人》的启示性意义所在。

2019年小小说在这一方向上所呈现的可贵姿态，无论是对文学传统的创造性继承，还是寻求自我突破不断求索等方面，皆有收获，令人有理由相信小小说的力量。

莫言的《一斗阁笔记》共十二则，每篇皆几百字，从生产队的牛，到民间传说中人神相恋的故事，从我少年时代采摘棉花时尴尬事，到20世纪90年代，离乡之人对故土的依恋，等等，逸闻异事摇笔记之。对于莫言而言，这些短章不同于他的那鸿篇巨制的汪洋恣肆纵横捭阖，它们短小、精悍、内敛、含蓄，叙事语言文白夹杂。它是写实的，又是魔幻的，是乡土的，也是现代的，有案头文学的色彩，却舍弃其实录的原则，以虚构为灵魂。如《真牛》中那头“身材魁梧，面貌清纯”的牛，被赋予了倔强孤傲的性格，当它开口讲出“伙计，不该说的莫说，拜托了呵”之语时，道出了特殊岁月里一种无尽的悲苦与无奈。

《一斗阁笔记》中，莫言以他特有的方式，传达出一位现代知识分子于世道人心的洞见。如果把《一斗阁笔记》纳入莫言自2017年以来陆续发表小说《故乡人事》《左镰》《等待摩西》《天下太平》，剧本《高粱酒》《锦衣》和诗歌《高速公路上的外星人》《雨中漫步的猛虎》《七星曜我》等这一序列进行考察，不难发现，这是一种新的探索与尝试，在获得了诺奖之后，在沉寂的几年之后，于汪洋恣肆的鸿篇巨制外，向着一种更为自由、更为率性、更为凝练同时也是更为莫言化的方式的探索。

虽同来源于民间传说，大解的《众神之乡》（本选本仅选了其中篇幅较短的《秘密》《北极星》两篇）不同于莫言《一斗阁笔记》的奇崛斑斓，是大解以天马行空般的想象创造的神话，我们所熟悉的有关太行山传说，在大解的笔端被重新赋予了生命，“太行山是众神之乡”，人神和谐相处，欢愉而自由。它是小说，也是散文，是诗人献给太行山的歌。

对于出生于20世纪80年代末的水鬼来说，这些神妖鬼怪的故事，乡间种种奇、传说，是最为真切的童年记忆，在一篇创作谈中，他写道：“我老家在湘西，记得五六岁时村里还没通电，到了晚上，大家就想着法子消磨时间。村里有几个老人，读过书、识得字，家里有些明清小说，他们看熟了就会讲给我们听。一群人围着火炕，烧着结实的火柴，张着耳朵，等待‘讲古’的老人喝完一口茶后，开始他们绘声绘色的讲述。父亲经常给我讲鬼故事，他不会像‘讲古’的老人讲很长的故事，他的故事 一个故事是一个故事。”由此，他喜欢上中国古典文学，特别是对志怪笔记小说产生了极大兴趣。这一切经由岁月的沉积、现代的转化，成了《食色两相》所呈现出的老练的叙述、洗练的语言和强劲的想象。

水鬼说，他的写作是“在貌似老套的叙述笔法下掩藏着新的小说美学雄心”。《食色两相》是湘西的泥土中生长出来的，是我们熟悉的民间故事与传说，但是叙述方式是现代的。叙述者巧妙隐藏起自己的态度，以冷静客观、略带些许的节制与隐忍的方式讲述故事；情节的走向似乎也未脱离经验，但是结尾处，在我们就要信以为真的时刻，不经意间发生了改变与转向，走向了一个令人惊异的瞬间。在《煮竹》中是那个倒在血泊中的人和“从僧人嘴里拔出那条鱼”“捏着钵翻山越岭急步往家中赶”，在《藏技》中是葛求图的离去和老板的怅然若失。这是人性在极端情境（作者将故事的背景设置为乱世）下的状貌，人性内在的悲凉与苦涩、生命存在的不幸与尴尬，隔着长长的岁月，向我们袭来，击中我们。

如果说小说创作意味着一种形式的建构、话语的创造，那么对于写作者来，每一类小说的“文本、语言、文字、方法和审美”上都具有独特性。也就是说，写作者自身也面临着不断地探索与超越。

石舒清以《牺牲》《清水里的刀子》等作品引起文坛的关注，多年以来，西海固为他提供不竭的创作资源和令人激动的文学想象，他成了故乡的守望者和民族日常生活的讲述者，“西海固”“苦难”“悲悯”“诗性”成了石舒清小说的特定标签。2019年他分别在《花城》和《十月》发表了《凌伯讲的故事》《九案》，两篇作品中，石舒清放弃了驾轻就熟的写作路径，以纪实性为表征，在对历史的再阐释再叙述中走向自我的超越。

《由来》一文是关于《凌伯讲的故事》的创作谈，石舒清说，“邻居凌振方老伯，生于1925年，山西人，在宁夏生活工作了大半生。老人参加过抗日战争，解放战争，参加过抗美援朝，当然也不可避免地经历了1949年以来种种运动，所以老人回望自己一生的时候，就显得极富感慨”，他“喜读文史，后来又写自传，把他写的东西拿来让我看，作为一个写小说的，我从中看到很多让我怦然心动的东西”。我想，让石舒清“怦然心动的东西”，是凌伯回忆中关于抗美援朝的个人化的讲述。于是撕开厚重的历史帷幕，石舒清从人的立场出发，以凌伯的亲身经历为蓝本，表达了他对战争与人性的思考。如《相亲》，讲述了一个大战在即，战士们突击相亲结婚的故事。“那一段部队上的气氛是很特别的，从来没见过那么多的年轻姑娘，让人领着，这里那里眼巴巴地找自己要找的人”。于是有的战士结婚了；有的战士未及与赶来结婚的对象见面，就奔赴了战争；还有的战士因此开了小差，成了逃兵……那些坚硬而巨大历史叙事逻辑所遮蔽的小人物的内心世界鲜活地呈现出来，它是指向残酷战争情境下人性的境遇。

《九案》是石舒清从泛黄的旧纸堆中找出来，发生于清、民国、宁夏的案件。《喜姐》是第一篇。案件发生于清末，喜姐的母亲李田氏因不满喜姐的婆婆刘田氏虐待喜姐，便邀约了自己的母亲与表妹于庙会上教训刘田氏，“归根结底也是为了亲家一家把日子过好，而不要过成像现在这个样子”。但是，庙会上却发生了一场恶斗。李田氏、刘田氏互不相让，由恶语相向到蛮横无理、暴力伤害。无论出发点为何，这样的一场恶斗，发人深省，却不值得同情，毕竟以恶抗恶终有悖人性。作家在呈现这一尘封案件原貌时，巧妙布局，于结尾处设计了逆转，一个始终没有存在感的、被李田氏斥责为不“攒劲”的丈夫李戎，在得知此事后，因忧虑而自杀身亡。虽看似有些突兀，却显现出高远的立意。

“看完这个案子，一个原本最容易被忽略的名字却被我深深地记住了，就是李戎。想不到一个连起码的配角都不能胜任的人，忽然一下却成了整个事件的主角。”石舒清如是说。毋庸置疑，李戎这个“连起码的配角都不能胜任的人”，是一个善良的人。遵从内心的良善，他唯一能为正在受虐待的女儿所做的事情，就是结束这一切，于是他以他的死让这场恶的争斗结束，我们也从中看到了卑微、柔弱人性中的强大与高贵。它的意义在于激起了我们对生命中“高尚意识”的敬畏。

与石舒清人另辟蹊径不同，“对于人类生存世界的本质和小说艺术的极致，有着永不枯竭的探索热情”的李浩，则在《五个飞翔的故事》《十二个飞翔的故事》《六个飞翔的故事》中将他的探索进行到底。入选本的《第三个飞翔的故事》出自《五个飞翔的故事》。

“他擅长九曲十八弯，也擅长开山筑路，小说于他，本来就是一场智力较量。”（张艳梅：《重新讲述的过程也是一种隐喻》）三篇小说中，李浩引用了博尔赫赫斯的“强大的虚构产生真实”和略萨的“如果没有虚构，我们将很难意识到让生活得以维持的自由的重要性”作为题记。无疑，这是一种姿态，他天马行空般的想象，让我们看到了一种可能性，挣脱了一切羁绊与束缚的自由表达可能性，这种可能性是建构一个属于自我的“独创天地”。正如李浩所言：“小说是魔法，小说在言说现实的时候往往会加入一些幻想和幻觉，依赖这些幻想和幻觉，小说得以有了巧妙的飞升感和陌生感。有些时候，它仿若是生活直接生出来的，但我们也必须明白，从生活到小说，它在经历一系列复杂而深刻的变动，在这时，作家会将幻想的、思考的、理念的质物加入其中，在这里，他创造那种‘独成一体的天地’。”

此外，蔡楠、谢志强、非鱼等多年致力于微型小说创作的作家们在2019年的创作中均显示出一种寻求自我突破的尝试；何君华、李佳怡、李方更为年轻的微型小说作家的表现可圈可点。德里达说，文学是一种允许人们以任何方式讲述任何事情的建制。2019年小小说所表现出来的这种追求与探索将引领小小说走向更为宽广的天地。

目 录

第三辑

第四辑

第五辑

第六辑

第十辑

第十一辑

第十二辑

第一辑

千人千境

这个世界上有多少人，就有多少的幻境。没有哪个人能说自己所看到的，就是这个世界。但任何人都有着他们自己的故事，我们也许能从中找到自身的些许影子，也许透过作家的笔下看到另外一种完全不同的人生。

有人说，文学就是让人把人生活了好几遍，极尽人的想象力。在本辑，我们可以看到不同的人物，在面临着婚恋、家庭、事业、变故、职场等人生问题时的种种处境心态。他人的故事，其实和我们有关。作家用他们的眼去观察这个世界，用心去关心那些与我们息息相关的陌生人。万花筒般的世界，似乎和故事里的人物说着这世界的瞬息万变。而我们却得以在这瞬息万变中，拼补这个世界原本的样子。（陈言秋）

美丽的帽子

/王蒙

隋意如到今秋就满四十岁了，但至今仍然是一个人。她相信她的不幸是由于她在九岁那年被选去演了一个电影，演童年时的女主角、一个浪漫的女艺术家的童年。她为此得意扬扬，所以被视为另类。整个中学阶段，她被同班同学视为“臭美”与“自大”，而她觉得全班全级的女生里，百分之四十的丑陋，百分之六十的拙笨，百分之九十八到九十九的庸——除了她自己。

她在学业等方面努力奋斗，考上清华大学计算机软件专业，后又留学获得博士学位。最终，她没有接受硅谷的聘请而是毅然回国。

她的好友体贴地告诉她，正是因为她的这些不凡的成绩、身份、经历，许多人对于与她谈婚论嫁闻而生畏，已经没人敢“要”她了。还有一位近来迷上星相、占卜、测字的闺蜜告诉她，她的姓氏与名字，都不利于她嫁得金龟婿。新测字家体贴地告诉她：女人姓隋，远不如姓程或成，施或史；而“意如”暗示的是水性杨花，不守妇道。

她淡定坚决。既然已经被认为是骄傲自大，干脆就骄傲自大下去吧，她坚信人不会因为骄傲自大而被判刑或者开除。否则她太痛苦。与骄傲自大的恶名相比较，自寻烦恼更是无聊、低级许多倍。她坚信为没有人“要”

而痛苦，比没有人“要”本身的痛苦更痛苦。

为自己庆祝生日，她登上了“地中海幻想曲”号邮轮。她在雅典上岸时买了一顶比幻想曲更美丽的草帽。黑底色，金黄耀目的大帽檐圆周带，还有同样金黄的帽顶与帽檐相接处的小圆周带。关键是，这顶帽子，不知道是一种什么样的柔韧又光亮的草茎，编织得如此匀称整齐，无懈可击。这顶帽子的各条弧线，她可以随心所欲地改变，想要什么样的波形就可以弄出什么样的波形，想要什么样的弯曲就可以折成什么样的弯曲，甚至可以把帽子叠四折放到名牌提包里。

她回到房间，用各种手法操作，把美丽的草帽捏过来展过去，正戴上再歪戴上，死扣上再浮搁上，转过来再掉过去，歪歪头再转转颈。她照镜子照得心生欢喜，她尥蹦儿，她用自拍杆给自己照相，左一张又右一张，发给同学再发给父母，她要好好利用轮船靠岸用得上Wi—Fi的这段宝贵时间。她再转过身去，照到背影，又照到镜子里的盛年美女。

“是谁这样美丽呢？”她问出了声。她联想起《白雪公主》故事中的恶毒王后的提问，笑了。

“是随意如女士。”她坚定、勇敢地说。

“是的。是的。”四周传来应和的声音。

“当仁不让！”她又稍稍放低了一点声音，自言自语。

“不让！不让！不让！”周围是一片欢呼。离岸时间到了，开船了。

“然而不是的”，她似乎平生第一次懂得了人应该谦虚，而不是过度自夸，她诚恳地说；“并不是随意如漂亮，而是雅典的草帽漂亮。是戴上了雅典草帽的那个傻傻的大女孩儿漂亮，她因为戴上了这顶神奇的帽子才漂亮，想不漂亮也做不到！”

“在真正的美丽面前，我从不骄矜；在真正的美丽面前，我五体投地。我不行。对不起。我实在不行。”她落泪了。

她擦着泪迹，开门走到阳台上，坐下，看邮轮离岸，看海鸥飞起，看波纹无边，看夕阳多美。

而且这么便宜，只要八美元，四十几块钱人民币。她把帽子放到阳台的小桌上。

她想起来应该看一看帽子内里印的几行字，她开始看，夕阳晃眼，看不清。她终于看到了。她惊呼了一声。帽顶里面写的英语是："百分之八十纸质，百分之二十化纤，中国制造，请勿着雨。"

惊人。取巧。精彩。想不到。什么纸呢？观之如草编织。这也是极致。

就在她且惊且叹且赞且自嘲的时候，一阵海风把她到手不到一小时的美丽草帽吹飞了，帽子离开她的专用阳台，帽子掠过阳台扶手，帽子旋转着飞向大海，帽子跳着游轮宝石剧场头天晚上演出过的"布宜诺斯艾利斯探戈舞"。帽子又转头，飞到船体这边来了，帽子不见了。

她等了一刻钟。她再没有看见那顶美丽的帽子。她知道，这下，她与美丽的雅典中国草帽的缘分已尽。

直到旅游结束，美丽帽子仍然给她留下了此次欧洲海上旅行的最美好、最重要、最难忘的记忆。令她刻骨铭心。她买了一顶最美丽、最廉价、最好用、最独具匠心的本国制造的欧罗巴草帽。她戴上了如此神奇的帽子。她留下了此生最珍贵的自拍照片。这个帽子随风飘去了。它飘到哪儿去了呢？

它会不会飘到我一直等待的那个男生那里呢？他会不会拿着他无意得到的这顶欧罗巴中国造草帽，在我生命的某个节点上，正诚挚地、热烈地、坚持不懈地等待着我呢？

那么，我此生要追逐这顶黑底金边的草帽，我要把自己喜欢的帽子找回来。

她感觉到爱与寻找的甜蜜了。

选自《上海文学》2019年第1期

评鉴与感悟

《美丽的帽子》女主人公隋意如有着很好，甚至让人"望而生畏"的条件，却很难找到一个合适的男人，并和对方建立一种稳定的情感关系。

其实谁又能拒绝亲密关系的诱惑呢？

但我们的主人公却坚信"为没有人'要'而痛苦，比没有人'要'本身的痛苦更痛苦”。她只是做出了不在乎的样子，其实会暗地里心疼自己，期盼童话的出现。

往往出现这种情况，并非是没有人要，而是自身不想步入一段感情，不想步入一段非理想化的感情，因此这类女性其实是很理想主义的。虽然现实生活没有理想主义那样完美，但现实生活本身的美好就足够有说服力了。

所以，在一顶被风吹走的，此生最美的本国制造的欧罗巴草帽的启发下。主人公似乎懂了什么，即将抛开枷锁，去追寻爱与甜蜜了。（陈言秋）

开满鲜花的小院

/肖复兴

2005年的春天，二黄终于团聚。二黄，是一对夫妻，和我关系不错，我管男的叫大黄，女的叫小黄。其实，他们俩的年龄一样大。那时候，他们两口子还不到三十，工作都不错，收入也都不错，就是人分两地。研究生毕业后，小黄分配到了外地，大黄留在北京，分居好几年，好不容易小黄调到北京，结束了牛郎织女的日子。

我很为他们高兴，见到他们的时候，说：赶紧买个房子，安个家，家才像家。我爱人对他们说：赶紧要个孩子，才像个家！因为小黄没在北京，大黄一个人过日子瞎凑合，一直租房子住，像个流浪汉，常到我家打牙祭。

他们听从了我的建议，在近郊买了一套双拼中的一拼，刚建的新房。那时候，房价还没涨，他们买的这套房子每平方米才五千多元。不到二百平方米的房子，首付的钱，对于他们不在话下。这套房子，大黄看中的是宽敞，小黄看中房前有个小院。她从小喜欢植物，一直渴望有这样一个小院，可以种些花花草草。

新房装修好，已经到了秋天，我到他们的新居参观，小院已经遍布花朵，月季、蜀葵、鸡冠花、十样锦、美人蕉和太阳菊，姹紫嫣红，已经铺铺展展开满一院子。小黄得意地告诉我，这都是她的杰作。大黄指着院子一角的两株西府海棠说：这里原来开发商种了两株紫叶李，她嫌不开花，改种了海棠。我笑着对他们俩说：那多好，花开花落不间断，春去春来不相关。

好几年的春天，他们邀请我去他们家，看海棠花。粉嫩色的海棠花，很是娇艳，映在窗前，花影斑驳，随风摇曳着一幅印象派的斑斓图画。这时候，房价已经开始涨了，一年一个价，我和他们都庆幸这房子买得真是时候。稍稍有些不满足的是，他们一直没有孩子。我问过他们，知道大黄想要，小黄不想要，就这么拖了下来。

好日子总是显得快，而痛苦的日子则让人感觉度日如年。这样繁花相伴的日子过了不到十年。有一天，大黄来到我家，告诉我一个意外的消息——他和小黄离婚了。以前没有一点儿征兆，我有些吃惊，问他到底发生了什么事情，两地分居那样艰苦的日子都过得津津有味，现在住着这么大的房子，有着开满鲜花的小院，干吗要离婚呢？大黄没有告诉我离婚的原因，也许是一言难尽吧。

小黄也单独来过我家，我也问过她同样的问题，她同样也没有说，只是讲，离婚了，过去的日子还是值得怀念的。她告诉我，离婚后，她把房子留给了大黄，自己一个人搬出去住，住在哪里，她没有说。这时候，房价噌噌往上疯涨，小黄能够把房子留给大黄，不是她的心够大，就一定另有原因。

我很替他们俩惋惜。人的一生很短，贫贱夫妻百事哀，平地起波澜的事情，总让人心里有些怅然。

二黄在一起的时候，常到我家做客，离婚之后，都不怎么来了。好像他们两人之间的爱如一条丝线，曾经紧密系着他们一家和我的一家的联系——如今这条丝线断了，我和他们两人之间的关系也渐渐变淡。这让我更加怅然。

其实，我这样的想法，是主观的。离婚，不是那么简单的一件事，那是在彼此的身上都扒下一层皮，伤筋动骨，牵心扯肺，而且，还牵扯到他们各自的父母，跟着他们一起操心。二黄离婚之后，有许多事情要办，远比我想象的要多，要麻烦。一直到三年前的春天，小黄到我家，告诉我她要去美国读博。她是来向我告别的。我隐隐的感觉，或许这是他们离婚的原因。

今年春节前夕，小黄从美国寄来一张画着卡通猪的猪年贺卡，她还记得今年是我的本命年。大黄来我家拜年，抱着他不满一岁的孩子。我才知道他已经结婚两年了。我责备他结婚为什么不告我？他忙解释：离婚之后，忙着找中介卖房，又忙着找对象结婚，这不赶紧到您家赔罪来了吗？

我才知道，小黄办理出国和读书的一切费用，都出自大黄卖房子的钱。这让我感叹，这并不是每个人都能做得到的。大黄忙摆手说：也不完全是这样，离婚之后，我一直想搬家，一个人住在那里，总会有想起小黄在的日子。

可以想象，小黄拾掇的开满鲜花的小院，在没有小黄的日子里，已经一片凋零。大黄听完我讲了这样的话后说：可不是吗，卖房子的时候，人家看见小院狼狈不堪的样子，非要跟我压价，损失了好多钱。他又对我说：去年，我到那里迁户口，专门看了看那个小院，你猜怎么着？人家把花都拔了，种上了西红柿、黄瓜、扁豆、辣椒和丝瓜，把小院改成菜园子了。连那两棵海棠都给换成了香椿树，说是春天可以吃香椿炒鸡蛋。

选自《今晚报》2019年3月6日

评鉴与感悟

婚姻是很多人的难题和功课，好的时候很好，坏的时候也真是痛不欲生。别问没谈过恋爱的我是怎么知道的。不可否认的是，爱情难能可贵，纵使不能相守到老，但也有别于各取所需的结合。

《开满鲜花的小院》所讲述的故事令人唏嘘。二黄分手的缘由自始至终也没提起，我们只能隐约地猜测，也许是出于大黄或者他的家人需要一个孩子。但这也只是猜测，可感受到的是，二人那种为对方考虑的爱，以及各自沉默的神情。小院的鲜花被新主人嫌弃了，换上了满院的蔬菜，我们也只能为二黄感到惋惜并祝福故事中的他们安好。（陈言秋）

琴　声

/张望朝

花老佛不姓花，也不叫老佛。

光头，肥脸，总是笑眯眯的，像弥勒佛，又天天侍弄花草，就有了花老佛这个名字。

机关单位，楼里楼外总要种些花花草草，总得有个花匠。

花老佛是个很出色的花匠。他一来，楼里楼外那些花花草草一窝蜂地茂盛起来，连一些半死不活的枯枝败叶都焕发了生机。但花老佛给花草浇水时有个不太雅观的动作：双手握住水管，将水管置于裤裆，管口向前，水从管口强劲射出，一射就是好远。乍一看你以为水是从他裤裆里的什么东西射出来的，难免引人发笑。

总之，花老佛很有喜剧范儿。

时间久了，单位的人都知道了花老佛的命运。

花老佛出身于所谓的“封建地主家庭”。在过去的某个特殊年代，这样的身世注定了他的人生悲剧。升学，当兵，入党，甚至找工作找对象，都没他什么事。他年轻的时候头发好好的，一夜之间就全白了，接着又全掉了，掉得光光的，此后再也没长。特殊年代结束了，他也上了岁数，对一切都心灰意冷。别人介绍对象给他，他看都不看，就这么孤苦伶仃地活着，一直活到现在。除了我们单位楼里楼外那些花花草草，他一无所有。

他的长相很喜剧，他的命运很悲剧。

就是这样。

出乎人们的意料，除了侍弄花草，花老佛还会拉二胡。这件事是我最早发现的。那天我值夜班，睡觉之前听到楼下收发室里传出琴声，于是下到一楼，寻着琴声走进收发室，见拉琴的是花老佛。花老佛见我进来，忙放下二胡，琴声跟着戛然而止。“对不起，打扰您休息了。”花老佛面带歉疚地说。我说：“没事没事。”又说：“你老人家还有这两下子哪！”花老佛摆摆手，谦虚地说：“年轻时学的，没事的时候拉几下，拉不好。”我对音乐一窍不通，但对花老佛的琴声产生了特别的兴趣。我说：“你接着拉，我爱听。”花老佛便操起二胡，接着拉。

从此我和花老佛成了朋友。

每到值班，都去收发室听花老佛拉二胡。

花老佛无家无小，孤身一人，既当花匠，也看收发，晚上就睡在收发室。除了拉二胡，花老佛常常对我说起自己的一些往事、心事。他说他最大的心事是老到不能动弹的时候怎么办。他说：“我不怕死，我死了以后你就是把我扔到荒地喂野狗，我都不在乎。我就是怕呀，怕我老了，病了，不能动了，那可怎么办呢？你说我没儿没女的，谁能管我呢？”说着，又笑了，但笑得非常凄惨，那是我见过的最凄惨的笑。我找不到安慰他的话，只能陪他一起笑。一起笑过之后，他接着拉二胡，我接着听。夜深人静，没有别的声音混进来，机关大楼里只有花老佛的二胡声。也不知道他拉的都是什么曲子，只是觉得凄婉而苍凉，一种“别有幽愁暗恨生”的意境。

中秋节，我跟老婆商量：“能不能让花老佛来咱们家过个节，孤苦伶仃，怪可怜的。”老婆不同意，说不认不识的，咱家又不是敬老院，乱发什么善心！于是，我跟老婆吵了一架，吵到最后只能听老婆的。

那年，单位通过考试选拔一批副处级领导干部。我考了第一名，却没能得到应有的选拔，具体原因至今不详。当时年轻，经历的黑暗还不是很多，于是气恨难当，很有些想不开，晚上拎着一瓶白酒、一包熟食闯到单位收发室，找花老佛喝酒、诉苦、发泄，并大骂单位领导。花老佛也不劝我什么，操起二胡拉了一段又一段的曲子给我听。依然不知道那是些什么曲子，依然觉得凄婉而苍凉，别有幽愁暗恨生。

他拉他的琴，我喝我的酒。

我喝得烂醉如泥，倒在花老佛的床上，一直昏睡到天亮。

天亮的时候，他把我拍醒，对我说：“以后可不能这么喝酒啊。再咋，也不能祸害自己的身体。”

选自《北方文学》2019年第4期

评鉴与感悟

花老佛自己的命运充满悲剧色彩，因二胡声，“我”和他成了好朋友。难得的是面对自己的悲剧，他没有因此对生活产生怨恨，只是些许无奈，但也用花和琴调和了。悲剧没有夺走他对生活的热爱还有对人的关怀，结尾处职场失意的“我”和花老佛一起喝酒的时候，倍感这位经历风雨的老人心中的温暖与善意。这恰是作品给予我们的启示。(陈言秋)

砂锅鱼头

/周洁茹

第一次去女朋友家的时候，女朋友全家带他去了一个大湖旅游。湖旁一片竹海，在山林湖海里的一间小饭馆，女朋友的父亲点了整整一桌丰盛的菜。

过了很久再来问他，他只记得一个砂锅鱼头。“真好吃啊！”他说，“还想再去吃一次。”

他的太太说：“点了一桌好菜，只记得鱼头？”

他点头。

正是热恋的时候，别说是鱼头汤，白米饭都能吃出甜来。

结了婚，女朋友成为太太，女朋友的父母成为岳父岳母。柴米油盐的人生，每天都过成了“多一事不如少一事”。银发川柳里说的，家庭和谐的秘诀，少说话，多出门。婚姻的真相，也是人生的真相。

有一天他的太太突然问他：“你记忆中最好吃的菜是什么？”

“砂锅鱼头。”他说，“那次去一个大湖，吃到的砂锅鱼头。”

“真好吃啊！”他说，“还想再去吃一次。”

他的太太笑了一笑。

第一次带男朋友回家给父母看，父母很高兴，全家去了天目湖旅游。父亲点了好多菜，其中一道砂锅鱼头，男朋友吃得最多。天目湖以前叫作沙河水库，水库鱼没有泥腥气，鱼头煨汤，越煨越浓，成为一道名菜。结了婚，男朋友成为丈夫，柴米油盐的人生，自己挑的老公，咬碎牙也要咽下去。婚姻的真相，也是人生的真相。

父亲肿瘤手术后并发症，生死一线。整整一年，ICU出出入入，医院到护理院，护理院再到医院。原来生死的真相，才是人生的真相。

过年回家，推着轮椅上的父亲出门吃饭，一年来的第一次。父亲经历反复插管、静脉营养、气管切开、血管手术、呼吸机、鼻饲，到后来能够封管，能够说话和吃饭，已经是一个生命的大奇迹。点了一道砂锅鱼头，二十年以后的砂锅鱼头，锅的形状也似条鱼，大到占了半桌。父亲尝了一口，说："咸了。"

他的太太突然就想起了他说的："真好吃啊！还想再去吃一次。"

选自《百花园》2019年第5期

评鉴与感悟

恋爱中一切都是美好的样子，生活中的柴米油盐会让情感平淡。如果生命是行驶的列车的话，我们不可避免地驶向终点。只是那些沿途经过的让心里美的风景呵，一定要记得牢些再牢一些。如果到了疲惫的时候，就多想一想那些忘不了的事。

小小说以砂锅鱼头为主题物，其实先后提到三次砂锅鱼头：婚后丈夫提及最爱吃的就是砂锅鱼头，自己回想恋爱时带男朋友去天目湖，父亲出院时又尝砂锅鱼头。砂锅鱼头似乎代表着一段美好的记忆时光，然而生命的列车始终向前，无论车上的人是否猝不及防。忽然间时光就过去了，很多事也变得不一样了，砂锅鱼头味道也和从前不一样了。只有记忆中的砂锅鱼头永远都是最好的，多么想再吃一次啊。全篇都是静谧的生活点滴，每个人都可能经历过的生活，在作家的笔下得以记录，感受。（陈言秋）

食色两相之藏技

/水鬼

咸丰大宴，席上一位老丞牙口不好，一粒坚硬的生豆子不知怎么混进了一盘软烂的熟豆子里，这位老丞用力一嚼，崩掉了他的一颗牙齿，糊了一嘴血。负责这道菜的御厨叫葛求图，他自知难逃责罚，当即溜出了紫禁城。

他没别的本事，只会做菜，活了三十五年，有二十五年全是在做菜。他不敢去大酒楼，怕藏不住手艺，被南来北往的食客识出。

一路搭船走路，亲戚不敢投，也不知自己要去哪里，只知道要离皇城远一点，再远一点，远到路费将尽，舍不得去客栈住宿，晚上就在破庙铺些稻草裹着身子睡。

其时太平军战乱，所到之处犹如蝗虫过界，路上走的游民，个个眼珠子发绿，像一匹匹饿狼。葛求图在破庙遇到一个饿得发晕的人，起先俩人还坐着聊了几句，到后来那人连说话的力气都没有，只说饿，想吃，望着自己带的一口铁锅，幻想着一只流油的肥鸡熬在里面，锅下面烧着火，散出的水汽就是香气。

那人一直嚷着饿，自然没期望从葛求图嘴里扒出粮食。葛求图看不过，口袋的一点钱摸了又摸，终于下了决心，去市集上买了几样菜。那人见葛求图提菜回来，脸上立马有了精神。

葛求图是个对于吃很精细的人，他不急做菜，在破庙外来回走，树枝草地上下看，寻找一些可以用的佐料。那人在破庙里喊，要他快些把菜做了，葛求图要他再等等，再等等。

菜落到锅里，那人吸着鼻子，馋得发慌。一锅菜做好，俩人围着石头堆的灶，折了树枝当筷子夹起来开吃，一口菜刚进嘴里，那人的肚子一阵痉挛，缓了半天才吃第二口。他只觉得好吃，可分不出是真好吃还是假好吃。人一饿，吃什么都是好吃。那人吃到一半，肚子已经没了饥饿感，才断定是真好吃。俩人吃到最后，那人扬起锅，罩在脸上，用舌头将残留的一点汤汁舔得干干净净。

这将死前的菜，可以说是盛宴，只是徒增了那人对世间的留念，身子早已饿坏，吃上这么一餐，好比食了一顿鬼宴。大岚寺上，有一个专行鬼宴的和尚，食鬼宴的人自然还是会饿死，但临死之际却又自觉大餐了一顿。食鬼宴的人算是个异类，是些吃饱了的饿死人。没多久，那人脸上现出死色，嘴巴动了几下，对葛求图说：

“你没必要做那么好吃，做得差一点，兴许我还能多活两天，不过也不重要了。我是熬不住了，吃饱了死总比饿死好。你能告诉我你叫什么名字吗?”

葛求图嘴巴贴在他耳朵上，说：

“我叫葛求图，”他顿了一下，“原本是个御厨……”

那人听到“御厨”两个字，嘴巴大张，啊了一声，苦笑着闭住了眼睛再没睁开。

葛求图一夜没睡，第二天乌着一双眼睛离开破庙，走到码头，站在一家破旧的小饭馆前，看着招牌上写着的几样家常菜，走进去点了两个，不急不慢地吃。吃完没钱结账，说要留下来做厨子，老板不同意，他直走进厨房，捞起一块水豆腐，摆在案上，刀声不绝地响，声音停下来，用刀铲起豆腐，抛进水中，那豆腐渐渐散成一根根细丝。

破旧的小饭馆挂着的招牌上经常变换菜名，口耳相传，来吃的人越来越多。虽是卖给出力流汗的挑夫，然而厨技得到展露，食客是天子还是平头百姓，对葛求图来说已经没什么两样。偶有一些吃过酒楼大菜的人来到这里专事品尝，连说可惜，到这里真是屈了人才，便有意介绍葛求图去大酒楼做厨子，葛求图往往一笑，说，这里蛮好，蛮好，我喜欢这个小地方。老板还以为葛求图是个极重恩情的人，在做菜上任由他一人发挥想象，再不干涉。葛求图渐渐忘记了自己曾是一名御厨，忘记了那粒使他流离的豆子，做的菜越发大胆，菜名也起得稀奇古怪。

咸丰七年，连落十数日暴雨，大河决堤，地方大吏入奏请帑，并请拣发八名知县去监工治理河道。陈如海五十岁中的进士，一直闲在京中，这次被委任河工，他带了一个管家和自己的妻子，一路颠簸，途经葛求图的小饭馆，三个人坐下，看了招牌上的菜名，管家笑起来，说：

“这么一个巴掌小的馆子，尽起些花哨的菜名。”

三人点了五样菜，陈如海吃到其中的一道菜，只觉得味道独特，舌头带动了胃的记忆，他叫出厨子葛求图，夸赞了一番，又说：

“你这一道菜，让我想到自己有幸蒙圣上皇恩，吃过的一次御宴。”

葛求图大吃一惊，暗暗使自己镇定下来，轻描淡写似的说：

“哦，是吗？御厨我哪里比得上——您三位慢吃，我先进厨炒菜。”

他在厨房切菜炒菜，眼睛不去注目手上，而是盯着外面的三个食客看，直到三人走后，他瘫坐在凳子上，几个客人在外面埋怨怎么迟迟不上菜，老板进到厨房催促，他胡乱炒了几个后，推说身子不舒服就回去休息了。

次日他找到老板，说要走人，老板双手撑在膝盖上坐着，说：

“也好，你已经帮了我不少，够了，这是我修来的福气。咱这个店小，我也没那个野心弄大，你有那样的手艺，早就该去别处了。”

“不去，我再也不掌勺做菜了。”这句话涌到喉咙，自知别人不信，又隐忍下去，没有多说话，收拾完行李就走了。

葛求图走后，小饭馆的招牌上写的是最初的几样家常菜，生意清冷。下了一场大雪，外边白得耀眼，老板想到葛求图，依稀有如大梦，只有这几年积累下来的不少银子，才让他确信是来过那么一位厨艺了得的人。

选自《花城》2019年第1期

评鉴与感悟

《食色两相之藏技》写的是一个御厨的故事，葛求图因一次失误便开始亡命天涯。可大半辈子，便只会做饭这一个营生。身上有着绝佳的手艺，却不得不提心吊胆。在别人眼里，这个人有些传奇，而谁又知道他这辈子也不会与人提起的过往？（陈言秋）

河上有风

/非鱼

从桥上走过的时候，风差点将我掀翻。那是黄河，风仗河势啊，自然肆无忌惮。

看风景？一河白冰，两行光杆杨树，有什么好看的。

我找人。桥两边徘徊的、站立的、哭泣的、沉默的、傻笑的，不用问，他们的表情说明一切。

作为一个未来的心理咨询师，我和他们谁都不认识。导师说，观察。我选择了这里，后来，竟慢慢爱上了这里。

每个人，并非天生有疾；每个人，都会无药而愈。

刘某甲

他在桥上徘徊三天了。

在这些桥上往来的人中，唯有他没有任何表情，引起了我的注意。没有表情的人就像河道的中央，表面平静，实则暗流汹涌。

暂且叫他刘某甲吧，实际上我从不会问他们的姓名、职业。

第一天来的时候，刘某甲骑着一辆旧电动车，他把电动车停在桥头，双手揣在棉衣兜里，不紧不慢地走到桥上，像一个悠闲的观光客。

夕阳在一河白冰上拉下长长的金色光芒，细碎闪亮。他盯着河里的冰，走向桥中央。桥面上车辆呼啸而过，大货车拉着煤炭、铝粉、生猪，小汽车拉着形形色色的人，不会有人注意到他。

他在某一处站立片刻，继续向前走。冰上的金色消失殆尽时，他已经走到了桥的另一头，那里的雪松蒙了一层灰尘，和一辆长时间停放的汽车，以及路面呈一样的乌灰色。

刘某甲转身向回走。黄昏渐渐来临，汽车打开了车灯，他更长久地站在桥上，一动不动，直到黑暗浓重，车辆渐渐稀少。

第二天，第三天，他几乎重复着同样的路线和动作，只是在桥上停留的时间越来越长。

如果我分析得没错，他在桥与河之间，做着选择。

离开之前，我拦住了他，告诉他可以一起去喝一杯。

桥头的那些小酒馆是为过往休息的货车司机准备的。我和他随便走进一家，灯光昏黄，里面只有两个人在喝酒，他们的桌上一碟拌黄瓜，一碟卤猪蹄，五六瓶江小白，每人面前一大碗面。显然，他们已经有了醉意，满脸通红，大着嗓门在聊天。老板娘在油腻的服务台后面玩手机，一个五十多岁的服务员在门口打瞌睡。

我问刘某甲吃啥，他说，酒。

我给他点了一大碗面，要了一瓶白酒和一瓶啤酒，一份花生米，一盘红油耳丝。我们相对无言，谁也不开口。

那两个司机中的一个说，我在内蒙古那两年，光车丢了俩，挣那点钱除了给那娘们儿，吃吃喝喝，还不够给雇的司机发工资。拉倒，回来自己跑短途，挣一个是一个，老婆孩子三天两头还能见着面。

内蒙古咋样？另一个问，还有人喊我过完年去。

冻死你。那地儿不是人待的，天天从头到脚都是黑的，洗都洗不净。烂娘们儿还多，想着法儿骗你。

那是你爱给。

你是没到过，那地儿，除了煤，见个母兔子都稀罕。

我发现刘某甲在听他们聊天。你也是货车司机？我问他。

不是。

那两个司机摇摇晃晃地走了，小酒馆立马安静下来，老板娘大概在看搞笑小视频，不时发出细细的笑声。

刘某甲吃面的速度很快，吃完才开始吃菜、喝酒。他说，谢谢。说完，把玻璃杯里一两多白酒一饮而尽。我吃着面，等着他。

兄弟，做人真难啊。他又倒了一杯酒，和我的啤酒碰了一下，又是一饮而尽。慢点喝，我说。

喝死拉倒。这日子咋过？咋过都是个难。我老娘，在床上躺两年了，偏瘫，我媳妇在家伺候老娘，给孩子做饭，我出去打工。年前，媳妇查出了乳腺癌，自己顾不了自己。家里乱成了一锅粥，老娘没人管，天天哼哼，还骂人，媳妇要住院，孩子眼看要考高中……

他又喝了一大口酒。兄弟，你看着是个文化人，你教教我，我咋办，咹？

我所学的那点书本知识中，根本没有这些内容。人哭着来到这个世界，就是要应对一个一个的困难。我自己都觉得这句话苍白得如同那一河白冰。

我去借钱，我叔、我表哥都不借给我。要换作我，我也不借给我，拿啥还。他说。

再想想办法。路堵死了，连风都刮不进来。哪儿还有路？哪儿有。刘某甲说，我睡不着，头疼，脑子里满当当一点亮光都没有，来这河上吹吹风，看看，还能好点。

我以为你是想……

自杀？想。咋不想，你一个文化人体会不到。人实在没有办法的时候，连死都充满了甜蜜的诱惑，这是网上说的。说得真好，这几天在桥上转，我多少回都想一头栽下去算了。

可你，还是犹豫。

是啊。我死了简单，老娘、孩子、媳妇不是更没人管，他们咋办？

可不。我喝了一大口啤酒。我不想告诉他，我的女朋友突然爱上了别人，我们从大一开始，相爱了整整五年，我以为她会和我一辈子的。她留给我一句不合适，就消失得无影无踪了。要不是本科毕业就不了业，考研时候分又太低，我压根不想学什么破心理学，熬呗。这些，我不能跟他说，他心里的难已经有五百斤重了，何苦再加上我这五十斤。

兄弟，这会儿好多了。喝点酒，跟你说说，痛快多了。他说。

我也痛快多了。我说。相比他的五百斤，五十斤实在太轻。

两个人从小酒馆出来，刘某甲推着他的旧电动车，我推着我的自行车，我们也和刚才的两个货车司机一样，摇摇晃晃，摇摇晃晃，他回他的家，我回我的宿舍。

冰的覆盖下，大河安静。明天，被我叫作刘某甲的他也许不会再来了，但我，还会来。

韩某乙

男人什么时候最难看？一是喝醉酒的时候，烂醉如泥，丑态百出，一是哭的时候，大哭还好，不停抹眼泪的，完全就像个女人。

第一次见他——韩某乙，这还是我给他取的名字，他就在哭。

我已经从他身边走过去了，看见他耸着肩膀，不停地抽泣，我停下来，站在他旁边。

他哭得不管不顾，尽管声音不大，但似乎眼泪不少，因为他一直在拿纸巾擦眼睛。

嗨，咋了？失恋了？

从他的发型和穿着看，他应该在二十岁左右，正是为情所伤的年龄。

没事。他扭头看了我一眼，也许是发现我并没有恶意，他温和地回答了一句，又擦了擦眼睛，两手撑着栏杆，装作看河上风景。

我也经常想哭，这没什么不好意思的。我试图拉近和他的距离，我是有想哭的时候，但从不会在大庭广众之下哭，一般都去操场跟身体较劲，把眼泪憋回去。

你不懂。他说。

没什么不懂的，都是年轻人，都经历过。

不一样。说完他向旁边挪了一点，这是他发出的想终止聊天的肢体语言。

汛期来临之前，大河泄洪，河水瘦得只剩下细细弯弯的一线，全无往日气势。河滩上被漫无边际的葎草和大豆覆盖，倒是绿生生一片。这时候的黄河，是最没有观赏性的，在河上停留的人，大抵并不为看河。

几天后，我再次看到韩某乙，他好像依然在哭。

是他选择了这个地方来哭，还是他来到这里以后触景生情才哭？他的反常，自然更让我好奇。

嗨，又见面了。我主动和他打招呼。

看到是我，他有些尴尬，擦眼泪的动作明显快速而用力。

我是个心理学硕士，在做一个课题。我先做自我介绍，免得引起他的反感。

哦，这样。和我有关吗？

既有关，也无关。我说。课题只是我的研究内容而已，是我生活的一部分，在此之外，我喜欢这座桥，喜欢在这座桥上驻足的人，和他们的故事。

很遗憾，我没有故事。听得出来，他不想多说。

一个在河上哭泣的人，怎么会没有故事？

是不是觉得我像个女生？

不。不是还有首歌，男人哭吧哭吧不是罪。这句话说得真蹩脚，说完我就后悔。

我大学毕业两年，孩子已经半岁了。你信吗？韩某乙说。

信。在这个纷杂火热的世界里，他说什么我都会信，毕竟，生活本身比想象更充满想象力。

本来，我家里条件很好，毕业后家人要我出国，女朋友死活不让，说我出去就不要她了，还不如当时就分手。我选择了女朋友，为此还和家人大吵一架。我和她都在我爸的公司里上班，半年后，她怀孕了，奉子成婚，反正早晚都要结，我奶奶早等着抱重孙子。

他停顿了一下，似乎在等什么。

我没有说话，也没有看他，我知道，一个人一旦说出故事的开头，就必然会说到结尾。

孩子生下来才三天，我爸突然被带走了，说他涉嫌非法集资。一切都突然变了，公司被封，我的车被扣，家门口天天有人堵门，甚至拉起白布，说要我们血债血偿。我奶奶气火攻心，病倒了，我媳妇一着急母乳也没下来，最可悲的是，我连买奶粉的钱都找不来，更别说进口奶粉了。

我大概知道他是谁了。那桩非法集资事件，闹得很大，几乎无人不知。

看着这个白皙瘦弱的男孩，我很难想象他会是之前传说的那个深夜开豪车飙车、骑哈雷炸街、KTV争风吃醋打群架的小少爷。

媳妇抱着孩子回了娘家，我顾不上她们了。我奶进了ICU，我妈天天骂我，说我不争气。

他又哭了。

突然降临的变故和压力让他不知所措，除了哭泣，他好像真的做不了什么。

我去看我爸，他说他是被冤枉的，被人骗了，有人设局弄断了公司的资金链，银行不贷款给我们，有人告诉他可以民间借贷。具体是怎么运作的，我说不清，靠我也救不出我爸，救不了公司。我妈说得对，我就是个窝囊废。

韩某乙——我依然这样叫他，将头抵在栏杆上，双手抱头，我看不到他的脸，只是拍了拍他的背，算是给他一点微弱的力量吧，尽管这点力量我自己都觉得毫无意义。

再见到韩某乙，是两个月之后了。

夏季已经来临，夜晚来桥上吹风乘凉的人越来越多。我在人群中看到了他，依然是一个人，瘦了一些，穿一件黑色背心，一条短裤，一双人字拖。

嗨，来乘凉？我说。

嗨，好久不见。他说。

还好吧？

还好。他似乎笑了一下，又似乎没有。桥上灯光微弱，我看不太清。

我们俩并排在桥上站着，有风吹过，风里携带着浓重的腥味。过了一会儿，他摆摆手，走了，没有说话，我也摆摆手，没有说话。每一天都在上演大大小小的新闻，关于他们家的事，官方和坊间几乎没有了任何消息。

我想起那句话，人哭着哭着就习惯了，韩某乙，应该也一样。

齐某丙

齐某丙拢着两只手，冲河水大喊："我一定会成功的——"他的样子，让我想起小品里每天励志的三个人。

我来桥上的次数越来越少了。我的硕士生活已经进入尾声，正在紧张地准备论文和答辩，再次面临就业这个难题，要不就得读博，继续在学校待着，可以再逃避三年。

齐某丙成功地逗笑了我。谁不想成功，如果靠在这儿喊就能成功，黄河都会被喊沸腾。

兄弟，励志呢?

不是，我刚许了个愿。

冲河水许愿?岂不是哗啦啦就流走了，还能实现?

哗啦啦流走的是水，不是黄河，你看多少年了，黄河不一直在这儿，什么时候没过。他说得好有道理，我居然无法反驳。

很显然，这是一个健谈的小伙子。受他的影响，我心情大好，决定和他聊聊。

能说来听听吗，你的愿望。我问他。

不能，说了就不灵了。他说。

那可以说说你做什么工作吗?

我在那家挖掘机公司做销售。他向桥头的方向指了指，距离桥头一公里外，有好几家挖掘机公司。不过，你看起来像老师，应该不会需要，要不我肯定给你打折。

这个齐某丙还真适合做销售，性格好，也会察言观色。

你说错了，我不是老师。你就当我是个小包工头，怎么样?你要怎样把你的挖掘机卖给我?

大哥，别逗我了。我都来三个月了，我能看出来，包工头不长你这样。他说。

你从哪儿来?听你口音，不像本地人。

陇南，你听说过没，甘肃的，我老家在那儿。

不上学?

不上了，家里等着用钱，高二没上完就不上了。

一个人?

不是，好多老乡。他警惕性很高，在这座城市，四川人、陕南人最多，哪里会有那么多陇南来的老乡。

看到他脸上的稚气，还有乱糟糟的头发，黑黢黢的脸，我想起了远在广东打工的弟弟田小。跟我视频的时候，他也是这样一头乱糟糟的头发，笑嘻嘻地说和老乡去吃米粉，说他做工的厂子，说他的流水线。我已经两年没见他了，他说买不到票，正好过年加班费高，回家还冷得要死。

你和我弟弟差不多大。我说。

真的？你弟弟也十七了？不对，十八了。

对，十八了。我不想计算他还有田小到底是十七还是十八，没什么意义。

那我叫你大哥。大哥，我刚才许的愿是到过年争取攒够五千块钱打回去。刚才还说许愿不能说的他，迫不及待地告诉我。

加油，你一定能实现的。我说。

大哥，我能加你微信吗？你是我在这个城市唯一的朋友。

当然。他的微信名叫勇往直前。

勇往直前，不，还是叫他齐某丙吧，他的朋友圈里转发的几乎都是成功学和心灵鸡汤，我从没有打开看过，但我会给他点赞。

周末的时候，我偶尔会约他一起吃饭。一碗面条，一盘饺子，或者一份炒米，都能让他高兴半天，他每次都说太好吃了。他说在老家总吃洋芋，吃酸菜，能把人吃吐了。

吃完饭，我们会去桥上走走。快入冬了，风有些凉，河水上涨，有游船和快艇在桥下穿梭往来。

齐某丙很兴奋。黄河这么多水，要都流我老家就好了。走到桥中间，他会许愿，许完愿依然是拢起手，喊一句，我一定会成功的。

现在，他会主动告诉我他的愿望。要早点给家里修房子，要给父亲买个手机，要给妹妹买学习机，要给奶奶买老花镜……

我知道，他的挖掘机卖得很不好，每个月的工资除去房租、吃饭，能攒下来的并不多。

冬季的第一场雪来得有些早了。突然一觉醒来，四处白茫茫一片，我的论文基本完成了，也得到了导师的肯定，他推荐我去几家单位应聘，有一所培训机构对我很有兴趣，开出的待遇也比较诱人，一切似乎比我想象的要好得多。

在宿舍酣睡了两天，看到漫天飞雪，心情大好，我决定去桥上看雪，看大河上下，顿失滔滔。

很远，我就看到那个瘦小的身影，身上一层薄雪，是齐某丙。我才想起来，忙着写论文、去应聘，我已经快一个月没和他联系，没看他的朋友圈了。

大哥，我要走了。他说。

去哪儿?

去郑州吧，还没想好。

许个愿吧，大雪会帮你实现的。我说。

他开始许愿，许完了，拢着手，冲着漫天飞雪和大河喊："我一定会成功的——"

我揽着他的肩膀，说，你一定会成功的。

大哥，想知道我许了什么愿吗?

不，先别说，愿望说出来就不灵了。

桥上的风太硬了，四面八方吹过来的都是冷风，自己哈口气起码可以暖暖手。

选自《大观·东京文学》2019年第6期

评鉴与感悟

《河上有风》以一个心理学硕士的观察者角度，记录了刘某甲、韩某乙、齐某丙三个有着不同人生际遇的人。刘某甲人到中年，上有老下有小，妻子又突然身患绝症。死反倒是最轻松的做法，然而他依旧选择苦与累。痛苦的张力对每个人都是不同的，"我"那五十斤的苦，在刘某甲的五百斤的苦面前似乎不值一提了。

一个爱哭的男子，在原本最可能为情所伤的年龄却有着难以言说的苦楚。谁能想到这是曾经挥霍金钱与青春的阔少爷呢？突如其来的打击，是不分门户的。失去金钱、财富、人脉庇佑的韩某乙，甚至更加张皇失措，感叹人事而倍感无力。

对着黄河水呐喊着自己的壮志，不断打鸡血的齐某丙，像误入房屋的飞蛾，不断用力撞击窗户和天花板，少的是认清时势。“我”也不是不知道齐某丙的状况，出于善意，让他安静地许一个愿望，也许能找到破窗所在。（陈言秋）

藤　下

/金光

人民公园的东南角有个紫藤架，年久，那紫藤盘根错节，七拐八扭，很有些沧桑。春天，紫藤开着花儿，香得醉人；夏天，密密麻麻的紫藤叶儿，罩得一片阴凉；到了秋天，紫藤叶变成了粉红色，火一样，煞是好看；唯有冬天，那一根根紫藤像老人胳膊上的筋，风骨傲然。

不知什么时候，紫藤下的水泥凳子上多了一位老人。只见他抱着一杆坠子，低着头忘我地拉坠子。起初，那琴音是孤单的，浑厚中透出一种哀伤。后来，渐渐变得悠扬了许多，引得不少人前来围观。有人认出了，那是市豫剧团刚刚退了休的坠子王张贵生。于是，老张每奏一曲，都有喝彩声和鼓掌声。来公园晨练的老人，每天就伴着老张的坠曲或打太极或绕湖慢跑，多了一种情趣。

老张拉了两个多月之后，又来了一位老太太。她叫于旦妮，曾是剧团的副团长。前些年退休后，跟着儿子媳妇去南方了，最近回市里办事，早晨到公园散步时被老张的琴声招呼了过来。两人我拉你唱，有了情景。于老太干脆给儿子打电话，不去南方了。

又过了一些时，更多的人加入了老张的队伍。他们中，有演员，有拉二胡的，有吹笛子的，简直成了一个小戏班子。每天清晨，藤下热闹异常，《天仙配》《穆桂英挂帅》《朝阳沟》，拉胡琴的人拉得起劲，唱的人字正腔圆，听的看的人直喊好。

有了这个场所，参与的人也抖擞了精神。没有人组织，也没有人号召，每天天刚亮，大家都背着乐器准时而来。梆子一响，胡琴声起，随之或男声或女声就开唱了。唱的拉的，都陶醉在戏曲音乐中，好像年轻了几十岁。

一天，张贵生拉了三曲仍不见于老太过来，便问身边拉二胡的王生荣：“老于呢?”

王生荣伸长脖子在人群中瞅了一圈儿，摇着头回答：“不知道。”

老张放下坠子出来找，没找着，就拿起手机拨号。一打通才知道，于老太在家感冒发着高烧呢。大家提前结束，赶到于老太家，把她送进了医院。

一周之后，于老太又出现在藤下的队伍中，继续唱她的《三娘教子》。

唱完了，老张对于老太说：“你该回你儿子那儿去。”

“不想去，”于老太的嗓子因发烧还没有复原，“在那儿一点意思也没有，能把人憋死。”

“起码有个病，孩子们能照顾到。”老张劝解说。

于老太很满足地说：“这儿不是也很好吗，我有病了，你们把我送到医院，还轮班陪护，送饺子吃，比儿子媳妇们强多了。”

老张不再说什么了，看着手中的坠子，忽然来了精神，拉了一首歌，那歌名叫《我们的生活充满阳光》。

电视台的记者发现了这群玩戏曲的老人，带着摄像机采访，给他们取了名字叫“戏曲沙龙”。于是，“戏曲沙龙”先上了市电视台，后来又上了省电视台。

紫藤花开花落好多次，但藤下一如既往地响着乐曲，唱着段子。

渐渐地，有心人发现，“戏曲沙龙”的队伍越来越小了。先是于老太消失了，后来王生荣不见了，再后来吹笛子的胡光年也不见了。一打听，原来这些人都驾鹤西去了。

终于有一天，藤下只坐着张贵生一个人。只见他抱着一杆坠子，低着头忘我地拉着。没有伴唱，也没有别的乐器伴奏，那琴音显得无比的孤单。而老张选的曲子，也充满了哀伤。人们只能围着他，默默地听着、看着。

三年之后，老张也消失了。晨练的故人到了藤下，就会小站一会儿，回味那一曲曲远去的音乐和唱段。

又过了一段时间，藤下来了一位年轻人，坐在老张曾经坐过的水泥凳子上，天天早上架上画夹，对着那些充满沧桑的紫藤写生。

选自《大观·东京文学》2019年1期

评鉴与感悟

《藤下》这篇作品让我想起很多做起事来精神头比年轻人还盛的老人们，他们的精气神是经历一辈子之后的洗礼，背后也透露出老人们不可避免与子女有着不同生活轨迹的孤独。先是豫剧团的坠子王张贵生来到公园下拉二胡，其超凡的琴声又吸引来了于老太，慢慢地居然组成了小戏班子。

世事总逃不掉聚散，从于老太生那次病住院开始，我们其实也知道了天下没有不散的宴席，只是这群朝气蓬勃的老人们散了，等待他们的却是黑暗的尽头。于是他们不曾缺席，在人民公园的紫藤架下，热闹叫人拍手叫好的曲子不断。

花开花落好几次，曲艺沙龙的队伍越来越小。直至最后两年最初来这里的张贵生也不见了踪影。那原本紫藤架下，则换成了一个写生的年轻人。

作家以浅近的笔调，书写记录着日常中的不平常，其实是对一代人设身处地的关怀。（陈言秋）

第二辑

文字的风景

每一篇作品，每一段文字，都能给读者带来不一样的感受。这种幽微难明的感觉很奇妙，明明都是相同的文字，可在不同作家的别样组合中，这些文字的风景也变得多姿多彩，焕发出一种独特的光芒。文字是一种神奇的存在，就静静地排列在那里，却可以带来欢乐，带来悲伤。读者在文字的引领下穿越时空，既体验痛苦，也召唤希望。文字是一种有力量、有深度的美，而这种美在这一辑里的每一篇里你都可以感觉到。

细心体会，用心揣摩，你将会为自己打开一帧最美的风景！（张鑫）

一斗阁笔记

/莫言

1. 真牛

那头牛，身材魁梧，面貌清纯，是牛中伟丈夫也。初购来时，儿童围绕观看，社员点评夸奖，队长洋洋得意。但此牛厌恶劳动，逃避生产。套一上肩，立即晕眩，跌翻在地，直翻白眼。鞭打不动，火烧不理。一摘套索，翻身跃起。如此这般，众人傻眼。支书曰："人民公社可以养闲人，但绝不能养闲牛。"队长曰："若不是法律保护耕牛，老子一定要宰了你。"会计曰："好男不当兵，好牛不拉犁。"支书曰："闭嘴，你的话里有严重的政治问题！当心撸了你的会计。"会计面色灰白，悄然而退。牛翻白眼，不见青光，疑似阮步兵转世。无奈，只好将它牵到集市售卖。那牛一到集市，双眼放光，充满期待又略带忧伤，仿佛一个待嫁的新娘。集市上收税的人一见它就乐了："伙计，您又来了呵。"牛眨眨眼曰："伙计，不该说的莫说，拜托了呵！"

2. 诗家

大清乾隆年间，吾乡白公有三子，皆忤逆不孝，但俱有诗才。父将三子诉之于官。差役将三子拘至衙，县官升堂审讯。父历数三子不孝行状，言之动情处，失声号啕，老泪纵横。官曰："忤逆不孝乃本朝法定大罪，轻则廷杖，重可大辟。但本官爱才，不忍动刑。闻尔等皆能诗，即以衙前竹为题，各做一首，通即恕，不通则严惩之。”长子咏曰：“老爷衙前一丛竹，顺着节儿往上数。老爷今年做知县，明年定会升知府。”次子曰：“老爷衙前竹一丛，旭日初照枝叶红。老爷明年升知府，后年提拔进京城。”三子曰：“老爷衙前竹丛一，观音菩萨来送子。送个儿子中状元，送个女儿嫁皇帝。”官大喜，令差役责打白公四十大板，斥之：“生了三个诗人，还告什么刁状。”

3. 葱管

余少年时与兄割草、牧羊于野，渴甚。沟渠中虽有水，但苦如盐卤，不能饮。兄遂问羊：“羊羊羊，何处有水井？”羊咩咩数声，东向狂奔，吾与兄追随至翰林碑。碑前果有一古井，深可数丈。时有翠鸟由井中飞出，水汽淋漓焉。探身下望，井中映出倒影。吾口渴愈烈，恨不能跳入井中畅饮。兄突发奇想，采来葱管数根，以口叼之，劈开双腿，足蹬井壁，次第下之，如入幽灵之境。良久，兄口叼贮水葱管，攀援而上。以葱管授我，饮之，其水甘冽，如琼浆玉液。如是者数，兄气喘吁吁，力渐不支。于心不忍，道：哥，我不渴了。兄道：再取一次即止。兄蹬壁又下。忽听扑通一声，余知兄落水，急忙低头探看，只见兄站在井底，水及其胸。余急问：哥，没事吧？兄道：好凉快啊。我道：哥，你快上来吧。兄道：我踩到一个硬硬的东西。兄俯身入水数次，摸上一黑色长物。兄解下腰带，拴住此物，挂在脖上，攀援上来。拔草擦去泥污，竟是一把长刀。找砖头磨去铁锈，发现刀背上刻有两个篆字，经学校老师辨认，说是“葱管”。我与兄闻之愕然，难道古人知道我们会用葱管取水吗？许多年后，我想，也许是一个姓管名葱的人，将自己的名字刻在刀背上。

4. 锦衣

一富家女，容貌姣好，及笄，自言宁死不嫁。其母怪之。每至夜深人静时，闺中即有男子说笑之声。母逼问之，女曰：系一美貌华服男儿，夜来幽会，鸡鸣时，即匆匆离去。母授计于女。至夜，男又至，女将其华服锁于柜中。平明，男索衣欲去，女不予，男怅怅而逝。清晨，大雪，母开鸡舍，见公鸡赤裸而出，不着一毛，状甚滑稽也。女急开柜，见满柜鸡毛灿灿。女抱鸡毛出，望裸鸡而投之。只见吉羽纷扬，盘旋片刻，皆归位鸡身，有条不紊，片羽未乱也。公鸡展翅，飞上墙头，引颈长啼。啼罢，忽作人语，曰：吾本天上昴星官，贬谪人间十三年，今日期满回宫去，有啥问题找莫言。

5. 仙桃

吾少时听爷爷说，崂山西侧悬崖上，有桃一株。三月开花，其华灿烂。八月桃熟，崖下仰望，鲜红如玛瑙，气味芳香，人间罕嗅之也。博者曰：此仙桃也，食之可长生不老。多有渴望不死者，攀岩而上，但终无一近顶者。村中有巧人杜乐，诸工皆能，乃倾其家产，造抛石机一具，能抛石数十丈。俟桃熟，集村中精壮数十人，拉动机器，抛石上崖，先不中，调整数次后，有一石正中桃树，似闻噼啪之声，见数桃下落，众蜂拥上前欲接，但距地数丈时，即被仙鹤噙去。

抗日战争时，游击队找杜乐造抛石机。其时杜乐已死，其子杜兴按父留图纸，造抛石机一具，在攻打蓝村炮楼时，立下大功。游击队奖励杜乐，赠其蟠桃一筐。

6. 茂腔

吾乡高密有戏曲茂腔，流传二百余年，至今演唱不绝。吾从小耳濡目染，得益甚多。此戏起源于民间，曲调委婉凄凉，如泣如诉，如怨如慕，尤为村妇所迷。剧情多惩恶劝善、帝王将相、才子佳人等老套路。剧中唱词，多使用方言土语，听起来格外亲切，但外乡人不懂也。

黑龙江边祝家屯，系民国初年由一闯关东的祝姓高密人创建，后亲戚朋友皆投奔而来，遂成一高密屯。20世纪90年代中，屯中一老妇病重，对儿女说出最后愿望，临死前想听一段茂腔。那时还没有互联网，但VCD已经有了。其子就给高密的亲友拍电报，索求茂腔光盘，同时去哈尔滨买了一台机器等候着。半月后，光盘寄到，老妇已在弥留之际。家人匆忙将茂腔放出，起调过门一响，老妇手指颤动，慢慢地睁开眼睛。等到著名旦角郭秀丽那悲凉婉转的唱腔响起来时，老妇竟然坐了起来。一曲听罢，心满意足地说："中了，现在可以死了。"言毕，仰倒而逝。

7. 褂子

吾少时曾随生产队里的妇女采摘棉花。深秋时节，天气寒冷，妇女们已有披棉衣者。是秋，余新缝一件蓝华达呢褂子，穿在身上，自觉添了二分人才。因棉花柴磨损衣服甚重，余即将褂子藏在麻袋中。赤膊拾花，身上被花萼划得伤痕累累。一日，冷风飕飕，阴云密布，时有雪花飘落，气温降到零度。妇女们都穿上了棉衣。一常姓大嫂激我："青年，今天还光膀子吗？"我说："光啊！"于是我冒着寒冷脱下褂子，塞进麻袋，放在地头，然后将白布包袱，上挂脖子下系腰，赶紧拾花，塞进包袱，棉花冰冷，凉着肚皮，风吹到背上，如被刀割。妇女们嬉笑不止。为了不让她们看我笑话，我发誓宁愿冻死，也不穿褂子。为了抵抗寒冷，我开始唱样板戏："穿林海跨雪原气冲霄汉——"那些娘们儿，一定认为我疯了。我暗自得意。装疯卖傻是为了吸引女人的注意，她们注意我了，并且知道了我的抗寒和我的爱护衣服。当我拾满了一兜棉花到地头上找麻袋时，麻袋没有了，珍藏在麻袋里的褂子自然也没有了。

装疯卖傻是要付出代价的。

8. 踩鱼

吾家房后五十米，即胶河也。夏天晌午，河中全是洗澡的人。河水被晒得滚烫，浅水处，水仅没脚踝。河系沙底，硬而平滑，有银白鲢鱼被烫得发昏，来回乱窜。吾等追逐踩踏之。有乳名皮囤者，一中午曾踩鱼八十条。

皮囤七岁时，父母双亡。皮囤跟哥嫂生活。其兄懦弱，其嫂霸蛮。皮囤常受其嫂虐待，其兄不敢阻拦。一日，其嫂与邻村一著名泼妇打架，被打翻在地，踢踏不止。皮囤奋勇向前，揪住泼妇头发，将其拽倒在地。有邻人问："皮囤，你嫂子对你那么不好，为什么还要救她？"皮囤说："她再不好，也是我嫂子。"其嫂闻知，甚为感动，从此改变态度，视皮囤如同己出。

吾曾追随皮囤下河踩鱼，但总是踩不到。看那皮囤，在浅水中跳跃腾挪，如同舞蹈，一会儿弯腰，从脚底摸出一条，放到胸前布袋里，一会儿又弯腰摸出一条，放在胸前口袋里。我问皮囤，为什么你能踩到而我踩不到？他说："左脚撵了右脚踩，右脚撵了左脚踩。"

9. 虎疤

吾乡有一奇人，面目狰狞。自言系在关东挖参时为老虎所伤，人送外号"虎疤"。吾曾听其亲口讲述此事。说，一日黄昏，他挖得一枝七品叶，大喜。忽觉脑后冰冷，猛回头，见一只吊睛白额大虫正款款地从林中走出来。大虫说："挖参的小子听着，此参是我栽，此山是我宅。要想拿参走，留下小命来。"那人说，我扑上去与大虫斗，虫死我伤。

这个打死过老虎的人，人民公社时期，在生产队里当饲养员，喂牛喂马，颇有怀才不遇之慨，常常在我们面前发牢骚："奶奶的，老子堂堂的打虎英雄，竟然落魄到如此地步啊……"接着就唱："何日里施展我盖世武功，打尽了老虎再打恶龙——"人民公社解体后，此人成了卖药酒的，四集遍赶，卖虎骨酒、虎鞭酒，当有人质疑其假时，他指着自己的疤脸说："看到了吧？这是跟老虎搏斗时所伤，虎死我伤。"

10. 槐米

槐树分国槐与洋槐。国槐花籽可入药，能治风症。吾家曾养一猪，因去势而染破伤风，牙关紧咬，身体僵直，平躺在地，不能站立。兽医云，必死无疑。吾母曰：死猪当成活猪医吧。遂将槐米炙末，混以米汤，用兽用针管自嘴角灌之，半月后竟愈。之后此猪狂吃疯长，邻人曰，其报恩也。

数十年后，我爬上北海公园白塔所在之小山，下山时，见山路两侧，全是粗大的国槐，槐花半谢，槐米累累。一老人正在采摘槐米，曰：半花半米，正是最佳采摘时。吾问老人采此何用，老人曰：晒干，炙粉，蘸煮鸡蛋，日食两枚，可轻身健体。

11. 深巷

我的朋友糕糕在县城梧桐街开了一家咖啡馆，生意兴隆。馆名"深巷"，系我所题。戊戌春节，我在故乡。糕糕来访，邀我去喝咖啡。盛情难却，即随其往。进馆便见墙上挂着一幅署名“莫言”的书法，字迹秀美，法度森严。文字内容是：“一辆由白鹅驾辕的四轮车由小巷深处摇摇摆摆地驶出来。拉长套的是两只肥胖的绿鸭，车上载着狐狸的新娘。她身披白色的婚纱，头上戴着丁香花冠，睫毛很长。早起送牛奶的工人看到她们来了，慌忙跳到一边，为她们闪开了道路。”

我问：“这是怎么回事?”他憨憨一笑，说：“替你扬名呢!”

12. 爱马

爱马人爱马甚过爱自己。他自己从不洗脸，但他会给马洗。严寒的早晨，在结冰的井台，用冒着热气的井水给马洗脸，用洁白的毛巾给马擦脸，马神清气爽，目光皎然。他满面污垢，眼睛晦暗。此是我亲眼所见，1969年在城外五里店。爱马人是我家亲戚，姓汪，是地主分子，我该叫他表叔。那还是人民公社时期啊，那时候马和牛一样都是集体财产。那时我们的教科书上说：地主对人民公社怀有深仇大恨，时刻梦想着变天。经常有地主投毒害死人民公社马匹的案件，这个地主怎么会这样呢？一个地主爱人民公社的马爱到这种程度，谁会相信？如果那匹马是他自己的，他该怎么个爱法？又一想，我这想法太不文学了，真正的爱，是与所有权无关的。上帝是所有人的，难道能归你一个人所有吗？祖国是十几亿人共有的，难道能归你自己吗？想到这些，我就明白了。

选自《上海文学》2019年第1期

评鉴与感悟

所谓笔记，搜神记逸，摇笔记之。是作家所思所想最真切的表达。莫言的《一斗阁笔记》没有固定的主题，没有僵化的套路，题材不拘一格，写法灵活多变，故事引人入胜，从创作手法和内容布局来说，具有极大的文学价值。

这十二篇简短的故事将生活的日常性和深刻性完美融合。初看时，会觉得这几篇小故事十分有趣，一笑而过。可过段时间这些故事会在不经意间跳出来，与自己的生活产生某些方面的共鸣，这时再细细研读，会发觉每个小故事里面都隐含着令人深思的道理。

生活处处有惊喜！当某一天，日常的点滴小事、偶尔的奇思妙想被注意到时，你会发现你的生活是如此绚丽多彩，你也可以用文字记录自己的人生风景！（张鑫）

九案之喜姐

/石舒清

这是《宁夏审判志》里记载的一例案子，我在这里给大家转述一下吧。我希望我能尽量转述得简明直接一些。

事情发生在光绪十年（1830年），发生地宁夏中卫县。

说是有名李戎者，年四十岁，本分勤兢，承继祖业，以卖糖瓜度日。妻李田氏，三十八岁，虽系女流，却是一家之主。夫妇二人生有一女，名喜姐，嫁与本县东门刘田氏之子刘双生为妻。小两口关系还好。只是婆婆刘田氏嫌喜姐茶饭一般，针线也不怎么样，比如买了布来，原本是打算做枕头的，但是喜姐剪剪裁裁，最后只能做一双鞋或者耳套子了。那个时代的婆婆是很容易不满意的。那个时代的婆婆也都有一些当婆婆的法子，就弄得喜姐活不好不好活。其间喜姐想不开寻死过一回，就是跳到水窖里去。好在窖里水不多了，又发现及时，救了上来。此后还分过一次家，不久又合在一处。虽然小两口关系还算可以，但是一有矛盾，刘双生总是会站在自己的母亲刘田氏一边。刘田氏说，你把你婊子妈惯着，你把你婊子妈惯得上头呢。这样的时候，刘双生就会把喜姐实实在在打一顿给母亲看。喜姐的母亲李田氏疼女儿，要把女儿领回娘家去，刘田氏说领回去可以，就不要再叫回来了，今儿你们领走，明儿我们娶一个新媳妇。李田氏就只好自己一个人回去。李田氏回去以后越想越生气，好像碰到了个没办法的事情似的，好像没有出头之日似的，好像没有活路了似的。李田氏悄悄问过女儿喜姐，离婚可以吗？喜姐明确说她不想离。问你自己能闹腾吗？多厉害的婆婆也怕会闹腾的媳妇儿，媳妇儿也有媳妇儿闹腾的办法，人老五辈多少年了，婆婆有婆婆的经验，媳妇儿也有媳妇儿的经验，闹腾过几回，肯定事情就不一样了。喜姐死都死过了，还让她咋闹腾呢？李田氏觉得女儿没有跟自己，她对女儿心疼的同时，也是失望的。李田氏的眼睛那么一望，就觉得自己看得清清楚楚，女儿一家的事情，不在别人身上，就在喜姐的婆婆刘田氏身上。她想给喜姐的婆婆点牙爪看看。但是刘田氏一面人多势众，女婿娃关键时节又站在人家母亲一边，这都指望不上的，弄不好便宜占不上，倒过来反叫别人占了便宜也未可知。总之李田氏是想把刘田氏好好收拾一顿，收拾的目的，归根结底也是为了亲家一家把日子过好，而不要过成像现在这个样子。

有了这个盘算，李田氏就留心着好机会，功夫不负有心人，就让她逮着一个好机会了，听说有庙会，刘田氏要去烧香，这就是个机会了。

李田氏担心自己势单力薄，又邀约了自己的表妹杨田氏，自己的母亲扈田氏，一行三人，于光绪十一年（1885年）四月二十八日，赶往庙会现场，与刚刚烧完香出来的刘田氏碰个正着。李田氏出面拦住刘田氏，待扈田氏杨田氏烧完香忙忙出来，三个人就一圈儿把刘田氏围住。先是由李田氏数落刘田氏的种种不是，真是越说越气，数年来的积怨恨不得这一刻都释放出来，偏那刘田氏还不识相，不但不妥协自保，反而恶语相向，真是想不到，居然是刘田氏首先动起手来，在李田氏骂个不停时，出其不意，忽然在她的嘴上抓了一下，打斗就开始并且很快就升级了。也许是李田氏心里积了太多怨气的缘故，她揪住刘田氏的发髻，只一推一拉，刘田氏就轰隆一声倒在地上，一旦打起来就不好收手了。据官方权威调查记录，刘田氏在李田氏扈田氏杨田氏的围剿下，除了拿双手护紧自己的脸，几乎没有什么还手之力。白纸黑字记录的是：李田氏抓不到刘田氏的脸，但是抓伤了刘田氏的两个耳朵和后背；杨田氏分别咬伤了刘田氏的两只胳膊；在两个还算年轻的女人基本控制了刘田氏后，年过七旬的扈田氏拿出预谋好了的锥子，刺伤了刘田氏的大腿，尤其于其屁股处刺了好几刺。李田氏边打边问刘田氏还恶不恶？以后改不改？刘田氏回话粗野，态度更为蛮横，可以说，一顿好打似乎并没有收到预期的效果。正打到一个程度时，庙里的道姑出来了，软语解劝着她们，道姑来劝，众人又围观，就不太好意思再打了。就放了刘田氏，刘田氏躺在地上一时不起来，高声说，她要去告官，让李田氏等着好果子吃。

一场风波，暂时告结。

李田氏回到家里，觉得意兴阑珊，意犹未了。丈夫李戎饭吃到一半，推开饭碗，吃不下去的样子，李戎向老婆表达了自己的忧虑：

亲家受伤，肯定不会善罢甘休，如若真的告官，官司难打屎难吃，到时候怎么办？

人家本来就对咱们的女子不好，这一来，不是更会对咱们的女子不好了吗？人家照样欺负咱们的娃娃，试问咱们有什么办法？

李田氏说，老实说，你这个娃的大大要是攒劲，也不会轮到我们妇人为娃娃出手了。

第二天吃夜饭的时候到了，灯都点上了，不见李戎回来。可以说这是从来没有过的事。去街上他卖糖瓜的地方看，没人。后来是在水渠里找到李戎的时候，已经半袋子黑面那样软塌塌的，没救了。

李田氏就去衙门里报案了。

此案先经中卫县知县艾椿年初审，旋转宁夏知府穆常阿审核，又与兰州府知府陈士桢、候补知府赵宜萱会审，结论为："死者李戎系投水自尽，并无任何迫逼情状。"

但是令各级判官们为难的是，"遍查清律，无有妻妾殴人，其夫畏惧连累自尽，应作何治罪之条文"。

最后只能"自应比照酌量判处"——意即只好参照相关条款，估摸着形成一个判决就是了吧。

比照判决的结果如下：

李田氏（李戎之妻）拟绞监候例减一等，杖一百，流三千里；

杨田氏（李戎妻表妹）依手足殴人成伤律，笞三十；

扈田氏（李戎岳母）依刃伤人者，以杖八十徒二年律，杖八十、徒二年。

念扈田氏年过七十，照清律追取赎银以代，赎银上缴国库。

看完这个案子，一个原本最容易被忽略的名字却被我深深地记住了，就是李戎。想不到一个连起码的配角都不能胜任的人，忽然一下却成了整个事件的主角。

选自《十月》2019年第1期

评鉴与感悟

本是一条无数人向往的道路，传说在尽头有所有人迷恋甚至为之疯狂的珍宝。可当你翻山越岭，跨越山海终于到达之后，你却发现，在终点等着你的是已经在沿途看过无数次的并不起眼的黑黢黢的石头，这就是我读完这篇作品的感受。

从这篇小小说的题目来看，喜姐理所应当的是故事的中心，可是谁也不会想到一直默默无闻，没什么存在感的喜姐的父亲——李戎竟会用自杀的方式突兀出来。

但是，惊愕之余不免会停下来思考，为什么这样一个无存在感的父亲会选择自杀？喜姐的父亲老实本分，以贩卖甜瓜为生，但是一家之主却是李田氏。女儿在婆家受气他也从未发过声。在李田氏寻衅刘田氏之后，从未有过任何言语的李戎却条理清楚地表达了自己的担忧。这个老实本分的男人平日沉默寡言，但是妻子的举措不但没有让丈夫感到欣喜反而给这个老实巴交的男人增添了巨大的压力，最终李田氏的一句话成了压死李戎的最后一根稻草“老实说，你这个娃的大大要是攒劲，也不会轮到我们妇人为娃娃出手了。”

懦弱也好，窝囊也罢，李戎终是在忧惧之中以意想不到的方式完结了自己的一生。不设身处地，谁也无法知道这个男人究竟在想些什么。也许路边每个不起眼的石头，内里都隐藏着独特的光芒。（张鑫）

众神之乡之北极星

/大解

山湾村离小镇有八里路，中间隔着一条河。山湾村与北极星之间，隔着无数个星星，具体有多远，谁也说不清楚，但却有着密切的关联。山湾村的人都知道，晚上睡觉要把门关严，不然北极星的光会钻过木门的缝隙或窗户的破洞来看你。小镇也经常发生这样的事情，人们对此习以为常，但也有些担心。

每天早晨起来，人们在胡同里见面打招呼时，都要问一下：

夜里北极星来过吗?

来过。我没理它，后来它就走了。

我也是。

人们相互问候一下，也就是图个心安，并不能阻止北极星继续来探望。如果哪一天北极星真的不来了，村里人反倒有些不安。夜里，总会有人起来，扒着门缝或窗洞往外看，心想，北极星没来，不会有什么事情吧?

人们担心的不是自己，而是天上发生了什么事情。

每当这时，整个山湾村的人都睡不踏实，男人们都要起来观望几次，心里惶惶不安，甚至有人去小镇报信，或者接到小镇来人的报信，相互提醒一下。毕竟两地相距不远，有很多熟人或亲戚。

人们在夜晚见面，并不需要确认对方是谁，见面后窃窃私语，然后转身就走，不能回头。据说回头会看见不祥的东西，因为人们真的不回头，所以也就没有人真正见过那不祥的东西到底长什么样，只是传说而已。

一天夜里，两个相互报信的人在路上相遇了。两人并不熟悉，也不问对方是谁，见面就小声说话。一个说，北极星没来。另一个说，来了一会儿，又走了。两人不再多说，然后各自转身，头也不回地走回自己的村庄。

报信人回到村里后，人们就可以安心睡觉了。人们之所以相互报信，不是为了自己，而是担心别的村庄。

如果赶上阴天，北极星隐藏在云层后面，整个夜晚都不出来，会有无数个村庄沉浸在惶惶之中，每个村庄都有人在出走，在相互报信，一时间，整个北方的村庄之间都有人在相互报信，并互问平安。

有一年夏天，天空阴云密布了七七四十九天，北极星一次也没有出来，有人传言，说北极星死了。这个消息一传出，整个山湾村的人都哭了。人们一打听，说小镇的人们也在哭，整个北方的人们都在哭。没有北极星，人们的生活也能继续，可是人们就是忍不住，觉得那么好的一颗星星，说没就没了，不哭出来心里憋屈。

这时，人们觉得北极星真是一颗好星星，除了发光，从来没有给人们添过什么麻烦。人们开始怀念北极星扒着门缝前来看望时那细微的光芒。有人甚至把盼望北极星的心情编成了小曲，低声哼唱，歌声悠远而悲凉，仿佛不是人唱出来的，而是从遥远的北方飘过来的。听着这歌曲，人们遥望着北方，泪眼迷离，轻轻摇晃。

阴郁的日子，总会有结束的时候。不知从什么时候起，天上的云彩慢慢变薄了，先是出现一两颗星星，后来出现一片，再后来，天空豁然开朗，满天都是星斗，而且又大又亮，有的星星甚至大过鸡蛋。

北极星出现了，仍然在最北方。它没有死。人们看到北极星，就像见到了久久思念的亲人，心想，你可来了。你再不来，人们都生活无望了。

人们奔走相告，说，北极星来了，北极星来了，北极星真的又来了。人们相互转告时，脸上带着欣喜和幸福的表情。人们都走出了家门，站在方便的地方，向北方眺望，目视着北极星，甚至不愿眨眼，生怕它再一次从天空里消失。

一连数日，山湾村的人们晚上不睡觉，看着北极星，也不觉得累。人们认为，这是生命中最幸福的事情。

小镇也是如此，据说他们还因为眺望北极星，专门搭建了一个台子，请百岁以上的老人坐在台子上观望。他们还在地上竖起一根木杆，上面固定住一个木牌，专门指向北极星的方向。后来，人们就把北极星所在的位置，尊为正北方。

北极星出来以后，人们开始注重夜晚的生活，白天似乎成了可有可无的时光。因为白天的星星太少，只有一颗，由于光芒太强烈，没有人敢凝视。而夜晚是丰富的，高大的天穹上，镶嵌了数不清的星星，每一颗星星都对应着一个人，虽然人们并不知道哪一颗星星是属于自己的，但是敏感的人们可以隐隐地感知到，天空中有一个与自己命运相关的事物。

有了北极星，有了满天星斗，人们心里就有了底，知道自己并不是孤立的一个人。人们有家人，有朋友，有亲戚，有附近村庄的人，有相互之间的关联，即使不常往来，心里也有挂念。

选自《人民文学》2019年第6期

评鉴与感悟

提到星辰，人们总是会抱有一些浪漫的幻想和美好的希冀。北辰，居其所而众星拱之。在人们的印象当中，北极星是夜空中最亮的星，闪烁在北方，为迷途的人们指引方向，带去希望。在山湾村，它不再“高高在上”地俯视人间，而是化身调皮的小精灵一般，在幽静的夜里拜访每一户人家。

在这里，北极星不仅仅是为人们指引方向，它更多的是加深淳朴的村民之间的关切，成为一条联结在每个村民之间的不可分离的隐形的纽带。有了这颗明亮闪烁的星，纵使人与人不常往来，不常问候，但只要抬头仰望，看见夜色中最耀眼的光芒，也会安心温暖。

山湾村的北极星，是所有村民的守护星，它会在星空中散发独一无二的光，悄悄地洒落在每一个村民心间，守护着他们纯真的心。（张鑫）

第三个飞翔的故事

/李浩

它发生在上个世纪，但我保证它是真的。故事是我四爷爷讲述的，他讲述的是他的五叔，李玉升的故事。

晚年的李玉升瘫痪在炕上，不会动，什么也做不了，除了流泪。他总是用一双泪眼看着你，看得你心酸——哪怕你是兴高采烈地到来也不行。不过他还是挺能吃的，四爷爷说，他一顿能吃半个窝头，“还想多吃呢！”

其实也不是什么都做不了，真不是——深夜的时候，李玉升的“魂儿”就会从他的身体里飞出来，从门框的缝隙里钻出去，然后背上院子里的粪筐，拿起木叉，然后又飞过院子、飞过村庄，到围子墙外的子牙河里去捕鱼。

第二天早上，李玉升的妻子、儿子早早地起来，就会发现在屋檐下粪筐里的鱼，它们已经被寒冷给冻住了，一个个还张着渴望的嘴巴。李玉升的儿子，我们叫哑巴柱爷的男人就背着这些被冻住的、弓着背、甩着尾的鱼到集市上去卖，有时需要走上三四十里路。大鱼三分，小鱼一分。有时哑巴柱爷会在天黑的时分才回来，他的脸总是红得发紫，有一块一块儿的冻疮。

日复一日。粪筐里的鱼有时多有时少。但总是有。

它是真的，真的是李玉升的魂儿飞出去做的——证据就是，早晨起来，李玉升的双腿总是凉凉的，有时还会带有一些水渍或者几片水草的叶，有时腿上、脚上会莫名其妙地出现一道两道不算浅的划痕或伤口。四爷爷发誓，他看到过，他没说一句假话。“他那么能吃，也是因为累。”

有一天哑巴柱爷很晚才回来，而他的粪筐里还有几条没能卖出的鱼。李玉升的妻子看着可惜，于是便用水洗了鱼，去掉了鱼鳞和苦胆，放上盐，两片腌了很久的白菜，然后把它们煮在了水中。鱼快熟的时候，她想了想又用筷子蘸了两滴香油滴在汤里。

哑巴柱爷把鱼汤端在父亲的面前。李玉升的眼里流着泪，而他的脸色竟然也变了，似乎有拒绝，愤怒，恐惧或者别的什么……可他不能说话，而哑巴柱爷本来就不会说。他们是两个哑巴。哑巴柱爷没有理会父亲李玉升做出的表情，他把筷子凑近了父亲的嘴。

不知哪来的力气。一直不能动只有眼泪的李玉升突然伸出了手，推开了哑巴柱爷的筷子。但一滴鱼汤还是沾上了他的嘴唇。

四爷爷说，他是不能沾鱼汤的，他不能吃自己捕来的鱼。沾了鱼汤，他的魂儿就再也飞不出去，再也不能捕鱼了。之后，李玉升家的粪筐里就再没出现过鱼。

而瘫痪在炕上的李玉升，不吃不动，眼泪也不流了，大约过了七天他就去世了，用草席去包裹李玉升的尸体的时候，四爷爷他们看到，李玉升的腿上长出了一片一片的鱼鳞。

选自《江南》2019年第3期

评鉴与感悟

飞翔，是一件浪漫且玄幻的事情。当将一些众所周知的故事从飞翔的角度重新理解时，便会产生新的审美效果。

飞翔的风筝，空中的飞机，灵魂的飞升、嫦娥的升天还有瘸腿天使，这五个故事将叙事的真实性和精神的奇幻性结合在一起，为平淡的生活增添了一抹亮色。这五个飞翔的故事带领我的思想也飞到了高空，那种自由、追求、无奈和执着是生命的律动，是精神的坚持。(张鑫)

食色两相之煮竹

/水鬼

山道有一口井，一个僧人用钵舀了井水坐在一块溜光的石头上喝。山下是悬崖，临大江，江水拍岸的声音听得僧人发寒。

水还没喝光，上来一个打鱼的，挑了几尾鱼，见到僧人在喝水，喉咙焦干，就问僧人哪里有水。僧人指着一个方向，打鱼的顺眼走过去，只见几块枯石码了一圈，水面陷得有些深，伸长了手臂到井中，井水正好没过半截手指。打鱼的缩回手，吮了一口湿手指，走到僧人身边，笑脸搓手问僧人借钵舀水。僧人推说钵里沾有他的口水，打鱼的说洗洗就是。僧人大口喝了剩下的水，捏着钵随打鱼的一块站到井边。打鱼的用钵舀了水上来，水像牛乳一样白，又低头看井中的水，清冽能见到井底的石子。

“这水怎么是白的?”打鱼的平端着水问，僧人有些不耐烦，说：“你喝还是不喝?”

“喝，你喝得我也就喝得。”

水甘冷熨齿，打鱼的连着喝了满钵，抹了一把嘴巴，将钵递给僧人。那钵有烧过的痕迹，黑得发亮。打鱼的说：

“师父是要过哪里去?”

僧人说：

“搭船回——回家。”

他原本要说回寺，但寺庙已经废于兵火，众僧都散了。打鱼的念着“回家”，茫然看着山下大江，说：“早上我在江边打鱼，见到一只大船，船上铺土种了许多瓜果蔬菜，我看里面足足住得有二十户人家。”他叹一口气：“这兵乱，真是把人给逼到江上去住了。”

僧人遥望大江，也跟着叹气，想起自己白天搭船过来，窝在船中小睡时，迷迷糊糊中，左手先是一阵热，触到了不知什么东西，片刻又骤然冷了下去，醒来发现是一个穿得很破的人，光腿搭在自己的手上。他要将那人的腿移开，怎么也移不动，只得费力抽出手来，那人身子滑在船板上，腰还是弓着的样子，一双脚硬硬地折在空中。众人见到他这副模样，用手探了脉搏鼻息，一个人说：

“死了。”

人要死就发热，热一过，人就死。僧人诵起佛经为他超度，船夫听到响闹，走过来，看着说：

“里面有认得他的人吗?”

众人互相看，半天没人应，船夫就拖着他，到了船尾，一脚将他踢进了江水中。僧人大叫一声，伸出手，船夫回到船中，冷着脸对他说：

“怎么，你还要给他收尸？那我捞上来，你给带回去?”

僧人听船夫这么一说，垂下手，什么话也没说，坐下靠在船舱上发呆。饥荒、战乱，大家见惯了死人，脸上没有表情，各自回到了先前的位置。

打鱼的问僧人住在哪里，僧人说就住在山下。两个人叙说了一阵，打鱼的肚子有些饿，提着几尾鱼在僧人眼前晃，说要借僧人家的灶烧鱼吃。僧人领他到自己竹片织的屋中，生起火来。打鱼的正要取鱼剖开清洗，僧人拦下说：

“我这里有吃的，鱼你带回去，留着吃，这么远打那几条鱼也是不容易。”

打鱼的很感激的样子，搓着手说：“那好，那好。”

他环眼在屋中看，空荡荡的，并没见到什么吃的。僧人把钵架在火上，摘下挂在壁上的柴刀，将屋外种着的竹子砍下一株，剃了枝叶，进到屋里把竹子劈成一块块，洗净后捞出一把，丢在钵里煮。

打鱼的看得目瞪口呆，没煮多久，僧人揭开盖子，递给打鱼的一双筷子，说：

“吃。”

打鱼的接过筷子，试着夹起一片，竹片已经发软，轻咬一口，味同鲜笋，就大口吃起来。一气吃完，肚子已经充实，缓了一阵，看着那口钵，仿佛知道了当中的窍门，说：

“师傅这只钵，真是个神物，那么老的竹子，都能给煮成笋子一般嫩，我想，怕是什么东西都能煮了吃吧？竹子、树、野草、石头、土，真好，再不担心没吃的了。”

他看着自己走了老远的路，辛苦打上来的几条鱼，怪笑了一下，拿起一条鱼，硬了手脸，僧人见到他的面目，大吃一惊，张着的嘴巴忽然一条鱼游了进来，动弹了一阵，没多久僧人就软了手脸，倒在地下。

打鱼的用冷水浇了钵，洗干净用布裹了正要带走出门，一个人影朝屋子走来，打鱼的忙将僧人拖进卧房，隔着一张竹帘往外看。那人进到屋子，叫着：

“师傅在家吗?”

打鱼的哑着喉咙说：

“在，什么事外边说吧。”

那人立在屋中，很恭敬地站着，说：

“寺庙都给烧没了，我四处打听，听人说这里住着一位高僧。”

打鱼的听他这么一说，心就松了，清着嗓子说：

“找我有什么事?”

那人一阵没发声，突然伏身跪在地上，几乎要哭起来：

“我杀了人，我自己是个该死的人，为着一些鸡毛蒜皮的事，动气杀了别人，我这脾气，自己恨死了自己。我去官府投案自首，可人家说我杀一个人算不得什么，外边整天都有人在杀人，我们自己都经常好人坏人都杀。官府没理我，这世道已经坏成这样了!”

那人叹气起来，接着又说：

“官府不管我，我就找到那个人的妻子，我说你男人是我杀的，你把我杀了吧。我给了她一把刀，坐在凳子上等她，可她只是哭，怎么也不敢下手。师傅，告诉我，我要怎么办才好。”

打鱼的只想将他打发走，说：

“你是不是觉得自己该死?”

那人说：

“我自然该死。”

打鱼的说：

“你看到了吗？桌子上有一把柴刀，你既然觉得该死，就把脖子割了。”

那人抬眼往桌上看，取下柴刀捏在手里。打鱼的听到外面声音有些乱，没多久什么声音都没了，他走出去，那人睡在一地的血中。他回到卧房，大力从僧人嘴里拔出那条鱼，用草穿了，随另外几条一起挂在肩上，捏着钵翻山越岭急步往家中赶。

选自《花城》2019年第1期

评鉴与感悟

自古清酒红人面，自古财帛动人心。芸芸众生又有几人能不为利益所诱。这篇小小说则向我们展示了几种不同的人，慈悲为怀的僧人，见利忘义的渔夫，自我忏悔的刑徒。三个人，一座山，简单的人物场景却描绘出最复杂的世间百态——人心。

山道饮水的僧人偶遇打鱼归来的渔夫，用自己奇异的法钵为一个不知底细的陌生人做了一顿美食，一场魔幻的煮竹盛宴过后，换来的却是杀身之祸。

在人命如草芥的动荡时代，刑徒因一时怒火失手杀害别人，过后却去官府自首想寻求一个解脱，得到的却是听起来有些荒谬的答复。听完“高僧”的回答，自己杀死自己。真诚是最有力也是最脆弱的东西。

有的人会为自己的过错反省，承担责任，但有的人却恩将仇报，从不回头。这世间最难以揣测的是人心，最变化无常的还是人心。（张鑫）

桃花汛

/豆青

桃花渡的桃花，开得绚烂如云霞时，正是漳河三月底四月初的桃花汛时节。水满盈河，花开缤纷。

两大匾黄澄澄毛茸茸的小鸡娃，在河生的船头上晃得叽叽乱叫。它们稍感到漾动，就杞人忧天地忽儿向左忽儿向右地群挤一堆。河生看得有趣，跟卖小鸡娃的长白脸后生说："这些小不点儿太胆小了，要是碰上皮胡子……"

在漳河一带，黄鼠狼有一个很仙气的外号：皮胡子。

长白脸后生忙"呸呸呸"吐三口去晦气："快别这么说，鸡娃胆小，它们要是被吓着，就会睁不开眼，找旮旯发蔫儿，很快小命就没了。"

桃花渡大多时候并不热闹，桃花汛期间，甚至显得春荫春水俱寂寥。上午渡过那个卖小鸡娃的，下午就再没有人要过河了。

河生系船上岸，坐在松软潮润的桃园地埂上，头上粉红娇艳的桃花开得热烈却无人赏看。河生坐着坐着丹凤眼就眯起来了，河生看到右边桃树后，钻出一个皮毛滑亮长相窈窕的黄色小东西。它把树身作为屏障，先是贴地探出脑袋，偷偷地看了一会儿河生，见河生一动不动，就把尖俏的下巴抬起，身子也慢慢地升高，它竟然站起来了！一只长相很俊的黄鼠狼。

河生怕吓着它，依旧眯着眼，心里嘀咕："上午刚说到它，下午就来了，这皮胡子还真灵。”

皮胡子一站起来，立时就有了小贵妇的气场，那身闪着绸缎般光泽的皮毛，丝毫不逊于貂裘的风采。河生想起了自己的上级阎锡山那个爱穿貂裘的小老婆。“小贵妇”蛊惑地盯着河生，腰肢妖娆，神态妩媚，一步一挪向后退去。

河生看它渐渐退到渡船边，仍佯装睡着，一动不动。“小贵妇”真有些着急和技穷了，骤然前肢落地，弓身一个高跳，颈背上的毛都竖起来了。河生吓得睁大眼睛，站起身笑着说：“小姨子的，我知道了。”

“小贵妇”扭身连蹿带跳沿着搭板跑上渡船，伏踞在船尾，目光羞涩地防范着河生。河生走到船头撑篙，戏谑道：“你的地盘在河北岸，用尽手段过河南岸去干什么？找相好的？”

河生把“小贵妇”送到地势稍高的河南岸，“小贵妇”跳下船，头也不回地溜进草棵子中不见了。河生有点儿悻悻的：“你如果是个女人，也是个薄情寡义的。”

自从“小贵妇”明目张胆地乘船过河后，就总有些河北岸的小东西，附船偷渡到河南岸去，有的甚至还携家带口。比如蛇，也不知它藏在船上哪里，渡客下船，它钻出来跟在后面昂首奋游，曲曲连连也不怕人踩它，争先恐后地就下船去了。还有形容猥琐的老鼠，拖着细长尾巴，噌噌几下从人腿中过缝穿隙，反把女人小孩吓得大呼小叫。还有刺猬……总之，桃花汛开始后，河生的渡船就不仅仅运输人和家畜了，船上时不时会冒出各色野生的小东西，河生见怪不怪。

河生的土坯屋在河北岸，黄泥抹的墙面，冬暖夏凉。有一天墙根基处洇上一层水渍，河生没有当回事，土屋建在河边的低洼处，以前也老是受潮洇墙基。河生有个土地公公泥玩偶，长白胡子短身材，拄根拐杖，一副慈眉善目的样子，平时放在桌子下面蒙尘积垢，河生都忘记了家里还有这么一个泥玩意儿。

那天，河生看见土地公公端然站在他常坐的小竹椅子上。河生的小土屋里很少来人，就算来个人，也不会从桌子下面翻出小泥偶放到椅子上去。河生把土地公公又塞到桌子底下，弯腰时看见墙上的水渍已经明显高过根基了。

第二天，墙上的水渍又长高了许多，都快到桌面了，那水渍像云纹又像是海波。这次土地公公出现在了桌子上，一脸愁容，再也看不出慈眉善目的样子。河生只是把土地公公往桌子上不碍事的地儿移了移，仍然渡他的船去了。

第三天，土地公公出现在小土屋里的门头上。河生推门进屋时，门头上先是簌簌地落下一阵尘土，河生抬头就看见土地公公在门头上摇摇欲坠，接着土地公公从门头上摔了下来。

河生眼疾手快，伸手接住了已无生念的土地公公。河生说："不就是个桃花汛吗？我知道我知道，咱们这就收拾收拾过南岸去。"

河生一边收拾必须带到河南岸高地去的家当，一边安慰放在上衣口袋里的土地公公："'小贵妇'过河去了，蛇和老鼠也走了许多，这桃花汛不会造成大面积淹患的，你放心，咱们这就去南岸安家去。"

民国十六年，漳河在桃花汛期间小决堤，河北岸因地势低，略受淹患。

选自《百花园》2019年第7期

评鉴与感悟

这是一篇有些神异的小小说，轻松幽默诙谐的语气，寥寥数语就架构出一个令人向往的桃花渡。这里人烟稀少、景色清幽，少了许多的烟火气，但多出来的正是那份人烟冷寂而滋生出来的古灵精怪。早先令人厌恶的黄鼠狼在作家的笔下摇身一变成了身姿婀娜的"小贵妇"，而那些原本令人谈之色变的生物——蛇鼠之类在这里也都变得可爱起来。

平日布满灰尘的泥偶娃娃，在危险即将到来之际"大显神通"，通过凸显自己的存在感来提醒主人即将到来的危难。河生在桃花渡摆渡那么多年，真的看不到即将到来的水汛吗？还是说，他是为了让更多的河北岸的小动物们借助自己的渡船平安的到达南岸？作品在末尾给了我们答案："'小贵妇'过河去了，蛇和老鼠也走了许多，这桃花汛不会造成大面积淹患的，你放心，咱们这就去南岸安家去。"善恶有

报，因果轮回，善良的河生渡过百姓，也渡过生灵，最终也渡了自己，渡了一方小天地——桃花渡。（张鑫）

第三辑

直抵心灵的力量

这一辑中的小小说关注的主题是人类的存在。人类整体在无限的时空中是怎样的存在（阿乙的《用进废退》）？人与人之间有着怎样复杂的社会关系（班宇的《隐鸣之迷宫》）？语言和沟通能否排解孤独（何君华的《并不是世界名著之百年孤独》）？当前社会钻营的风气使人际关系发生了哪些畸变（李方的《遇见》、墨白的《春风路74号》）？在节奏快、人们普遍焦虑的时代，还有哪些永不磨灭的灵魂之光可以给予我们心灵的慰藉（谢志强的《艾城奇人异事之看见》）？

这些作品向读者展示日常生活外的社会的其他面：用电线勒死前女友的作家；三次充满浪漫色彩的遇见；领证当天发现自己被办城市户口的人欺骗了的男人；一座充满奇人奇事的小县城……透过一角，直达本质。这些平淡而深刻、极富张力和感染力的故事向你发出邀请。（赵琦）

隐鸣之迷宫

/班宇

厂房像宫殿，乌鸦在红色棚顶上蹲伏，彼此守望，翅膀张开，又再收拢，不飞也不叫，有光穿过，阴影向外延展，大约几米的距离，在午后持续变长，逐渐黯淡，直至傍晚，走向暂时的终点，准备与夜晚汇合，不可分解。两侧是不同型号的变压器，巍峨连绵，有人在其上攀行，自吊车副臂降落，为其喷漆，一道之后又是一道，为无名之山做修饰，底下是成捆的巨线，不同颜色，覆盖着土和锈，相互盘绕，向未知跳荡。我先顺着绿线，走到一半，愈发荒凉，阴风吹进领口，连忙后退，换作蓝线，一路通畅，经过工会楼，有人在用假声唱歌，模仿女高音，我靠着墙上，点根烟，闭着眼睛倾听，咿咿呀呀，没一句正经词儿，似被巨兽扼住喉咙，一路往高走，后来忽然停止，清清嗓子，开始唱，风、吹、稻、花，只这四个字，翻来覆去，叫不准音高，我踮起脚，透过窗户看去，里面与教室相似，桌椅整齐，但破旧，木色昏沉，一人高高在上，站在我面前，穿着深蓝的工作服，对着窗户唱歌，我抬脸时，她正低头，四目相视，她看见我，没有讲话，眼神无光，卷起桌上的词本，转身出门。我跑到门口，在外面等，她步伐急促，假装没看见我，继续朝前走，我跟上去，贴在身边，她的衣服上有肥皂的气味，好闻，干涩而清洁，令我迷恋。她走得很快，穿梭于变压器之间，我有点跟不上，便伸出手去，拽住衣角，她用力打掉，我的手臂便在半空中来回摆动，像风吹过的稻穗。我忽然意识到，风吹稻花，这四个字说的不是气味，而是声音，像浪，由远及近，覆盖彼此，抹平褶皱，消遁于时间。我说，小柳，不要这样，再给我一次机会。她没说话。我说，腊月里，我们把婚事办了。她说，第一，告诉你好几遍，咱俩已经分手； 第二，腊月里不能结婚，常识。我一听，觉得还有戏，说道，那你定月份，我听你的，三月也行，春姑娘的脚步近了，近了。她说，我有对象了。我说，跟他干啥，普通工人。小柳说，反正比你强。我说，我爱听你唱，他不行，我做梦时都是你的歌声，只有动静，没有影儿，那些高音，如同即将截流的瀑布，纤细流落，醒来时耳鸣，一天都是你。她说，没用，有什么用呢。我说，我想我们还是有感情的。她说，现在没了，书上怎么说来着，谈什么都别跟我谈感情。我有点想笑，但是忍住了，接着忽生蔑视，心里想，小柳，你什么文化水平我还不清楚吗，跟我谈书，你知道我读过多少本书吗。但立即又低落了，书籍或者精神，只不过是两个动作之间的忽然停顿，除此之外，什么也不能代表。她说，我换衣服下班，不要跟着我。易燃库的侧门敞开，小柳走进去，我没有工作证，无法进入，站在门口，听风吹过柳树，哗啦哗啦，也像唱歌，风吹过什么，都像是在演奏。我回到工程队里，夜间要出活，我没去，躺在长椅上，抖开一张厂报，上面有我的文章，但我已经不愿再读，只用它遮住脸，队长走过来，坐在身边，对我说，没谈好。我说，嗯。队长说，好好休息，不能强求。我说，我不理解。队长说，放你一宿假。我说，喝酒不，哥，我想喝酒。队长说，不喝，明天还要去医院，陪护病人。我想我也是病人，却无人陪护，孤寂地在午夜的走廊里游走，尽头是窗，我打开后跳出去，发现是另一趟走廊，无止无休。外面铃声响起，反复敲击头颅，夜在逼促，休息室剩我一人，我起来抽烟，半盒“古瓷”，掐掉过滤嘴，一根接一根，抽到肺里，失火一般，头发竖立发焦，烟抽完后，嘴巴发干，四处都找不到水，只好去厕所，到处都是信纳水的味道，嘴对着龙头，直饮生水，喉部动荡，喝完打了个哆嗦，又尿出来几滴，最近经常憋不住，不知怎么回事，眼泪也涌出来一些，全身濒于失禁。但这样的晚上不能浪费，我应该去做点事情，为万分之一的可能。于是我走出厕所，回到休息室，取出瓦刀，有乌蒙蒙的金光笼罩，我将它捂进派克服里，躬身踱步，像一个犯胃疼的人。来到室外，没走多远，便有巨大的声响向我扑来，分不清是重物坠地还是爆炸，反正灰尘总是扬起，飘在空气里，长久不散。许多人也走出来，四处查探询问，没有结果，生产进入短暂的歇止期，人群喧闹，互相散着烟，我低头经过，来到装配车间。这里的棚顶没有乌鸦，厂房宽阔，回声阵阵，大多空洞，并不可靠，头顶是高瓦数灯泡，忽明忽暗，我站在这里，停留一刻钟，又往外走，下班的人群将我淹没，身侧都是推自行车的人，围着纱巾，黑色、白色或者橘色，静默无声，像要奔赴刑场。我跟他们不同，我的刑场就在这里，我将埋于此处，十万大厂，为我陪葬，我在地底深处，每天都能听到你操纵机器的声音，你的脚步声、谈话声、歌声，怎么唱的来着，风吹稻花，聚拢思念，一年又一年，雨天里，泥水渐落，那是我的使者，是我这个荒谬之人能给出的唯一答案，我将成为疾病，成为核，永恒在此辐射。所以小柳，请你跟我来看一看，我扼住她的手腕，对她说，我要告诉你一些故事，关于这个世界，你从不知晓，白天折磨黑夜，黑夜折磨灯火，我绕过曲线与环线，绿和蓝，在火的深处等你，这是我们的秘密基地。你跟着我走，不要叫，要仔细听，背后的冰凉不是刀，不是利刃，而是语言，它终会将我们切开，一分为二，我的一部分将归属于你，你将拖着它走，继续前行，经过三十岁、五十岁和七十岁，时而想起，但常常忘记，像隐微之鸣，像铁的相互撞击，振动渐弱，但不会静止。世界即存在于此，存在于这样的振动与声响里。我说，小柳，你也许刚弄清楚，我在人群里将你拯救，未经阻拦，众人司空见惯，不要去谈人性、本能与孤独，正是这些词语，终将置你我于死地，世上是英雄广场，却无凡人立足之处。你来到这里，只是为了在黑暗里倾听，一切将会更为真切。我说，小柳，你不妨再听听，我有苏联的灵魂，小柳，沈阳就是彼得堡，跟毁灭处于同一纬度，关于我的小说，现在一点一点念给你，请记好，在这篇小说里，我就是你：黑海北岸的平原上，只要一刮起风来，许多人便会随之离去，顺着海水的狭窄通道，涌入无尽的洋流之中，包括你的祖父、父亲、母亲，还有许多爱人，其中一位是你在十六岁时认识的，爱你到发狂，守在山杨树旁边，弹奏小曲儿，唱久远的情诗，但你又不能去爱，他贫苦而丑陋穷，他的过去密不透风，如今他一无所有，乃至连自我都不存在，你只好终日拉紧窗帘，泪流满面，每个傍晚，都能听见一点细弱的歌声，从窗帘的缝隙里钻进来，接近于谁的诉说，只言片语，有时是叶子，有时是花，随着季节一并落下来，秋季逝去，冬季来临，在某一天，风也将他带走了，悄无声息，仿佛从未出现过。雪落下来的那天，你坐在马车上，离开庄园，经过那棵树时，仿佛又听到他的吟唱，悠长，辽远，就像汽笛，长久呜呜，蔓延至心脏，也许有那么几次，你也想把心托付于此，但他却离你而去，甚至没有一句告别。没有告别，小柳，你听懂了吗？小柳不再哭了，混沌之中，电线缠绕其身，她已经毫无气力，也已放弃挣扎，近乎虚脱。我又开始耳鸣，像是所有醒来的时刻。最后的光线从铁门的缝隙里射入，不断摇摆，像是即将熄灭的探照灯。我说，小柳，有时候我们看天，密云遮蔽，也能透出这样的一束光来，抬头望去，好像众神在歌唱，但不过是丁达尔现象，小柳，听不懂没关系，记住就行，你知道那是什么吗，当光线进入云雾时，冰原退缩，乌鸦飞散，从入射方向可以看见其中有一条光的通路，小柳，我们的工厂是人造之林，我们的大地是迷宫，到处是点、线和胶体，信纳水的味道，走不出去，无尽之凝滞与拖曳，只有那闪亮的光束是唯一的通途，别怕，小柳，用行动去撕扯语言，投下眼泪或者闪电，朝着光的方向走，不必回头，我在你身后，我想要在你身后，我终将在你身后。

选自《上海文学》2019年第1期

评鉴与感悟

《隐鸣之迷宫》也许是“最班宇”的作品了，荒诞和现实、个人与社会的环境、精神状态与对自身秩序的探求，在三千字的篇幅中有条不紊地展开。班宇创设了一个开放的世界，叙述只照亮了庞大现实的一部分，因而主人公的故事永远是未完成的。

从情节上看，《隐鸣之迷宫》的表层故事是单恋者“我”夜里到小柳工作的厂房找她谈复合，被拒绝后用电线勒死了她。但在这样一个血腥、残忍的故事下，人当前生存的迷宫更令人触目惊心。大地上的工厂、厂房里的各种机器设备组成的迷宫使人迷失了自己的方向，呈现出迷乱的状态。为了摆脱这种状态，又采取了迷狂的行动。至此，

“缠绕”的动作回到表层叙事中的“谋杀”情节，形成一个圆满的闭环。《隐鸣之迷宫》文本自身也就成了回环往复、首尾相连的庞大迷宫。值得一提的是，令人眼花缭乱的技巧并没有损害文本的质地，情感和技巧二者此消彼长，体现了班宇卓越的节奏控制力。（赵琦）

用进废退

/阿乙

拓跋晓春是纯文学刊物《高山》的执行主编，住在常营。2018年10月2日，我们约在常营万象天地的漫咖啡见面，时间是午后2时30分。虽然只是临时约定，但我感觉等待这一天已经很久了。

我常为如何用掉自己犯愁。

我是在五年前失业的，也有可能是不愿再去工作。总之一直待在家中，背朝黄土面朝天地生活。也就是睡了吃、吃了睡。初期，常会在一阵焦躁中醒来，觉得会迟到，醒来明白并没有工作后，会微微感到失落。不过在想到没有工作（正如贫穷和死亡）是每个人都有的归宿后，心里也就安然了。

中午12时30分，我看见太太在往皮箱收拾换洗衣服，便问："不是明天出发吗？"太太说："是明天到，不是明天出发。我就知道你不记得。今晚7点20分的飞机飞武汉，在武汉住一晚，明天换乘火车再去瑞昌。"我因此想到下午的约定，不至于要取消，提前一小时开始，提前一小时结束就好。这时我收到拓跋晓春的微信留言："让我们1点30分见。"我认为没有必要指出他的错误。我这么回："嗯，咱1点30分准时见。"

1时20分左右，太太驾车将我送到万象天地的漫咖啡门口，我看见玻璃门后挂着一把U形锁。弄不清是停业还只是暂停营业。这都不重要。我得在附近找到一家还在营业的咖啡馆。找到再通知对方，这是我的习性。我不想在这事情上多作纠缠。太太搜索到附近有三家：咖啡陪你、中信书店、西西弗书店，都有售咖啡。我下令去咖啡陪你。到达并与太太辞别后，我看见拓跋晓春迎出来，将我让进店内。我感觉有点蹊跷。我并不是为晓春预知我要来这儿而感觉蹊跷，而是为自己并不为这件事吃惊而感觉蹊跷。

晓春穿一件红色长袖的T恤衫，戴一副圆框眼镜。有时我能看见镜片后那犹如凝固了的涟漪的圆弧，这说明眼镜的度数很高。晓春留着寸头，脸较以前更清瘦。最边上的牙少了一颗。人们之所以愿意和晓春交往，是因为他总是将愤怒、委屈和埋怨控制在最小的范围，让你感觉不到。对我们来说很可能是要掀桌子以示自己存在的事，在他那儿只会轻皱眉头。我们常说，拓跋晓春是一个体面的人。现在他身上还肩负着三份工作，除开服役于《高山》杂志，还在“12点”App（手机应用软件）做轮值主编，以及给“重麦”App当顾问。我们不可避免地聊到他所属的族群。尽管这些我们早已知道七八分，但还是会去问，比如还剩多少人口，有没有人使用原来的语言，一些着装情况。晓春的回答比我们了解到的还要悲观。他说一切、全部、所有，如今只剩下姓上面的两个字：拓跋。而且是汉字。他很难想象自己的祖先骑着马跟随畜群迁移是种什么状态。他听老人说，每一个姓拓跋的人都会在生命的某一天碰见一个手持金锤的祖先，要么是在街市，要么是在海边，后者骑着一匹高大的马。越来越多的人说看见了。他们对来自祖先的使者的描述不是奔向分散，而是归于统一。这是个长着荒唐的大肚子的老头儿，虽然持锤，然而并不使你害怕。他手臂上的皮一层一层早已松弛，好似风吹皱的秋水。他挺着鸡卵般的眼球平静地看自己的后裔，似乎有很多哀伤，然而来自种族的特性又不允许他表露这种哀伤。马交替踏下蹄子，打响鼻时喷出的气息难闻。在这样一会儿之后，它载着主人转身飞纵而去。不过晓春并没有看见。

我是在五年前被迫戒烟的。人们说这是一个人身上具有可怕意志力的证明，在得知我是摩羯座之后，就更加确信了。不过这可能是仅有的证明。戒烟后，我的生活变得空荡荡。感觉脑子里有一只怪兽或者说是神，每隔一段时间就来催索什么。往日我深吸一口烟，就能觉察到它的满足。这种满足甚至有些过分。后来我用了五六种方式来对付它，但都不够意思。喝咖啡是最接近的一种。它们——我指的是美式、拿铁、卡布奇诺、摩卡、浓缩——各有各的缺陷。我每次喝当中的一种都会感到后悔。我在这天要的是卡布奇诺，之所以点是因为几天前在一个咖啡店看见四个外国老人都点了它。老人犹如老马，意味着经验和认识路。我喝了几口，咽喉那儿有潴淤闭塞之感，且开始容易说错话。我决定再也不碰这种液面会拉出叶子图形的咖啡了。

我总是容易为事情感到沮丧，或者说是容易体验到事物令人沮丧的一面。坐在对面的晓春恰好相反。我在这个世界得到的比他多，但远不如他幸福。我们聊到作者的真诚。我记得在说到这句话时，晓春停了下来。他是这样说的："作家，是应该写自己的感受，还是应该写别人的感受，或者是写误以为是别人感受的感受，这是一个问题。"他边说边陷入对另外一件事的思索，我感觉他是为着尽一种义务才将这句话说完的。好比是船在蓝色的海面上下了帆，或者工厂的机器断了电正在完成最后几圈空转，我们烦冗热闹的对话突然进入宁静状态。

后来我想，正是这句话在小聪明和庄重方面同样突出，在所有话当中看起来是如此不同，使晓春意识到自己过去说过它。他之所以拖慢说完这句话的节奏，并不见得是为尽一种义务，很可能是为了和过去的自己同步，好形成和声的效果。有两个晓春，在相同的咖啡馆，相同的时光，面对相同的听者，说了相同的话。"我不知道你有没有过这种体验？就是你正在说话或做事的时候，突然意识到这件事你经历过。"晓春说。就连这样的感慨我也听过。我感觉记忆的空格被一块块填满。在服务员端着一杯倒得并不是太满的啤酒走过来时，我身手敏捷地抽出三张抽纸。她果然让酒泼在大理石桌面，与此同时我已经擦干了酒渍。在一部电影里好像有类似的细节。

"我经常有（这种体验），特别是前几年，"晓春说："我找人研究了这个问题，并且翻了资料。一种解释是，确实是有平行宇宙的存在，在那一瞬间，平行宇宙交叉了。另一种解释是大脑皮层有生物电，它一直在正常运行。但有时它也会短路（回路），会给你一个错误的指令，让你以为这件事发生过。其实并没有。"

最后几个字我是和他一起说出来的，我甚至模仿了他的声调。我完全记起来了。我们将在下午4时散伙。他以及好像是专为这件事作证而赶来的作家孙一圣一起，将我送到常营地铁站。记忆被完全唤醒，更多事来到我心中。在走进车厢后，我流下热泪。一些乘客吃惊地瞧向我。“我可怜的兄弟们啊，我的眼泪同样为你们而流。”我在心里对他们说。我没有告诉晓春一件事，正是忍住不说让我如今痛不欲生。我想乘客们都看见了我在哭泣时双臂发生的剧烈颤抖。这件事就发生在不远的未来，不是五年后就是六年后，总之很快。我在一个四面墙都刷成乳白色的美术馆，看见身体两侧被割开很多伤口的晓春，被关在密闭的水箱内，正在游泳。对面是另外一只水箱，游着他相恋多年的女人。有时他们面朝下游，有时仰着游，有时一个飞蹿，有时像死了一样久久漂浮在一处。水箱底部堆着好几层灰色鹅卵石，一株绿色的水草随波漂荡。对他们来说，时间将是怎样的漫长和难挨啊。有时——他们在短时间内连续用额头或肩头撞击玻璃。没有革命和解放的可能。一旦囚禁，永远囚禁。所有不肯放弃肉身形式的人类都被人工智能处理成可供展览的艺术品。

我接受了它们的建议，变成一颗飞行速度比思想还快的尘埃。我每天在广阔天地间游荡。

选自《江南》2019年第1期

评鉴与感悟

身兼数职、体面光鲜的主编拓跋晓春继承了其祖先那种沉稳哀静的性格，却打破了一个神迹——其他拓跋后人在平行宇宙都能见到骑高大的马降临的拓跋先人，而晓春却从未见过他。

先人带有明显农业时代特点，代表一种稳定感、秩序感，同时也是自然生命力的象征，是拓跋后人因姓氏而共享的身份的确认。拓跋晓春的被抛弃和他纯文学杂志编辑的身份构成某种微妙的隐喻，在现代文明培养下的人没有自由的精神、健壮的体格、热烈的情绪，唯一能证明个体独特性的反而是人们一直想要摆脱和超越的沉重的肉身。

阿乙《用进废退》的先锋性在于他有意突破理性高于感性、理式是文明的最高阶段的价值判断，而把进化的动力归结于人类的需求。有

“用”的需要则“进”，而被淘汰方只能以一种无奈、惨烈的方式延续着他们的存在。叙述者“我”虽处于社会边缘，却是老庄哲学精神的体现。“我”的预言基于大脑皮层生物电的科学研究，它暗示人的信念并不能完全如自己所愿，只受主观精神的把握。在无限的时空中，即使拥有强大预言能力的奇人也不过是微小的一粒尘埃，这样就把人类的有限性和局限性较为清楚地展现了出来。(赵琦)

春风路七十四号

/墨白

柜台里那个长着一对蚕眉的女子用审视的目光看着我们问道，谁叫孙光明？

我看了一眼身边的未婚妻说，我。蚕眉女子说，身份证！我说，户口本不行吗？蚕眉女子说，不行。

我一边掏身份证递给她一边暗自嘟囔着，我又不跟你结婚，干吗这样冷冰冰的？还谁叫孙光明，这还用问吗？我们来办证，你男女都分不清吗？我正没头没脑地想着，那蚕眉女子接过我的身份证看了一眼又掷回来，说，二代身份证。

二代的？我说，二代身份证我还没有办呢。没想那蚕眉女子不再理我，拿起我们的证件起身离开了。

哎——

蚕眉女子听到我的喊叫声回头看一眼，但并没有停下来，她在我们的注目下推开后墙的门离开了，她消失的一错一错丰满的屁股蛋儿让我浑身一阵燥热，我忍不住去拉未婚妻的手，可却被她快速地推开了。看一眼满脸绯红的未婚妻，我强忍着咽了一口唾液。

柜台后面墙壁上的石英钟一下一下敲得我的心疼，那个蚕眉女子迟迟没有回来，这让我们等得焦急。我渴望着她能快点回来，抓紧把我们的结婚证办下来，除此有一瞬间我还对她产生过非分之想。说实话，那蚕眉女子真的比我未婚妻性感，我的未婚妻不但没有她臀部大，而且乳房也不如她的丰满；尽管我清楚地知道蚕眉女子那粉红色衬衣下挺拔的乳房很可能是乳罩的缘故……

就在我想入非非的时候，未婚妻悄悄地用脚踢了我一下。顺着她的目光，我看到有个身穿制服表情严肃的门卫朝我们走过来，他问道，谁是孙光明？看我对他举了举手，他就对我说，你过来。

我犹豫了一下还是跟着这个身材高大到有些愚蠢的门卫往前走，可是走了几步我停下来，回头看着仍然停在原处的未婚妻说，走呀。未婚妻这才不情愿地跟过来。我们沿着长长的走廊拐了一个弯，来到一间办公室里，看到有个戴茶色镜的灰发男子正坐在写字台前看东西。听到声音茶色镜抬头看了我们一眼，由于那副茶色镜，我们无法破识他的真面目。茶色镜旁若无人地先伸手按住胸口用力咳嗽了两声，然后弯腰探身朝桌边的垃圾篓里吐了一口痰，这才拿起他刚才看的东西，原来那是我们登记要用的户口本和介绍信，他把户口本翻转过来对着我说，你这户口本什么时候办的？

我说，1996年，八年了。

噢……茶色镜拖着长音站起身来，然后把户口本平放在桌面上，伸胳膊探腰推过宽大的桌面，然后又坐下来看着我们说，你这户口是假的。

你说啥？茶色镜的话像兜头给了我一棍，我的头轰的一下就大了，假的？

对，假的。茶色镜面无表情地说。

胡说八道！我无法承受这突如其来的耻辱，那句充满愤怒但缺少教养的话从我这个愣头青嘴里脱缰而出，没想身后的未婚妻又用脚踢了我一下。未婚妻的提醒使我从鲁莽中清醒过来，清醒过来的我感到脸颊发热，我压低声音嘟囔道，为了给我办城镇户口，那年俺爹借了五千块……

那一刻，茶色镜表现出一个行政人员应有的职业素养，他并没有为我的出言不逊而恼怒，他伸手推了推下滑的镜框又捂着胸口猛咳了两下，等探身朝垃圾篓里吐了痰后坐直身子看着我说，我要像你，现在就让人把你轰出去，但是……

茶色镜说着往后仰着身子拉开抽屉取出了一沓文件，他一张接一张地翻看着，他翻了一阵停下来看着我说，孙光明，是吧？我忙叠声回答说，是是是。茶色镜的手指在纸页上敲了敲自言自语地说，在这儿，第九百五十三号……说完抬头看着我们说，你去过春风路七十四号吗？

茶色镜的话把我问住了，我暗自嘟囔着，这货还真问到了点子上……茶色镜从我的神情里已经看出了端倪，他再次站起身来把我们剩余的证件从宽大的桌子上推过来，仍旧面无表情地看着我说，你最好先去那儿看看……

茶色镜说完不再理我们，埋头去处理他的公务。未婚妻轻轻地捅了我一下，我只好拿起我们的证件退了出来，可我心里不服，娘希匹，那户口是俺爹花了五千块买的，你张口竟说是假的……

等我走出民政局的办公大楼，在强烈的阳光下我再次打开户口本仔细地查看，为了还那五千块钱俺爹打了两年工，怎么就成了假的呢？其实，为这事儿过年时我还专门问过俺爹，俺爹用他粗糙的手搓着满是皱纹的脸驼着背看着我说，你爹就这么大本事，只能给你买个城镇户口。你还想房子，就把我卖了吧……你听听，俺爹的话比茶色镜的还噎人，就那我都咽下去了，你现在说我这户口是假的，我就信你的了？就像你说的，我还非要去看个究竟不可。

我伸手拦了一辆绿色的士，可等来到位于锦城东部的春风路，还真遇到了麻烦，我们沿着春风路从南向北数到头，最后一个门牌号码是七十三号，再往前，就是颍河大堤了。

这怎么可能呢？春风路上怎么会没有七十四号呢？我们看到颍河大堤边上有一间低矮的木屋，木屋门前的树桩上挂着一个旧轮胎，肩膀上搭着毛巾的修车匠正撅着屁股捣弄一辆摩托车，他身上的衬衫已经被汗水改变了颜色。听到我的询问声他直起腰来，他用拿扳手的那只手的手背擦着额头上的汗水，看着我们反问道，七十四号？

尽管天很热，我也感受到了从他眼角布满皱纹的眼睛里流露出的冷漠，不同的是他的嘴角比蚕眉女子多出了一丝讥笑，冷漠加讥笑，一副爱理不理又想让我们领悟他内心所指的复杂表情。为了让我们重视他接下来要说的话，他将手中的扳手狠狠地掼在地上，随后指着颍河大堤说，没看见吗？前面就是颍河，哪来的七十四号？

我一阵眩晕，不是因我头顶毒辣的太阳。看到我眼中的迷茫，修车匠似乎有些得意，这次他没有用手背擦汗，也没有拉下肩膀上的毛巾，而是摇头甩着汗水，哼哼……可能是汗水辣了他的眼睛，修车匠使劲挤了挤眼睛，这才自言自语地说，火烧猴腚一样，都掏钱争着抢着买城镇户口，都想疯了，这下得法了吧？也不动脑子想一想，哪有天上掉馅饼的事？人家是看城乡户籍差别能赚钱，妈那个头，这生意也太好做了吧，那些骗子随便编个号码这生意就来了，春风路七十四号，鬼才知道在哪里……

我不明白修车匠的仇恨从何而来，面对我这个几乎绝望的人他的语气里仍然充满了讥讽。我告诉你，来找的人多了，一拨一拨的，都想成为城里人，都想疯了，挣俩血汗钱跑到城里买户口，你们这些傻子，在锦城压根就没有春风路七十四号，在公安局里也查不到你们的户籍信息，你们无法申请二代身份证，也无法登记结婚……

这个恶毒的修车匠，他抡起的棍子比茶色镜的还要狠。而更狠的是我的未婚妻，她伸手从我手里夺过她的户口本，朝我脸上就是一口唾液，随后对我骂道，骗子！

我的未婚妻打我没有用棍，而是搬起了一块巨石朝我猛砸过来，她走了几步停下来，回头伸手指着我恶狠狠地说道，我图你啥？不就一个城镇户口吗？还是假的！你黄鼠狼还想吃天鹅蛋，死去吧你！

说完，她转身小跑着走上颍河大堤，片刻就消失了，而我被她彻底给砸晕了。在毒辣的阳光下我感到头晕眼花，双腿一软，我就在修车匠的注目中瘫软在地上。

选自《大观·东京文学》2019年第1期

评鉴与感悟

《春风路七十四号》描写了城乡差距逐渐拉大的今天，底层人群无法摆脱的出身问题给他们带来的痛苦。和未婚妻领证当天，“我”城镇户口的真实性问题遭到了质疑。沿河一路走，“我”苦恼地发现户籍地址所写的“春风路七十四号”并不存在。像“我”一样被骗的乡下人还有很多，未婚妻得知真相后大骂“我”是骗子，而后愤愤离去。“我”和父亲拼了命也要搞到城市户口，未婚妻以婚姻为代价只为获得一个城市户口，身份的重要性不言而喻。而基础建设尚未完善的城市没有做好接纳农村青年的准备，他们的渴望让骗子有利可图，最终受害者无处申冤。《春风路七十四号》还展现了底层人群之间的互相欺骗与伤害。未婚妻和住在河边的修车匠对“我”的嘲弄和谩骂、“我”在领结婚证当天轻易地精神出轨办结婚证的性感姑娘，无不表明底层人群更深层的悲哀——他们在心理上高度认可并支持不接受、不认可他们的城里人，对和自己处于同一阶层的人却充满鄙夷和排斥感，这种错位又加深了人物形象的悲哀色彩。墨白深刻地揭示了当今社会身份问题的重要性以及由此带来的社会问题。（赵琦）

艾城奇人异事之看见

/谢志强

她揭掉月牙形的桶盖，倒泡脚水，桶盖，里朝上，像烫手一样，她差一点失手。桶盖里有一只大大的眼睛。眼睛如一片树叶，双眼皮，黑眼珠，微笑地看着她。她本能地要取内衣遮挡裸露的上身。

她笑了。那是一个树疤。只不过像用画笔在拼得严丝无缝的盖板描绘出的那样。她选来选去，竟然没发现泡脚桶盖上的这个烧焦似的疤。她不禁生出歉意，有愧他对她的信任。一定是树在生长的过程中遭到了伤害。发乌的疤更像长着浓密的黑睫毛的眼睛，没有邪念，倒有好奇。

香柏木泡脚木桶的清漆，保留着树木剖面本色的年轮，像丢了一粒小石子的池塘，溅开凝固而又自然的涟漪。而树疤，如同清澈的水底一个孩子般的眼睛。

一个星期前，她在家政中介所，排除了老人、病人，确定了护理他——盲人，比她大五岁，一个人一套住宅，七十多平方米。条件很简单，做一顿晚餐，洗换下的衣物，陪傍晚散步，而且，她有单独一个房间，可以节约开支。因为他是盲人，她打消了顾忌，他泡脚，她淋浴，同时。

她发现他的燥脚，朽木一般，干裂、起皮，她就建议他泡脚，而且，她选购了香柏木桶，还放入养生的中药。泡过的脚，红润得如同羞涩的脸。她的脸不再发热。她试过，他的眼睛、表情，像桶盖，毫无反应。

一连三天，倒泡脚水时，她反转桶盖，她看出，那个木疤的颜色渐渐淡了，或说，脱离了桶盖，仿佛沉入水底。终于，有一天，如伤口复原，木疤消失了，像水中的月亮到了日出的时候，她甚至观察木桶，想象月牙倒映在水中。

她第一次听见他的笑声，那是憋不住的笑。失明的黑眼珠似乎动了。她的双乳和他的双眼在同一个水平线上。她的手本是遮，却改变了姿势，在他眼睛晃一晃，一种“拜拜”的动作，她说：看得见我的手吗?

他摇头，眨眼。

她说：你笑什么?

他的脸红了。

她要端木桶双耳的瞬间，忽然看见水中的那一只眼，似乎木疤彻底脱离了桶盖，沉入水中。睁得大大的眼，像是笑眼。她放下木桶，取来毛巾，以往都由他自己擦干，说：抬脚。

脚在水里，憋久了气那样，出离桶中的水。

她几乎要叫出来，脚背上有一只眼睛，像按上去一样，却是活灵灵的眼。

本来，他泡脚，她淋浴，她无所顾忌。现在，他的笑，是看见她的裸体的反应？她用手抚摸了一下他脚上的眼，如同小时候，妈妈说：闭上眼，睡觉，做个好梦。不过，脚上的眼，很顽皮，似乎合了一下，又稀奇地睁开。

她陪他散步，总是等到夜色渐浓的时候，省得住宅小区的无数双眼来关注，前后楼层的窗户，像一片眼睛。她说：一天最后一个节目，散步。

她和他在河边的步道上散步。他说：河里的鱼跳出来了。

她说：你能看见?

他说：小时候能看见，后来，失明，可能要下雨，天气有点闷。

她说：你钓过鱼吗?

他说：小时候，常在河边看大人垂钓。

她瞧瞧他的盲眼，接着，她看看他的脚，整个脚都裹在穿着鞋带的跑鞋里。她说：人钓鱼，鱼在水底，怎么看人?

他笑了，说：鱼在水里，看见钓鱼的人，小时候我从鱼的角度，想象自己是一条鱼，观望岸边的人，故意逗水中的鱼饵，让人钩钩落空，不让人钓起……我喜欢那么想。

她想到泡脚木桶里他的左脚背上的那只眼。她说：你谈过女朋友吗？

他说：今晚的月亮一定很明亮。

她说：是一个弯月。

他说：像木桶盖。

她沉默，那桶盖上的眼看见了她。目光像硝烟，她的双乳仿佛膨胀起来。要是解开鞋带，那只眼望见月亮、星星，他会有什么反应呢？

起风了。

她第一次给他摊开被子。没开灯。她想象他一直不开灯摊或叠被子的情景。好像手上长了眼一样。她把被子盖住他的脚。她说：我来艾城打工，已经有一年了，我觉得这座城市适合我。

他说：就像穿鞋，脚知道合不合适，合适了就喜欢穿，我感谢你给我带来了希望，泡脚效果明显，我的脚不裂口不起皮了，你在老家也泡脚吗？

她说：我是汗脚。

他说：汗脚好，湿润。

她说：可是……容易臭。

他说：没闻到臭呀，我这干脚，像干旱的土地。

她突然说：我们那个村里有个老习俗，女人的身体要是被男人看见了，就是那个男人的女人了，我娘就是被我爹看来的呢，泡脚的时候，我看见你笑了。

他从被子里伸出脚，高高地抬起，说：就跟河里的鱼看岸上的人，起初，我还以为我恢复了视力……是它看见了。

她穿着散步时的衣服（天蓝色的工作服，洗脚工）忍不住双手护胸，似乎防止双乳顶出来。

他揿亮床头灯（以往，它仅是摆设），然后，将脚背朝她，仿佛一卧一立的两人之间，插进了淘气的小男孩——脚背的那一只眼还分别朝他俩眨一眨眼。他说：感谢您选来一个长眼的木桶，其实我看见了。

选自《文学港》2018年第11期

评鉴与感悟

曾经读过谢志强的《新启蒙时代》，小说中的“艾城”是一座虚构之城，生活在这座城市中的人们遭遇着种种现代生存的尴尬、分裂和错位，“艾城”是现代人精神处境的象征。所以当我读到这篇《艾城奇人异事之看见》时，我以为还是那座我所熟悉的“艾城”，然而，读下来，我被感动了，它还是那座城市，但城市里的故事却是每天都在我们的生活中发生的。一位独居的盲人和护理盲人的家政女工，他们挣扎于社会的底层，我们不清楚他们经历过哪些不幸，这些不幸让他们以一种窘迫的方式相遇，但是无论他们的相处有多么尴尬，至少有一点是可以肯定的，在他们的心中充满了善意，渴望着被理解、被关爱。谢志强巧妙地设置了“香柏木泡脚木桶”底部的“疤痕”这一细节，这一处像“一个孩子般的眼睛”“疤痕”将两个底层弱者之间的彼此抚慰与关爱传达了出来。“看见”是他们发现了彼此心底的善，这是人性之光，照亮了生活，也温暖着我们。(赵琦)

并不是世界名著之百年孤独

/何君华

我和穆大海、黄小平三个人约在全家乐火勺店共同探讨辛提斯被杀问题。

每逢国内外有大事发生，我们就约在一起开个圆桌会议，就三方关切深入交流，试图达成一致意见，但是往往事与愿违，我们非但无法取得一致，反而经常闹红脸。

闹红脸的时候，总有一个人叫嚣以后将退出讨论，另两人也表示同意就此解散圆桌会议，但是下一次三人还是会齐刷刷出现在全家乐火勺店——所有人都忘记了上一次意见的不合或交流的不快。就像每一个善于遗忘的政客一样，我们谈话的气氛总是热烈而友好。

前面已经说过，我们探讨的主要是国内外大事件，譬如阿富汗战争、欧债危机等等，但是今天话题有些特殊，是一则社会新闻——辛提斯被杀，恰好我们三人对此都抱有浓烈的兴趣，遂一致同意就此展开讨论。

新闻是这样的：南亚某国一市民辛提斯喜中亿元彩票，不久暴毙，其妻姆希尔德与其女罗索丝互相指控对方谋杀了辛提斯，但是双方都拿不出强有力的证据证明对方犯下了谋杀罪，最终法院进行调解，双方同意平分奖金，即各人分得五千万，同时不再以谋杀罪起诉对方。事情获得了圆满解决，但是可怜的市民辛提斯却死得不明不白。

穆大海坚持认为辛提斯是姆希尔德杀的，而黄小平刚好相反，他认为一定是罗索丝下的毒手。

刚一坐稳，两人就展开了激烈的辩论。他俩分别就朝鲜半岛问题、南千岛群岛问题动过手。此番穆大海和黄小平又各执一词，谁也无法拿出充足的理由将对方说服，恰如姆希尔德和罗索丝谁也拿不出足够的证据将对方杀死一样。为了避免出现大打出手的局面，他俩一齐将求助的目光投向了我。

我说：“不是姆希尔德杀的。”

“为什么？”穆大海急了。

我并不回答穆大海的问题，说；“也不是罗索丝杀的。”

“那是谁杀的？”黄小平笑了。

“辛提斯，”我喝了一口酒说，“他是自杀的。”

“他为什么要自杀呢？”穆大海和黄小平惊讶地问道。

“孤独，辽阔的孤独，”我摊开手掌说道，“辛提斯进入了一个空旷的金色大厅，他无法胜任那里的生活，于是选择了自决。”

“你想想看，一个穷人，一个生活在社会最底层的穷人，突然有一天得了一个亿。他将获得怎样的生活呢？以前，他出门必须徒步，顶多是坐公交车，但是现在，他可以随便挑选这个世界上最昂贵的跑车。”我说。

“他依然可以选择坐公交车呀。”穆大海打断我的话说。

“你没有理解我的意思。是的，他是可以继续选择坐公交车，但是现在他坐公交车跟以前坐公交车完全是不一样的。他以前坐公交车是一个必需的选择，不坐公交车你就没得坐，甚至打出租车都不可能，尽管只是稍贵于公交车，但你要知道，那也是辛提斯负担不起的。现在辛提斯的确可以坐公交车，但是现在他坐公交车就不是以前那个心境，就有点观光的意思了。”我解释说。

穆大海并没有表示赞同。我接着说：“辛提斯的生活变得不一样了，甚至可以说，是倒了过来。”为了更加形象地表达我的意思，我顺手把酒杯倒扣了过来，结果把酒洒了一桌，这个意外并没有阻止我继续阐述：“你想想，辛提斯以前住在五十平方米的破房子里，现在要搬进五百平方米的别墅，他现在是全市最有钱的人了，他要定期举办舞会，要跟市长保持友好往来。他觉得他无法承受这样的生活，因为他以前的朋友都是蹬三轮的和拎着小板凳到公园下象棋的。”

“南亚也有拎着小板凳下象棋的？你可真会瞎扯。”黄小平打断了我。

“我只是举个例子——我要说明的是，他现在交往的人和以前不一样了。他感到了什么？孤独！巨大的孤独！”我用力敲打着桌子比画道，“就像很多高干承受不了退休后的清冷，很多富商承受不了破产后的清贫而自杀一样，辛提斯也承受不了暴富后的阔绰，他完全偏离了自己熟悉的生活轨道，辛提斯感受到了空前的孤独。如果他还能活五十岁，就将承受五十年的孤独，如果还能活一百岁，将不得不承受一百年的孤独。他觉得这样的生活太恐怖了，于是他杀死了自己。”我坚定地说。

“一个在繁华的都市生活惯了的人突然跌进一座幽闭孤岛会自杀，一个过惯了幽闭生活的人突然睁眼看见了繁华难道不会吗？这是一样的道理。”我补充道。

“一个中了亿元彩金的人会因为孤独自杀？这简直太荒谬了。”黄小平显然不同意我的观点。

“是呀，要不你中一亿试试，看你会不会自杀。”穆大海补充道。

我目瞪口呆，因为我自认无法中得亿元彩金，因此无法完成自杀。很显然，我无法完成自我证明。即使亿万分之一的可能，我完成了自我证明，但是彼时我将不在人世，证明也失去了意义。

我们三人谁也说服不了谁，讨论遂以不欢而散结束。

接下来的一周，我像往常一样焦急地等待着圆桌会议的到来。一旦到了时间，我便像发了疯一样迫不及待地来到了全家乐火勺店。

令我大吃一惊的是，穆大海和黄小平并不像往常一样稳稳当当地坐在那里——他们连影子也没有！

难道他们不会再来了吗？我感觉自己进入了一种我所不熟悉的状态，孤独，呼吸困难，一阵空前的恐惧感从头到脚向我袭来。

选自《草原》2019年第2期

如果说加西亚·马尔克斯的长篇小说《百年孤独》借小镇马孔多中一个家族七代人的生活经历展现了拉美民族因贫穷落后、愚昧野蛮、封闭冷漠而产生的孤独的话，何君华的小小说《并不是世界名著之百年孤独》则着力于通过三个朋友的一次圆桌对话展现那种孤独在当前社会的变体——一种由语言、立场、价值判断带来的孤独。

文本的故事情节很简单，叙述者“我”和两位朋友就辛提斯之死展开讨论。辛提斯喜中亿元彩票却猝死，两位朋友认为死者的妻子和女儿都有巨大嫌疑，但就谁是凶手各执一词。“我”另辟蹊径，提出辛提斯是因无法忍受新生活的孤独而自杀的。两位朋友质疑“我”的推测，下周六“我”又来参加圆桌时，却发现他们一个也没有出现，“我”陷入了无边的孤独中。

何君华借讨论对象和讨论者呈现了两重孤独。第一重与《百年孤独》构成互文，辛提斯个人的遭际与拉美民族的历史形成呼应，表明资本入侵、物质财富爆炸必将带来的精神上的失望与困苦。作家进一步追问：积极交流、沟通是否就能消除孤独？答案显然也是否定的。语言的社会属性规定了它所表达的内容需要经验、先例的支持，表达者必须进入某套话语体系和价值体系，在其成员的认同中确认自己的身份，而保持个体的独立思考和价值判断则不可避免地会陷入孤独。这样作家就从主客观两方面剖析了孤独的成因，并把如何享受孤独、克服孤独这些有待进一步思考的问题留给读者。（赵琦）

遇　见

/李方

我经常在意想不到的地方遇见意想不到的人，这既令我深感人生际遇的惊奇，也让我尴尬和羞愧。

那年冬天，在银川步行街上，擦肩而过的一个穿着黑色长风衣的高个子男人，差点让我喊出了口。他是我的同事，按辈分讲，我应该叫他一声姨夫的。事实上，在我遇见他之前的一段时间内，他属于“离奇失踪”的一员。单位上的人都不知道他的去向，以为学校放了寒假，他回了老家，“老婆孩子热炕头”地静等着过年呢；而他的老婆却拖儿带女来到学校，撬门砸窗地寻找这个常年不回家的“陈世美”来了。那时候交通、通讯都不发达，没人知道他去了哪里，在干什么事情。“肯定是和狐狸精躲在哪儿下儿子去了！天呐，我们娘们儿可怎么过这个年啊。”他老婆搂着一双儿女的肩膀流热泪。

我没想到仅仅在三百公里之外的银川，在飞雪扑打着街灯的步行街上与他擦肩而过。

我既没有脱口喊出他的名字，回来后也没有告诉任何人，就连我那位如秦香莲一样的姨娘也只字未提。这样的事情，跟看见小偷行窃大喊一声是截然不同的。暧昧事件中，戳破一层纸是不明智的，甚至是不道德的。自古奸情出人命，弄不好，你就会成为某一事件旋涡的中心。

果然，春季开学，陈姨夫的离婚就闹得鸡犬不宁、死去活来。但陈姨夫大义凛然地将来自银川的一个姑娘带到学校，堂而皇之地和她同居了。同时和他老婆的离婚大战也在天长日久地进行着。

未得到明确的结果，我就调离单位远走了。过了好多年，偶然间才得到了有关这件事模模糊糊的结局。但对那个结局，我深不以为然，话说回来，我对自己当年的三缄其口，只字未漏，深感满意。

三年前的夏天，在大连老虎滩，顶着刺眼的阳光，冷眼看着像下饺子一般的海滩沐浴者，突然地，非常让我惊讶地看到，我们当地大学的钟教授穿着三角裤头从换衣间走了出来，在被晒得滚烫的沙子上跳着奇怪的舞蹈蹦到海里去了。

好奇心驱使我悠然地抽着香烟，喝着冰镇的饮料，看着各色穿着泳衣的女人。我有的是时间等钟教授光着身子从海水里上来。等待取得了预期的效果：钟教授果然大吃一惊，并下意识地用双手捂住了下身。我说：用不着紧张，早被海水泡软了，看不见。他大笑着说：把他奶奶的，我以为在这里，一个熟人都没有，就是不会游泳也没关系，小时候在涝坝里练就的狗刨式也没人笑话，结果还是让你差点看见了赤裸裸的我。

也就是这一次的遇见，让我和平常看上去满脸师道尊严的钟教授关系深入了一大步。以前，无论开会、办讲座，或者就是一起吃饭喝酒，钟教授都是一本正经、凛然不可侵犯的。我这人简慢散淡惯了，也只好敬而远之。这一次遇见，算是“扒下了教授的外衣”，钟教授也变得风趣随和起来，和我坐在凉亭下灌青岛啤酒。钟教授总结说：人只有下过海，才能认识到人类是从猿猴变来的有多么荒谬。当你深吸一口气，你就会浮在水面上；而当你吐出了那口气，立马就会沉到海里去。这足以证明人类的祖先是海洋生物，人类来自大海，最终走上了陆地。

我深以为然。觉得人还是不要穿衣服的好，几乎赤裸的教授，讲起如此深奥的问题，都是这样的浅显易懂。

今年夏天在北京，有一晚，国家大剧院上演上海芭蕾舞团的《天鹅湖》。我出了地铁口，先从兵部洼胡同向北，走到大剧院南门，看看时间还早，天气太热，想找杯冷饮，就沿着大会堂西路向南，走到国家电网集团的楼下，一拐弯，就将老张的拉杆箱碰倒了。

老张并非我的朋友，他是我朋友的合伙人。朋友开着一个不大不小的淀粉厂，专门加工西海固盛产的土豆。过了季节，不加工生产的时候，朋友常邀我去厂子里玩，跟这个以技术入股的胡子拉碴的老张认识了，打过几场通宵麻将之后，便熟悉了起来。

没想到在几千万人口的首都北京，竟然用右腿将他拖着的拉杆箱碰倒了。

老张大汗淋漓，我也如此。北京的天气太热了，哪怕是时已黄昏。

“我领着老婆来北京看病，正找宾馆呢。你在这儿干啥呢?”

我这才注意到，在老张的旁边，还站着一位也浑身香汗淋漓的高个子女人，裙装，挎着坤包，手里提着鼓鼓囊囊的一包吃食，很显然才从火车或飞机上下来。我从未见过老张的老婆，真伪莫辨，只能含糊地打声招呼，女人用更含糊的语气回应了一句。

“这附近有没有好一点的宾馆？你给推荐一下。”老张擦着胡子上、脖子上的汗问我，好像我是个老北京一样。

我其实对这块儿地方也不熟悉，但我知道这儿差不多是北京的中心，以他的身份，好像并不适宜在这儿住宾馆。所以我说：“不远处就是地铁口，我建议你最好乘地铁到四环以外找地方住，在哪个医院看病，都很方便，但住宿费可以省一些。”

老张千恩万谢，女人扭头四顾。我帮他扶起拉杆箱，拖着，送他们下了地铁口。安检的时候，老张多次回头向我招手致意，看着他们汇入了地铁的人潮后，我贪婪于地铁的凉风，待了一会儿，想着这次奇遇，再一次深感自己遇到了不该遇见的人，看到了不该看到的事。

给老婆看病？那个女人就不像是一个有病的人，最起码，以年龄计，也不可能是老张的老婆。这就等于无意中窥到了别人的隐私，该羞愧的人是我。所以在地铁口的饺子馆等待上菜的时候，两次拿起了手机想给朋友打电话，都忍住了。

从北京回来后，到朋友的厂子里去玩，突然想起《天鹅湖》那一天黄昏的事，笑对朋友说：“老张带媳妇到北京看病回来了吗?”

朋友惊得从椅子上跳起来：“你在北京碰到老张了?”

我大略说了说那天的事。

朋友倒在圈椅里，垂头丧气地说：“这个狗日的把我害了个半死。哪里是他的老婆，是厂子里雇用的收银员，一对狗男女携款潜逃了。你应该当时就打电话给我，兴许能抓住他们呢！”

我给朋友分析：这怎么可能呢？我把老张他们送到地铁站之后，他们肯定直接就去了机场，逃往另一座城市了。对于逃亡的人而言，有一个熟人送站的城市，总归是不安全的。

随后，我和朋友都陷入了长时间的沉默。

选自《安徽文学》2019年第5期

评鉴与感悟

“遇见”是美丽的邂逅，是高潮的前奏，是心灵的碰撞……李方的《遇见》一改以往文学作品中的浪漫书写，用叙述主人公“我”三次特殊的“遇见”，将当代社会里隐晦、尴尬的人际关系和盘托出。第一次遇见是“我”撞见了身陷桃色绯闻的同事，为了避免成为漩涡的中心，“我”选择视而不见，讳莫如深，并对自己严守秘密感到骄傲。第二次是在海滩上偶然撞见满脸师道尊严的教授困窘的一幕，因此我们的关系深了一步。第三次则是一个意外，“我”偶遇携款潜逃的老张和其“老婆”，“我”再次选择沉默，却因此错过了抓捕他们的机会。

“我”三次遇见的对象都处于其暧昧时期，但毫无过错的“我”却因为自己窥视到他人的隐私而尴尬不已，相比之下，同事和老张反倒没有愧疚和羞耻感。情绪的倒置体现了人情社会人们以利益为最高导向，彼此冷漠、有隔阂的社会现实。作家也在第三次遇见中表达了对这种社会风气的担忧——正义缺席，众人成为沉默的帮凶。可以说李方的《遇见》在洞察当代人的精神状况上达到了一定的深度。（赵琦）

第四辑

往者可忆，来者可追

因乡土社会迅速溃退及历史的逐渐远去而产生的追忆是文学里长青的话题。这最真性情的，也最动人的文字将作家对乡土的情感娓娓道来，淡淡诉说出作家脑海中的历史记忆。

让我们走进他们所怀念的乡土世界。在《盘古岭之孃孃》里怀念乡下的孃孃，在《永不消逝的魂灵之水井和石碾子》里怀念乡土中的水井和石碾子，在《岁时贴之一年冷节是清明》里怀念乡土社会的狂欢。这些作品都无一例外地传达了对过去质朴的人和原始的物的怀念与追忆。

中华人民共和国走过了七十年，伴随着国家成长的士兵们也已年迈。在这里老兵们以不一样的方式记录下当年的岁月，在他们的故事里追忆历史。《凌伯讲的故事之相亲》是凌伯讲相亲的故事，《长征的那些事之军歌作证》是五爷讲述军歌的故事。这些历史被作者以小说的方式展现出来，丰富了当下的文学资源。

乡土社会和都市社会，历史和现在，并非都是对立、冲突的，它们都在不断地靠近、走向彼此。往者可忆，来者可追！（姚艺）

凌伯讲的故事之相亲

/石舒清

1951年元月，在河北晋县一下火车，干部战士的帽徽胸章就换了，换成了志愿军的帽徽胸章，一下子从解放军变成了中国人民志愿军。

家在华北一带的就赶紧给家里写信。我二十六岁了，离家没回也有六年了。我也立刻写了信给家里，说是要去朝鲜保家卫国了。

那时候大家的思想都很激烈很复杂，抗战多少年，解放战争多少年，一直在打仗，把蒋介石打败了，以为从此就不打仗了，可以回家过日子了。多数人都是这么想的。

就有很多家属来部队看自己的孩子。来见一面，送一送。不少家庭都带着羞答答的姑娘同来。是来送给战士们突击定亲结婚的。这一走，不知何年何月回来，不知是生是死，先结婚给家里留下一脉香火吧。那一段部队上的气氛是很特别的，从来没见过那么多的年轻姑娘，让人领着，这里那里眼巴巴地找自己要找的人，就像匆忙出嫁的大姑娘慌里慌张地找着上轿的地方，就像羊一样叫人牵着，要到集市上去卖掉。每一个来的姑娘，男方的家里都是下了大功夫花了大价钱的，不然人家不来啊，虽说保家卫国是光荣的事，但是实打实落到自己头上就总是要想一想。结婚也简单，就是两个人在一起聚上几天。如果可以说是集体婚礼，没有比这个更大的集体婚礼了。当然大家都很低调，都是各结各的婚，先来的先结，后来的后结，互相之间不贺喜，不攀比。对于这一种突击结婚，部队领导不提倡，不干涉，一句话，默认，家属来了就提供吃住，想住就住着，不走也不催。虽说结婚是喜事，但总是有些怪怪的。就像肚子饱着，害怕下一次饿，就再吃一些再吃一些。因为接到信息总有个迟早，路总有个远近，事情总有个方便不方便，所以说虽然都说是结婚，但有的在一起时间长一些，有的只能短一些，还有的两个人在一起就过一个晚上，第二天部队就出发了。这还算好的，还有的，战士已经坐在火车上要走了，家人领着姑娘还在路上。战士常金城，父母双亡，姐姐疼他，领了个姑娘来见他的面，面是见上了，常金城在火车上要走了，姐姐领着姑娘才赶到，就那么一个把一个望一眼，就算是见过了，就算是把亲定了。在姐姐的努力下，姑娘红着脸把一双自己做的鞋垫从车窗里给了常金城，常金城一去没回来，他的最重要的遗物就是那双鞋垫。

说说我吧。我也是入朝前突击结婚的。

家里收到我的信，就火急火忙地拿着我的照片去赵银花家，把我家的一头小牛给了赵家，然后由我叔叔我婶婶领着赵银花，远路风尘到河北晋县来找我了。赵银花一见到我就一直让我看她的背子，就不转过来让我看。我婶婶给她使眼色把眼睛都使烂了。赵银花倒不是看不上我。她后来说她就是有些紧张，不知道她和我到底算是个啥关系。我命大命好，我和赵银花在一起生活了有六十年，不是去年她才走的嘛。赵银花他们今天来，第二天部队就出发去朝鲜，所以我们在一起也就数得来那么点时间，我是连队的司务长，当时我这种人应该是最忙的人，所以赵银花来那天我也不能陪他们，我让他们自己在部队上闲转转，我得去师部领物资。我一天跑了师部两趟。副连长李柏林、指导员张斌听说我结婚，从五里远的地方来看我，却没有等到我，赵银花和他们也没有一句话。在我领物资回来的路上他们碰到了我，问我今天是啥日子，我说是啥日子，不是明天才出发么？他们就都笑起来，说今天是你结婚大喜的日子你乱跑什么，真是个死脑筋。又说我找的老婆是不是个哑巴，问十句不说一句。我说我问人家也不说。李柏林严肃地说，这不行，你要哄着人家说话呢，一句话不说算是结的啥婚？我叔叔婶婶把赵银花领到部队上来，脸上有些挂不住，在老家的时候，他们都说我在部队上不是一般的战士，是当官的，又管钱又管粮，怎么能不是官呢？一路给赵银花也灌输的这些话，赵银花后来给我说我婶婶一路说给她的话，一见面才发现没有几句是真的，按婶婶的说法，赵银花只要嫁给我，就可以说是一个官太太了。但是我和赵银花见面结婚，只给了她一双袜子做纪念，别的什么也没有。他们一行三人返回老家的时候，好在婶婶感冒了，咳嗽得厉害，这倒免得她再说什么。赵银花说她穿着我给她的袜子，心里头倒是热乎乎的。赵家人不错，赵银花回去后不久，就去我家住了，把我的父母当她的父母伺候着，是我多大的福气啊。我在朝鲜给家里写信，总是要在信后面特别写几句给赵银花，这在我们那个地方还是少见的。传统上大家更习惯的是，给长辈的信和给老婆的信不能写在一封信里面，我这样写，就是要让她知道我对她的感激，对她的情分，我要让家里知道这个女人在我心里的位置和分量。有时候就是为了给赵银花写信我才给家里写信，虽然写给她的字要数起来没几个。

队伍出发前还发生过一些事，就比如有一个叫马玉清的，河北赞皇人，副连长，1945年参军，打仗不怕死，很勇敢，立过大功。他已经结婚了，入朝前，他妈妈带他媳妇来部队住了两天，然后他媳妇走了，他母亲还留着，问他媳妇怎么不住着走了，说家里有事呢。马连长很忙，白天做战士的思想动员工作，晚上还亲自站岗放哨。但是就在部队出发前一天，马玉清不见了，他母亲还去找领导要人，其实一家人唱的双簧戏，马玉清是开小差了。

1951年春，部队从河北晋县上了运煤的火车，保密起见，一周内吃喝拉撒都在火车上。到辽宁宽甸河口下车，晚上就跨过了鸭绿江。白天隐蔽在山沟里，晚上才走大路。一天夜里下雨，我们后勤组和自己的连队失联了，就和几个病号在一个小沟里寻到两间草房，也没有什么照亮，进去一摸炕上有人，我们就随便睡在地上，一觉睡到天大亮，这才发现炕上睡着的是几个死人。

我们在朝鲜的日子就这么开始了。

选自《花城》2018年第5期

几封家书，跨过山海，背负着的是带着责任的思念，是带着思念的责任。多年后，双方面对这一段突如其来的感情，大概会感到庆幸。

那群最可爱的人，英勇的战士们在经过一场场胜利的战役后，并没有解甲归田，而是遵循着国家的指示义无反顾地到了朝鲜前线。战士们在恶劣的作战条件、强大的军事压力下全身心投入战斗，舍生忘死。终于有一天，可以踏上回家的旅程，可以去安心地生活，承担起对家庭的责任。

多年后，在邻居的闲聊里，或是在儿孙的笑语里，把漫长丰富的一生，短暂地说完。这便是圆满的一生了。（姚艺）

长征的那些事之军歌作证

/高杉

五爷抻了抻脖子，咽了咽吐沫，又咳了一下嗓子，说老郑同志，你是组织上的人，你可得做主，替我恢复名誉。五爷叫的老郑，是乡民政所长。

五爷说，人家黄花塘的麻六儿，给红军喂过骡子，都给定上了，我那么小，就挑了两年多弹药箱。老郑说，人家到北京找老首长给开的证明！你部队番号呢？团长是谁？连长是谁？班长是谁？战友在哪？在哪里打的仗？说不出个一二三来，就能给你定个老红军？五爷说，咱没文化，那时候年纪又小。老郑说，那都不是个理儿。五爷说，我只要个名头，一分钱的补贴我都不要，行吧？求你们了！说完他拄着拐棍儿跪在地上。那些人都赶忙站起来，扶他坐在凳子上。

他哽咽着说，你们不知道，青天白日的帽子有多压头啊！我八十六啦，还能活几年啊！

让他说说吧！县里部门的负责人从包里掏出了本子和笔来说。

五爷老家是离这里好几百里的红山嘴子。十三岁的时候，红军经过他家乡，他正被吊在树上打。给财主放鸭子的他，贪玩耍丢了四只鸭子，财主正在收拾他，红军为他解开绳子，让他吃了顿饱饭。没爹没娘的他就赖着跟上了部队。

县里的人问，是哪支部队？五爷说，我也不知道，反正叫红军。又问，你知道往哪走吗？五爷说，被追得东一头、西一头的，整天奔逃，谁知道往哪走？对了，有一回部队准备过一条大河。县里的人问，知道叫什么河吗？五爷说，不知道，反正没过河我就发烧、迷糊、拉血、走不动路！班长把我安排在河边一个老乡家，留下三块银圆就走了。临走专门嘱咐可别说你是红军，叫白狗子知道可不得了！你班长是谁？姓马，不知叫啥子名。在老乡家养了二十多天，能走路了，怕连累老乡就走了。准备上哪去？家是不能回了，只有找部队。你知道部队去哪？不知道，经常听说北上，北上的，我就往北走，一路上要饭干点零活，边走边打听，找了大半年，走到这里，就没再找。怎么没再找？五爷说，我在这里入赘做了上门女婿。

好了，我们都听明白了，回去汇报研究，你在家听信吧！县里那位负责人对五爷说。五爷不放心地拄着拐杖跟出门说，求求领导，多费心吧。

干部们准备上车，五爷颤颤巍巍走过来说，领导们，我给你们唱段那时候的歌，算证明吗？老郑说，算了吧，领导还有事，等着走哩！五爷把身子挡在车前，大有不让唱就不让走的架势。县里部门领导只好说，唱吧，我们听听。五爷左手握着拐棍当枪扛在肩上，右手向大家行着军礼，原地踏步唱起来。大家听到他撇腔拉调的歌，都哄笑起来。

只有县里那位部门领导没笑，他一直认真听，等五爷唱完，他握着五爷的手说，老同志，放心吧，你这歌就算证明了！他对大家说，当年为配合某个战斗，红军会根据现成曲调临时编歌，作战前动员以鼓舞士气。除了参加过这次战斗的人，一般人不知道这样的歌词。一个大山里不识字的孩子，没经历这场战斗是绝对不会唱，国民党兵更不会唱。这首歌，长征回忆录里有记载。

他对五爷说，老同志，我回去为你作证。旁边的人告诉五爷，这是县民政局的李局长，你等着好吧！两个多月后，村支书吴长勇把老红军身份认定的通知书和李局长的亲笔信，送到五爷病床前。

信中说，那首起到证明作用的歌叫《渡江动员歌》，是红军宣传队专为强渡金沙江创作的。歌词是："渡过金沙江，活捉狗刘湘，消灭反动派，北上打东洋！"

选自《红豆》2019年第7期

评鉴与感悟

听到五爷的故事，想起在祖国成立的七十周年的阅兵典礼上，一位位头发花白、颤颤巍巍的老人，行起了军礼的场景。虽然年华已逝，风华不再，可那坚定又自豪的眼神，在他们湿润的双眼里，仍旧令人动容。

历史铸就了千千万万个五爷，他们是历史的见证者。历史执起笔，以他们的血肉为墨，书写着中国。历史的长河在他们身上冲洗，留下了深刻的印记。可当他们远去，那些故事又能在谁的记忆中流淌、萦绕，又有谁将这些纸片轻轻拾起呢?

只有一首军歌轻轻地被哼唱。(姚艺)

羔羊及其他

/赵大河

覆巢下的一家人

腾冲已经没有军队，城门洞开，日军不费吹灰之力便可占领这座城池。对一个不抵抗的城市，没必要大开杀戒。杀老百姓干吗，杀医生干吗，再说，我父亲在日本留过学，我母亲是日本人，不怕。父亲的朋友寸绍锡劝父亲最好逃亡，他说你知道留下会是什么结果。

哥哥做鬼脸时非常可爱，我喜欢。可惜他以后再没做过鬼脸，他五岁时就是一个小大人了。

钟春秋在院子里等了很久，终于失去耐性，隔着门对屋里人说，我先回去，等方大夫回来我再来。

走好不送，母亲说。

听到脚步声远去，母亲让哥哥出去看看，顺便闩上门。

哥哥回来，母亲数落哥哥，什么阿猫阿狗都放进来，不认识的不许开门。

这个城市突然增加很多她的同胞，听口音，他们来自她的家乡长崎。这不能不勾起她的思乡之情。她有五年多没有听到父母和兄弟的消息，她想打听，又害怕。害怕什么呢？害怕“打听”本身。她现在是中国人，和占领军有瓜葛是不明智的。

钟春秋撂话给父亲：“你可以拒绝我，但拒绝皇军你可要想好了。”从那以后，这话一直在院子里回荡。

话是什么？话就是由嘴巴对空气造成的一串振动。一般的振动会很快在空气中消散，有的振动却纠缠在一起，如一团乱麻，这团乱麻越纠缠越紧密，最后成为一个圆球，在院里弹来跳去。钟春秋的话就是这样。

钟春秋走后，有很多天风平浪静，没有人再来骚扰父亲。

这是风暴来临前的平静。

父亲知道，母亲知道，我也知道，只有哥哥不知道。

父亲打定主意，他宁愿死，也不当汉奸。大是大非问题，没有转圜余地。母亲知道父亲把气节看得比命重要，她不会拖父亲后腿。你看，他们的眼神，坚定、沉静、决绝、凄凉，无奈……

小男孩哪儿去了

为了立威，他们抓到七名男子，以莫须有的罪名将他们杀害。这七名男子都是从缅甸逃难过来的，都不是腾冲人。日军这样做，主要是制造恐怖气氛，震慑人心，杀鸡儆猴。鬼子不允许收尸，说要曝尸三天。骄阳似火，尸体很快就发出臭味，将半个城的苍蝇都吸引过来。嗡嗡嗡叫个不停。有个小男孩边哭边拿一根棍子驱赶苍蝇。苍蝇轰的一声飞起，像一团黑云，或者黑烟。苍蝇起初害怕棍子，棍子未到，就飞起来躲开。后来看棍子伤害不到它们，就不把棍子当回事，只是当棍子快打到它们时才飞起来换个位置，棍子过后，又回到原来的位置。苍蝇越来越多，越来越多。小男孩无望地挥舞着棍子。他的棍子仿佛不是在驱赶苍蝇，而是在招引苍蝇。苍蝇绕着棍子飞，绕着小男孩飞。小男孩被成千上万的苍蝇包围，远远看去，他只是一个模糊的摇晃的小黑影。后来，小黑影倒下去了。如果走近看，你会看到小男孩趴在一个男子的尸体上，用自己小小的身子遮盖住男子的脸，不让苍蝇在脸上肆意妄为。那是他父亲。小男孩今年七岁，他母亲死在逃难的路上，他和父亲将母亲埋在一个流水冲出的沟里。沟里还有泥泞。

父亲用一块手巾遮住母亲的脸，就开始往上面撒土。他不让撒土。他跳到沟里护住母亲。父亲将他拽上来，他脚上全是泥。你想让苍蝇把你妈吃了吗？父亲朝他吼道。他哭晕过去。醒来时，他在父亲的背上。母亲已经没了。他清楚母亲被草草埋在一个水沟里，所谓的埋葬只是聊胜于曝尸而已。且不说下雨时尸体会被流水冲出来，甚至等不到那时候，尸体就已经被野狗刨出来了。有什么办法呢，父亲毕竟将母亲埋了。一路上见到的没人埋葬的尸体数不胜数。父亲埋葬母亲耽误了时间，他们落入鬼子之手。现在父亲也死了，苍蝇要吃他父亲，他不能让苍蝇把父亲吃掉。他宁愿苍蝇把他吃掉。他身子太小，不能将父亲整个盖住，只能盖住父亲的脸。他喊父亲，再也喊不应。他哭，已经没有眼泪。后来，他失声了。很多年之后，当目睹这一幕的那代人逐渐死去的时候，他们将这一形象传递给了后代。再后来，一个甲子过后，一个手持棍子的小男孩雕塑出现在这个位置。

第二天早晨，鬼子怕有瘟疫，用刺刀逼着几个腾冲人将七具尸体拉到城外掩埋起来。小男孩哪儿去了？没有一个人说得上来，仿佛他被黑夜吞噬了，永远消失无踪。传说有几个，一是小男孩远走高飞了，这是人们最愿意相信的，但最初三天腾冲城门紧闭，他是如何出城的？二是他在夜里被鬼子杀害，埋在城墙根儿大榕树下。三是他自杀而死，和他父亲埋在一起。也就是说，几个腾冲人掩埋的不是七具尸体，而是八具。

田岛造访引起的猜测

关于田岛造访，民间有好几种说法，好几个版本。第一种说法是，方渡和田岛是好朋友，田岛打下腾冲，是为了找这个朋友。第二种说法是，方渡和田岛共同爱一个女人，方渡将这个女人拐回中国，田岛打过来是为了抢回女人。这个女人就是方晴雪，在日本叫山口晴雪。第三种说法是，方渡是隐居的卧龙，田岛要三顾茅庐请方渡出山辅佐他。第四种说法是，田岛给方渡送委任状，被方渡拒绝了。

荒诞不经。捕风捉影。牵强附会。如果非得说说“风”和“影”，那就是方渡和田岛是同学不假，朋友？哦，根本谈不上。田岛打下腾冲，为了找方渡？笑话，方渡没那么重要。至于，都爱一个女人——山口晴雪，哟呵，瞧瞧人们的想象力，和荷马有得一拼，山口晴雪是当代海伦吗？至于说方渡是卧龙，那是《三国演义》看多了，走火入魔。给方渡送委任状？哼，事后诸葛亮，没有一丁点儿想象力。

田岛，他只是来看看你吗？他想干什么？

他会不会让你当汉奸？

……

几天前杀戮的痕迹已经消失

黎明前最黑暗的时候，张问德将寸绍锡叫起来。该走了，他说。寸绍锡睡眼惺忪，爬起来到院里洗脸。院里影影绰绰还有一个人，张问德给他们做了介绍。那人叫孙全，赶牲口的。天黑，看不出年龄。听声音，像五十岁左右。寸绍锡叫他孙叔，他连忙说，别别，叫我老孙就行。寸绍锡听到牲口的鼻息，一头大黑骡子静静地站在院门口。

他们跳上车。老孙轻拍大黑骡子的臀部，大黑骡子迈动坚实有力的步子，拉着他们上路了。

他们到达栗柴坝渡口时天已黑了。他们找到艄公，住进他家里。艄公劝他们不要过江，住一晚就打道回府。艄公的年龄看不出来，油灯光线昏暗，他又那么黑，看不清楚，无法判断。他干活像三十岁，走路像四十岁，说话像五十岁。他说没人往那边去，这时候谁还会往那边去，除非……他想说什么，除非疯子吗？张问德表示，我们一定要过去。艄公看张问德年纪大，没和他争辩。艄公也是见过世面的人，理解他们有非过不可的理由。他叹息一声，告诉他们对岸鬼子杀过很多人。

天刚蒙蒙亮，艄公送寸绍锡和张问德过江。几天前杀戮的痕迹已经消失，草丛里、泥土里、石板上以及石缝里也许还有血迹，但光线昏暗，看不到。血腥味早被江风吹散。鬼子杀人之后去了哪里？他们会撞上吗？两个人心里没底。

张问德说：碰到鬼子就说我是你爹。

一点儿也不像。

不像啥？

不像我爹。

我这把年纪，还不像？

不是年纪。

你是说身高？谁说矮老头不能有个高儿子。

长得也不像。

不像吗?

不像。

那就说我是你舅好了。

他们遇到的第一个人是打柴的，黑褂子，黑头巾，身背一大捆干柴从山上下来。张问德和他拉家常。从他口中得知鬼子早走了。有多早？两天前。栗柴坝大屠杀知道吗？知道一点儿，鬼子来，我们都跑山上躲起来，听说鬼子杀了很多人。张问德又问风土人情、道路交通、天气变化，以及土司是谁？住哪个村子？离这儿多远？有多少杆枪？什么性格？人好吗，等等。和老乡分别时，张问德差不多已将老乡知道的信息榨干了。他要送老乡回家，老乡说不用。老乡撒开腿，虎虎生风，转眼就不见了。

一个行动者的自我质疑

早晨，刘满仓醒来，不见寸绍锡，却发现枕头边有一张纸条，上写：有急事，我先回。刘满仓懵了，搞什么鬼，说好听我的，他竟然不辞而别。他们住在老乡家。老乡正在做早饭。刘满仓问老乡，寸绍锡什么时候走的?老乡说，他没在睡觉吗，我以为他在睡觉呢。看来寸绍锡天不亮就走了。有什么急事？昨天睡觉时没听他说，谁告诉他的？骗鬼去！寸绍锡若回去，哼，让我追上，看我不揍扁他。他若开小差，别让我碰上。他若投敌，我必杀之。刘满仓顾不上吃早饭，辞别老乡，去追赶寸绍锡。

寸绍锡清楚，不用欺骗的方法就摆脱不了刘满仓，摆脱不了刘满仓，他就不可能去找河野。对不起了，满仓。他找河野干什么？弄清六个游击队员被杀的真相，还有，也许更重要的是，弄清河野是不是恩将仇报。说白了，他要判断河野是不是人，有没有资格称之为人。他认真想的时候，也觉得自己这种执念很幼稚，简直荒唐，甚至愚蠢。且不说要冒多么大的风险，有可能丢掉性命。退一万步，一切顺利，得遂所愿，他弄清了六个游击队员遇害之谜，也弄清了河野是否该担责任，他准备怎么干。六个队员之死，账自然要算在鬼子头上，你要区别对待吗？想到这个问题，他恍惚了。鬼子是侵略者，跑到我们的土地上烧杀抢掠，我们杀鬼子天经地义。这是战争。你要将河野从“鬼子”这个名词下摘出来吗？将他重新定义为人或非人吗？

寸绍锡原来满腔热血要杀鬼子，可是遇到河野，他发现鬼子竟然是一个有血有肉活生生的人，他下不了手。如果证实河野是一个“非人”，那么好办，再给他机会，他一定不会手软。如果证实河野是一个“人”，怎么办，战场上相遇杀还是不杀？这是个伪问题，战争就是战争，战争中只有敌我，只有你死我活，别的，都是扯淡。

寸绍锡离开刘满仓之后，就意识到自己行为荒唐。这明智吗？答案是否定的。论经验，论“狡猾”，他都不应该离开刘满仓。和刘满仓在一起心里踏实。现在呢？除了惶恐，还是惶恐。他可以回去。是的，可以回去。说不定刘满仓还没醒。认识是一回事，行动是另一回事。寸绍锡没有听从内心理性的声音，没有回头。他继续自己的荒唐之旅。

同样问题同样回答其实不一样

现在，他手握沉甸甸的镔铁大刀，张问德问他：

“不会手软？”

“不会手软。”他说。

他突然意识到同样的问题他已回答过一次，那次回答得很坚决。现在，他回答得同样坚决。但他内心清楚，语境不一样。那次他是表决心，停留在口头上。现在，大不一样，他手握镔铁大刀，他要去扮演刀斧手的角色，要把一个活生生的鬼子的脑袋砍下来。这不一样。

选自《广西文学》2019年第2期

一个时代的六个片段，像是一个正方体，充满棱角和形式感，一个个面，亮闪闪、明晃晃，映着这些羔羊般的人。

他们都是时代的弱者，在时代的危墙下奄奄一息，不管是流血牺牲的军官和士兵，还是一个个弱小又苍白、手无缚鸡之力的百姓。不只是中国人，还有日本的普通百姓，又何尝能逃过欲推倒这面危墙的手，这双手来自战争，来自那个冰冷黑暗的时代。

而那片灰色里仅有的一点点颜色，一点点温存，却令人感到无比心酸。那个赶苍蝇的男孩子，拼了命掩去父亲身上的苍蝇阴影，最后却被阴影所吞噬。历史的车轮滚滚前进，尸骨血流被压实在深深的黄土地里，世界的颜色越来越明媚，灰色渐渐躲到阳光底下了。那么逃过一劫的我们是该庆幸吗？还是该感激？或者是痛心？大概都是吧，大概又都不是，我们要记住，记住羔羊和其他，记住那个似乎能伸手触到的冰冷黑暗的时代以及这暗夜的微光。(姚艺)

盘古岭之孃孃

/余烈

孃孃就是奶奶，音同“娘娘”，扎根在盘古岭鹰嘴岩这一侧的村落千百年来都称呼奶奶为“孃孃”，仅仅跟我们相隔一道雪峰山脉，另一侧的人，却全都管“姑姑”叫孃孃。湘西境内一座山养育一种方言的语言生态可见一斑。

电视里有很多娘娘，我们小孩子全神贯注地、饶有兴致地观察古装剧里面的娘娘冠盖珠翠、养尊处优。我们的孃孃虽然也叫“娘娘”，却是一种截然不同的形象。我们的孃孃以劳动立身，她生长在灶台边、井口、菜地里、猪栏旁。每家每户都是这样——孃孃是没办法养尊处优的，也不适应那样的生活。孩子像一群小鸡小鸭小狗一样簇拥着孃孃，等着她从围裙里撒出一把好吃的让我们欢喜、争抢一阵。她是我们潜意识里比妈妈更牢靠的存在。

那时候养孩子，跟养一群小畜生没有什么差别。根据老德子的说法，养狗养猪都要养两只，吃饭“有争有抢才有长”。盘古岭住户比较多的几个山头，马背坡、猪娘坡、荷包田、萝卜冲、八丈岩，四处都有健步如飞或者脚底拌蒜的大孩子小孩子成群结队，就像雨后的蘑菇，放肆地在山上铺开。我们呼吸的频率、心跳的律动，跟山上的桐树、桃树、李树、茶树、柿子树、板栗树是一样的节奏，我们掏蜂窝吃蜂蜜、吃嫩草尖尖、吃花瓣、用叶管吸花蜜、喝溪水，我们通过光合作用成长起来。我们的感官贴近蚱蜢、蜜蜂、燕子、乌鸦，我们用嘴巴和耳朵感知，用眼睛对话，我们发出毫无实际意义的“喔喔”声在山头之间呼喊对方。

这样的孩子不一定都有妈妈——那时节已经渐渐有人进城务工。但大家全都有一个孃孃。日渐昏黄，就像打鱼人收起渔网。四处跳跃攀爬的孩子应和着声声呼唤，四散跑进了炊烟升起处。此时的孃孃在做饭，在准备猪食，在赶鸡回笼，在烧水，在添柴火。她是一系列动词的集合。

自打我“来了”以后，我家里也有了一个孃孃。“你来了以后”，孃孃常爱说这句话，用带笑的弯弯眼睛看着我。好像我是在一个暮色四合的黄昏，摇摇晃晃自己爬过门槛，从此一起吃饭睡觉，成了一家人。

是我的到来造就了她。我们彼此之间高度依赖，毕竟她只有一个儿子，而且还遇上了计划生育，姑姑的儿子比我早半年出生。我的孃孃先当上了婆婆（外婆）。而我是个女儿的事实给邻居们带来了更多的遗憾。在盘古岭，每个人都在其他人嘴里活着，一个人的生活可以说百分之九十都是别人的，我的孃孃很有可能此生仅有一次成为孃孃的机会——老德子、姜木匠、菜花满娘等等，常常在背后吃吃地笑。这里面的含义我是不懂的。但渐渐我发现他们家里至少都有两个孩子，而且都是一个姐姐一个弟弟……姑姑过了一年又给家里添了一个女孩。我跟我孃孃却还是只有彼此，只要我出门几天，孃孃这个称呼马上落满灰尘。姑姑生下第二个孩子之后，马上被她的单位——村供销社开除了。我妈不敢。从此我的孃孃就只有我一个孙女。

最初的那几年，出门走亲戚、参加葬礼，人们会礼貌性地问她，老人家，这个小不点是你的么子人呀？我孃孃会笑着说，这是我的孙女！她笑起来眼睛弯弯的，眼神似隐藏在两枚弯月之中闪烁，干瘦的脸上堆满愉快的褶子。我就是那样的一个小不点，随便去哪里，都要抱着，牵着，拖着，扯着。那时候，走门串户往往都发生在农闲冬日。记不清有多少次，我像一个小棉球，跟着孃孃在雪地里留下两串不太利索的脚印，最后小脚印消失了，孃孃背起了我。

孃孃说，你第一次说话是春天坐在窗边听见我赶鸭子，鸭唻唻唻唻，你也学我叫，鸭唻唻唻唻！

我说，我记得。那扇窗户有很多木格子。

孃孃很吃惊，哎呀！你那时候才一丁点大，你竟然还记得呀！

相反，昨天我把三岁时的照片拿出来给孃孃看，她却问我，这个妹姊是哪个？

此时已距离我们绑定彼此的关系过去了三十年，她从一个健步如飞、手脚麻利的老太太变成了一个真正的老太太，老态龙钟，步履迟缓。我难得回家一次，做早餐生意的老板娘没见过我，止不住好奇地打量，问她，老人家，这是你的么子人呀？我孃孃佝偻着背，大声说，这是我的孙！

从“孙女”到“孙”之间的改变，既漫长，又自然而然。十五年前一个夏日的清晨，暑假结束，我照例要赶在开学前回城。鸡叫第一声，孃孃就起床生火做早饭。我也跟着起了个大早，去井塘来回几次，用小水桶把家里的大水缸装满了水。吃完饭，孃孃照例要送我去村口坐中巴车。爷爷跟我在屋檐下道别，照例别上镰刀去杀草。天光尚早，露水不停地扯脚。孃孃照例给我穿了一双她的套鞋，我自己的皮鞋则在她的手里提着。

我们埋头赶路，并没有说话。路上遇见邻村的一个婆娘，她冲我的孃孃打招呼，满娘，天这么早你这是要去哪里？你手里拿着么子？我的孃孃扬起手里的鞋子，朝我努努嘴，说，我送我的孙去读书！

从那天起，我就成了孃孃的孙。在盘古岭，“祖孙”这个书面色彩浓重的词语被高频使用。我常听人介绍说，这个人、那个人是谁谁谁的孙，完全没有性别的区分。这真是古风盎然的语言习惯。

但从“孙女”到“孙”，一字之差，不少事情都被改变了。在此后的岁月中，我妈时不时严厉地指出，你孃孃重男轻女，她偏心外孙！我笑而不语。我的孃孃怎么会偏心外孙？我可是她唯一的孙！这完全是一种垄断关系，你们这些老堂客想问题就是这么不透彻！

选自《西湖》2019年第7期

评鉴与感悟

平实的文字更有动人心扉的力量。不是所有故事都像暴风骤雨，呼啸而来，又呼啸而去。还有一些故事缠缠绵绵，就像长流的细水，似乎不起眼，却让人割舍不掉。

“是我的到来造就了她”，其实殊不知，这是“我”和孃孃互相圆满。在她的生活，一句又一句的“孃孃”，不至于让她的机械又冷清的生活落上蛛网。在“我”未来几十年的岁月里，一想起她，连记忆都是暖的。

“我”和孃孃的故事里，有大多数人的影子在。萧红和她的祖父也是如此，多年后，她记忆中的还是祖父的园子。作品中的“我”也好，年少的萧红也罢，或是芸芸众生中每一个我们，都拥有过相似的情感体验，都像是这个故事的文字一样，平静的幸福着，淡淡地流淌着、诉说着。也许多年后，在某个时空节点里，我们一脚一脚，一前一后，深深浅浅地走过。(姚艺)

老　秋

/陈力娇

哥俩走在村街上，都是四十好几的人了，都没有媳妇。秋天的细雨下得恼人，持续半个月了，一刻都没停歇。这样的天气，是不能干活的，地里有庄稼也不能收割，只能眼睁睁看着它们烂在地里。

老大说，东村卖人呢，去看看吧。

东村住着开拓团，平日里高墙围着，谁都进不去，现在小日本倒台了，围墙有一半都倒了。

老二说，卖什么人，不是姑娘，有什么看头儿。

老大说，就是姑娘，清一色都是姑娘，不买，睡也行。

老二狐疑地看了一眼哥哥，脚步跟着哥哥去了。

卖姑娘的是一个老头和一个少年，他们住着三间房，中间开门，两个锅台连着里屋的两铺炕。透过锅台上方的墙窝儿，哥俩看到西屋的炕上地上全是人。躺着的，坐着的，却都有气无力。

老头见有人进来，用日语和少年说了句什么，少年立即对他俩说，姑娘的卖，二十大洋。听少年一说，老大的眼睛亮了，低声对老二说，买两个，做媳妇。老二的也心活了。不过他比哥哥心眼多，知道讲价。他对少年说，二十大洋买两个，可以吗?

少年立即把他的话转述给老头，老头沉思了一下，对少年说话，少年立即翻译过来，可以，一手交钱，一手交人。说着带头领两人进屋挑选。

屋里一共有八个女人，三个躺在炕上的，看出正在发烧，脸微红，鼻翼嗡动，嘴唇起着白皮。地上站着的三个身体看上去没病，但由于几天没吃东西，有些直不起腰。只有炕沿边坐着两个，有些活气，但是少年说，她俩的不卖。后来他俩才明白，这俩女人有别的用处。

老大只好在地上的三个人中选，选了一个三十岁左右的。

老二却没看好地上的三个，他的眼睛停留在炕上的三个奄奄一息的。

老大扯扯他的衣角，说，使不得，不能选个病包子，回去死了咋办？

不想炕上一个病得较轻的姑娘抬起头，用生硬的汉语对老二说，大哥，你就要了我吧，我回不了日本了，你不要我，我就得死在这，不能见死不救啊！

老二的眼里就现出怜惜之意，但他没有马上答应。

少年这时在后面搭话，少年说，她不过是得了感冒，你若选她，可以再搭给你一个。他指着炕中间躺着的一个。老大老二随着他的指点看过去，这才发现是个十三四岁的孩子。老大说，孩子不要，我们养不起孩子。老二却说，二姨家的柱子也没媳妇，柱子小，再等她两年没啥问题。

老大说，她病成这样，要是死了还得葬她。老二回答，要是不死，活了呢？柱子就不至于像我们一样打光棍了。

开拓团来满洲这些年，老百姓的房子和土地都被他们抢了去。老百姓连饭都吃不饱，哪还有钱娶媳妇，十家里有八家都是光棍汉。

老大想起这些勉强同意，对少年说，我们回去取钱、备车，明早过来接。少年人小，买卖却做得精，他向老大伸出手，说，押金。老二忙从兜里掏钱，老大也掏，两个凑了三块大洋，事就这么定下来了。

第二天一大早，雨小了些，雨点抽在脸上不那么疼了。他们俩赶着马车，踏着泥泞，来到了老头与少年的家。刚进屋，就听到东屋传来奇怪的声音，老大想看个究竟，不会说中国话的老头有些气恼，大声吆喝少年，少年忙拦住了老大，说：不许看，不许看，打炮有什么可看的。冷静的老二看到有一个穿着日本军服的男人，一边往出走，一边系着腰带。他走到老头和少年跟前时，面露愠色，说了句日语。

老头没听清他说什么，问少年，少年为他复述，复述完，又不满地用汉语追加一句，嫌不痛快就别来呀。老大老二就明白，原来是日本人嫖日本人啊！老大低声埋怨，逃命还来不及，哪还有心思玩女人。老二道，等着烦啊，苏联红军封路不让他们走，不释放释放干啥呀！

付了钱，两个女人和孩子被他们抱上了车。那个昨天还能在地上站着的，今天也支撑不住了，已经落炕起不来了。

老大一边赶车一边说，还不如昨天连夜来了，她们不至于被饿倒。老二说，娘在家给她们备着小米粥呢，娘说不能让她们多吃，饿久的人吃多会撑死的。老大说，娘还告诉我，让买二斤碱呢，给她们洗头和身子。

老二说，东院的姚婶说，把她们的衣服放在锅里煮，虱子就成谷壳。

这是个让人恶心的话题，两个女人听了都没吭声，她们知道她们也会是这样。

正说话间，有一个女人叫了一声，老大老二忙回头看，是那个小女孩死了。

她是其中一个女人的表妹，但是她已经没有力气为她哭了。只在嗓子眼里哦哦了两声。老大责备老二，你看，让你别贪便宜吧，你偏不听。老二说，谁想到她这么不禁折腾。想想又觉得责任不在自己，就又说，那帮开拓团也太缺德，只顾着自己逃。

老大把车停下来，和老二一起把小女孩抬下去，放在路旁的壕沟里。

老二又抱来一些地里的玉米秆子，盖在她身上。车上的两个女人偏过头看了一眼，马的脚步似乎快了起来。

选自《小说月刊》2019年第7期

两个老光棍，到东村买女人，看似有些俗套的故事，却透着淡淡的人性的温情。老二对那个快死的女人的怜惜，老大埋葬小女孩时放下的玉米秆子，母亲为接回家的女人准备了小米粥。如此种种，皆是人性的闪光点。

陈力娇是黑龙江人，黑土地上的女作家仿佛都有一种特殊的写作态度，热切地注视，冷静地书写。她是个冷静旁观者，对于最底层的平民百姓，有着独特的发现，并且对生命有着复杂的书写。

躺在炕上的姑娘对老二的请求，是生命的挣扎，而老二的怜惜与同情，是生命与生命的相互感应与触碰。这是生命，是活下去的渴望，是跨越了国籍的生命体验。

生命的常态是苦难，生命的体验是苦楚，那为何又苦苦挣扎地活在这个世界上呢？因为生命本身，因为生命本身驱使我们抓住那一束光，那是希望之光。尽管是微弱的，如萤火一般，却依旧动人。

作品收束之处，随着故事的戛然而止，作家也给我们留下了许多想象的空间。那两个女子会不会活下来吗？无从知晓，但每个人的心里都会有答案。(姚艺)

永不消逝的魂灵之水井和石碾子

/郭君锋

水井和石碾子在一块。这块地方相当于村子的中心，所以很宽敞，有几块不知道哪来的大石头，还有几棵平躺着的树杆放在路旁。大人们都会聚在这儿聊天，小孩们放学后也在这儿玩。有人从井里打水，有人在石碾上碾麦子。两种不同风格的吱吱声融合在一起，别有风味。

那时候村子周围的田野上还是一望无际的麦田，那时候连通村子的道路还是窄窄的石子路，那时候巨大的公交车上总是塞着满满的人，那时候我们几年也去不了一次县城。

村子里人很多，家家户户都要吃饭，碾子总是在转，众所周知，只有碾过的麦子才能送到磨坊磨成面，碾的过程其实就是处理掺和在小麦中杂质的过程。我家里也经常碾麦子，当然是套着老黄牛，老黄牛拉着碾子不停地转着，母亲用一块布把牛眼睛蒙起来，牛不停地走着。我心想，这是为什么呀？是怕牛转圈转晕了还是怕牛伸嘴去偷吃麦子？有时候，是碾小米或糜子。很少，妈妈就会把我们兄弟几个叫上，不用牛，让我们几个推碾子。碾子看上去很轻，实际上很重，我和弟弟撅着屁股，使劲地推，不一会就汗流浃背了。二狗家的牛拉碾子的时候比我家的装备先进，他家的牛眼睛上不蒙布，而是一个专门的麦秸秆编织制成的眼罩，这个让大家很羡慕， 二狗也引以为荣。后来不知谁说这个东西像女人的胸罩，二牛就又引以为耻。人类借助畜力的事情到今天已经越来越少了，这些诸如牛眼罩的物品也会退出历史的舞台，这些退出都是在经意不经意间，在不知不觉中，又有谁会感受到它的消亡呢？

水井也很少闲下来。水井上面安个树桩子做的轱辘，上边有个“2”字形的木手把，上面套上井绳，绳的两头绑上水桶。一个人用手抓住井绳，把握平衡，一个人转动井轱辘，一会一桶水就从水井里打上来了，绳子的另一头的水桶也到水面上了，周而复始，还得一个人向家里送水，等到家里的水瓮满了，就开始收拾井绳。井绳和水桶收拾好了就轮另一家开始打水。打水是父亲和母亲一起完成的，这需要力气，当时我还太小，帮不上什么忙。水从水井里打上来，荡着迷人的涟漪，夏天井水清凉可口，我常常偷偷地拿水瓢直接从瓮里盛水咕咕咕地喝一大瓢凉水，这种甘洌凉爽让我着迷。冬天井水刚从井里打上来，还冒着热气，我幼小的心里总是在想，这井里该不会有神仙吧？

这口井是什么时候挖的？有多少年的历史？没有人能说得清楚。她就是一位善良的、朴素的、永远拥有丰富奶水的、一直处于哺育期的母亲，她哺育着我的祖祖辈辈的父老乡亲呀！恩莫大于此！

选自《延河》2018年第12期

评鉴与感悟

对乡村文明的怀念追忆，以及对其消亡逝去的痛惜是文学里永不衰退的主题。生活在大时代下的我们，在享受各种生活便利的同时，也要承受它带来的破坏。

随意抽取乡土社会中的某件物体都可作为当下都市社会中人们追忆的对象，水井和石碾子不过是芸芸众物中的一员，我们借它们来怀念，无关它们是什么，我们只是需要它，来倾注一腔追思。

刘慈欣的《诗云》里提到过这样的矛盾，代表传统的伊一和代表未来的李白有段意味深长的对话。李白关于诗的挑战失败了，他说：“看来我们都在走向对方。”现代和传统，乡土社会和都市社会，甚至你和我，都在不断地走向彼此。也许未来的某一天，我们怀念着过去，也享受着当下。那时候很好，而现在也很好。这种追忆，永远美好，永不消逝。(姚艺)

岁时帖之一年冷节是清明

/陈峰

春二三月，初长成的鸡容光焕发，生蛋做了新鸡娘。没多久，天气开始暖和起来，母亲打起新鸡娘的主意，要让它孵小鸡。

母亲把种鸡蛋轻轻放进偏屋的草窠，轻轻抱起鸡娘，帮它卧在蛋上，然后又轻轻把箩筐覆在草窠上。昏暗的光线下，鸡娘闷声不响，稳笃笃，开始孕育小生命，准备做“娘”。

之后的每个晚上，母亲每次轻手轻脚从窠里抱出鸡娘，请它散步，拉屎，喂它米吃，一边喂一边轻声细语：“乖，多吃点，要做娘了。”我在一旁捂着嘴笑，笑声从嘴里漏出来，鸡娘听了，“咯咯咯”地叫。母亲平时很喜欢差遣我，看我闲着，把扫帚递给我，巴不得让我做点事。这次却不要我插手，她怕我惊动了鸡娘的“胎气”。

清明前一周，村里的阿姨婶婶们开始上山采茶，“明前茶，贵如金”，明前茶也就一周的时间吧。过了清明，就改称雨前茶，雨前茶的品质略逊于明前茶。所以，明前茶的产量少，摘来，在自家的锅里炒，备着，平时用来招待尊贵的客人。

在乡间，清明前后，大人忙，小孩也忙，这不，小鸡仔孵出后，大人就把养鸡任务交给我。早晨，我要打开鸡笼，让鸡自由散漫找食吃。黄昏，点数后赶鸡进笼，这是它们的睡觉时间。大人们忙于明前茶，待时间一过，则张罗起清明祭祖上坟的事了。

清明祭祖的事可烦琐呢。但一边是烦琐，一边是热闹。父亲的弟弟，也就是我的叔叔，从很远的省城赶来，我的堂妹妹也来了。堂妹妹带来城里的洋娃娃送我，我带着她去各家串门，玩乡间的游戏，比如跳房子、穿线绷、拾子，吃乡味的零食，比如炒倭豆、番薯干、年糕干，这些对她来说，都是城里玩不到吃不到的，玩不到的吃不到的才稀罕才美味。

这时的彩英阿婆，忙着念阿弥陀佛。阿婆吃素，她念的经，顶顶灵光。男人们，忙着点豆种瓜。年轻的女人们，忙着赶十庙九庵，去庙里庵里祭拜观音菩萨和庙神，据说这样来世就会交上好运。村里的男人们看到女人们赶来赶去奔寺院，脚不沾地，调侃她们是不是下世想做男人。我们这些小孩呢，也忙，忙着上山摘松花，田里采艾叶，为家里做清明麻糍作预备。

松花长在松树上，哥哥麻利地爬上松树，枝头耸立着一朵朵圆锥体一般的松花，金黄灿烂又蓬松。哥哥将枝条一节节拽下来，我和堂妹在下面踮起脚尖，轻轻地拗断松枝，怕惊动了松花，飞了。举着拗下的松花，轻轻摇一摇，松花粉飘到地上，隐身了，空气中则弥漫着松花的芳香味。摘到家的松花，晒着太阳，躺在铺着报纸的圆竹匾上，满满的一匾，松花浑圆壮实，香气蓬蓬勃勃，钻进过路人的鼻孔里。我用涎水濡湿手指，沾一沾松花，送入嘴里，嘬嘬手指，嗯，真是好吃，堂妹学我样，嘬得手指发白。

要做麻糍了，先把艾叶洗净，用滚水汆熟，捏成团控去水分，和蒸熟的糯米粉一起，倒入洗净的捣臼中。力大的男人高举木榔头往捣臼里使劲舂，捣臼边坐着一只盛着清水的脸盆，边上蹲着一个帮忙的人。每舂一下，帮忙的人伺机疾速把手伸进脸盆沾点水，疾速捋一下榔头，以防粘连，并疾速地翻动一下糯米团，动作快得根本看不清。等雪白的糯米粉变成了绿色，估摸着差不多了。紧接着，把舂好的糯米团摊到已撒满松花粉的案板上，用擀面杖把糯米团擀到差不多手掌这般厚，再把松花粉撒在上面，用刀切成块，麻糍就做成了。刚做的麻糍，绵软得像婴儿的皮肤，吃进嘴里，唇齿之间，香气满满，艾叶、松花、糯米无一不是香的。

诸事具备，人也齐了，提着菜啊点心啊，带上经卷啊香烛啊，一大早出发去扫墓。先清理坟上及坟边的杂草，清理完后，拿出煮熟的菜摆放在坟前的拜台，“塌”豆腐、炒蛋、粉丝羹、油煎小黄鱼等菜肴，点心当然是清明麻糍。再备一杯酒，一碗米饭，几双筷子，然后点香插烛。这些祭品都要准备两份，一份给祖宗大人，一份给土地公公。为什么土地公公也需一份呢？因为祖先们需要土地公公的照拂。妥帖后，大人小孩一个接一个，跪拜如仪，念念有词。这时，小孩最好收起笑脸，恭敬肃立。对父亲来说，扫墓的神情是悲伤的，他在坟前喃喃自语，阿姆阿爸哎，你们多吃点，现在生活好了，我多烧点钱，你们放心，孙子孙女都乖的，大孙子明年就要读高中了，你要保佑他考上大学，光宗耀祖。

我从没见过爷爷奶奶，哥哥、堂妹妹也没见过爷爷奶奶。父亲八岁时，奶奶死了，十岁时，爷爷死了，父亲和叔叔成了孤儿。他们怎么长大成人的故事，说了很多遍，我也明白不了，只知道父亲的口腔有特异功能，一碗馊气的菜也能吃得津津有味。父亲说，爷爷奶奶都是饿死的。人，怎么可能会饿死？我们现在的生活多么美好。

祭祖仪式甫一结束，我们撒腿就跑，山上的杜鹃花开得红红火火，摘来，扯开花瓣，一瓣一瓣吃。母亲敛起表情，警告：不能多吃，要流鼻血。回家路上，河边的杨柳吐出细叶，千条万条，弯着腰，风吹过，柳丝拂起一圈圈涟漪。母亲给我和堂妹各做了一顶柳叶编织的花环，戴在头上，俗话说：“清明戴柳，下世有娘舅。”娘舅，在生活中扮演了重要的角色。上学时，给你买书包。过年时，给你压岁钱。外婆有三个儿子，于是我就有了三个娘舅。母亲说我原本还有一个娘舅，可是这个娘舅十九岁时参加抗美援朝，在战场上光荣牺牲了，长眠在异国他乡。外婆思念他，在家乡造了一座衣冠冢，每年的清明节都去祭奠。我问母亲什么是衣冠冢，母亲叹了口气，说坟里面葬着的是衣服啊，人牺牲在战场，回不来了。说着说着，母亲突然哭了，话哽在舌头底下，出不来。堂妹没有娘舅，一个也没有，于是她吃饭戴着杨柳，走路戴着杨柳，甚至睡觉也戴着杨柳，直到柳叶变得干巴巴。是啊，我多么幸运，有三个娘舅。可不，马上就要上学了，娘舅早就托人把书包袋和其他读书用品给捎过来了。“外甥书包娘舅买”，这在乡间是俗例，有寄寓小辈读书聪明的意思在里面。

扫墓后，回家必须做清明羹饭，请祖宗大人来享用。母亲会炒一盆螺蛳，这时的螺蛳，肉质特别肥美，“清明螺，抵只鹅”，说的就是这个时节的螺蛳。一上桌，饭桌上“嘬嘬嘬，嘬嘬嘬”吃螺蛳的声音此起彼伏，悲伤早已悄遁而去，有的只是对眼下和未来生活的热切憧憬。

对农民的收成来说，清明宜晴，谷雨宜雨。可偏偏老天不作美，雨下起来没完没了，也许，这雨是老天替睡在地下的先人们而下吧。

选自《文学港》2018年第12期

评鉴与感悟

采茶，祭祖，拜神，麻糍……是乡土社会里最亲切的清明日常，一年冷清是清明，一年热闹也是清明。在乡土社会里，清明是乡人的一种狂欢活动，人们借清明唠唠家常，走动关系，冷清萧瑟是天气的，热闹温暖可是人心的。

“日落狐狸眠冢上，夜归儿女笑灯前。”(高翥《清明日对酒》)夜里的人们不再有白天扫墓的悲伤，回到家中享受天伦之乐。这不是荒诞，也非虚伪，而是千百年来祭祀扫墓已经成为一种具有表演功能的仪式和习俗，可掩藏在习俗形式下的，是人们对生活的热爱。

儿童视角下的清明是如此热闹，件件小事都令他们感到新奇欣喜。这未经成人世界侵染的美好，也是进入成人社会的我们无比渴望、却永远回不去的美好温情的岁月。我们只能在文字里，咀嚼逝去的美好。(姚艺)

第五辑

心有牵挂，人间值得

人生一世，羁绊万千，好的坏的，都是生命的馈赠。我们活着，接受所有可能的明天，在各自的轨道独行，而后，一段段命运交织、缠绕，成了人间。

感恩，奉献，苦难，忠诚……浮生如寄，因为这些羁绊，才使短短几十年的生命，留下深刻印记，每一缕漂泊的灵魂都有了牵挂。人世间的爱憎苦乐，显得那么刻骨铭心，在巨大的苦难里痛哭流涕，在流失的幸福里寻找新的定义。牵挂都是温情，似夜幕烟火，灯烛万家，照亮方州大地，任谁也流连。（秦妍）

念　梅

/孙春平

出租车到了营盘村村口，洪玫让停下，问，这村有个叫于心芳的你可知道？司机说，不会是于老太太于老板吧？活着足有八十来岁了。洪玫心里怦然一动，说可不，大我整整十岁。咋，人不在了？司机叹息，说可惜了，前年走的，那可是个大善人呀。大姨活着时，我送客人到营盘，只要赶上饭时，尽管坐进她的职工食堂，可饱造。洪玫问，她还当上老板了？司机说，您这都不知道呀？念梅制衣公司呀！方圆百里，赫赫有名。您要是找她，我就送您去她的厂子吧，就傍村东山根那一片。于大姨是不在了，可她的儿女在呀，闺女当董事长，儿子是总经理，托老妈的福，厂子红火着呢！司机很热情，还要往前送，洪玫说，我是这里的老知青，四十年没回来了，让我自己走走吧。

洪玫是1968年插队的，至今足足五十年，半个世纪呀！村庄哪还有昔日的模样？路上相遇的人也概是陌然，兴许细聊起来，还会有人想起过去的人和事，那也得是花甲老人啦！还是等见到小美和小满再说吧，毕竟自己没少带那两个孩子玩。细算算，小美和小满眼下也是五十来岁的人了。

洪玫进了厂区，四座大厂房，机器轰轰嚓嚓地响，不时有工人推着包装箱出来，纸箱壳上印着英文，还有阿拉伯文。看厂子的规模，工人足有上千。洪玫进了办公楼，看一门上有总经理的牌子，便推门进去。老板台后坐着的那个中年人肯定就是小满了，模样还依稀可辨，两位外来人正跟他讨论产品提前出货的问题。小满见又有人来，做手势请她先坐。那两人总算走了，洪玫急上前，一把拉住小满的手，说屁蛋儿，我是你洪玫阿姨，认不出了吧？小满凝目而望，眸子亮了亮，但转瞬，他便淡淡地说，这位大姨，是不是生活有什么困难？那就去办公室，专门有人负责这事。洪玫急切地说，小满，你再想想，四十年前，我住在你家，晚上你妈搂你，我搂你姐，睡了好几年呢。我叫洪玫。

小满仍是摇头。屁蛋儿是小满的小名，那年月，地瓜吃得多，小满爱放屁，还顽皮地故意张扬，洪玫喊他屁蛋儿，他也乐得接受。忘了，都忘了，忘了也正常。说话间，一位中年女子推门进来，对小满说，雨林公司那批货，他们再加多少钱，咱们也不能答应盗用商标，砸牌子的事千万不能干。洪玫急又上前拉女士的手，说你是美丫！我是你洪玫阿姨呀！小美怔了怔，说您真是住在我家的洪阿姨？洪玫忙点头，你还喊过我干妈，可你妈不让喊，说想喊也得等我结婚后。这边说着，小满从门外踅回来，扯住小美的胳膊便往外走，说又有客户来谈合同。这位大姨的事，我来处理。

两人这一走，便没了踪影。洪玫被请到接待室，小姑娘倒是客气，又是茶水又是水果的，还放到洪玫面前一个红包，里面是五百元钱，说大姨以后有什么困难，还可以来。洪玫只觉心里很凉，没收那个钱，起身离去了。

走在出村的路上，洪玫泪水流了下来。都说人情薄，薄似纸，真是这样吗？可自己跟心芳姐那是怎样的感情呀！自己来到这个村子，一待就是十年，知青回城一茬儿又一茬儿，可自己的爷爷是地主，伯父新中国成立前又去了台湾，没有后来的“一把抓”，回城的美事便只能在梦里。于心芳大姐看青年点日渐冷清，便跑去抱洪玫的行李，说去我家住吧，正好帮我带带孩子。洪玫拖住行李不走，说你家还有姐夫呢，谢谢啦。心芳说，你姐夫十天半月才回家一次，咱家不是三间房嘛，他回来时，你就带两个孩子住西间，正好让我们两口子放开亲热。心芳大姐说完就哈哈笑，由不得再客气。心芳家是工农联盟户，姐夫是铁路上的养路工，不常回家。小美和小满是龙凤胎，当时也五六岁了……往事并不如烟啊！

突然，一辆宝马轿车停在路边，车门开处，跑出小美。小美挽住洪玫的胳膊说，大姨，我现在喊你干妈总行了吧？说着，又冲车内喊，还磨蹭什么，快下来！小满有些扭捏地站到面前，小美再喝，给干妈跪下！咱俩什么都可以忘，总不能连咱妈临死前的叮嘱都忘了吧，找到洪玫阿姨，那是咱家的恩人！

两个中年人双双跪落尘埃，洪玫的泪水又流下来，喃喃道，看到你们姐弟了，也看到你们的事业了，我心里高兴。我没事，这就回去了。

小美和小满站起身，仍紧紧挽着洪玫的臂膊。小美说，干妈一定要走，总得先看看自己的账目吧？

洪玫吃了一惊，账目？我还有账目？

小美跑回车，取来一个账本，打开，第一页，竟然就是洪梅的名字，金额结存三百余万元。

小美说，干妈没忘吧，你回城后的第二年，就给我家送来一台织袜机，说是用你一年工资买下的，让我妈挤时间织点袜子卖，还说一家四口不能总指望我爸的那点死工资。我妈说，我家的公司不管日后发展多大，这都是第一笔投入资金，按等额股金结算。要是一时找不到洪梅，每年的分红就再投进去。

三人重又走在回村的路上。小美问，我妈在世时，不知给干妈写过多少信，还求过公安机关，怎么就找不到您呀？

洪玫说，回城后不久，我就去南方打工了，办身份证时，女工叫“梅”的太多，我就改成“枚”。难为心芳大姐了。

小美说，干妈没注意我们公司的名字吧，念梅，我妈起的。

小美又说，我妈常说，若是忘了根本，别说做事业，只怕做人都难。

小美说这话时，狠狠剜了小满一眼。小满没吭声儿。

选自《百花园》2018年第11期

评鉴与感悟

作品短小，却充满人间温情。故事有关善意，有关感恩，有关雪中送炭、报团取暖，有关投桃报李、薪火相传。主人公洪枚在半个世纪前插队时身处逆境，得到了于心芳的收留和帮助。这份恩情被洪枚牢记心间，在她回城的第二年，洪枚就攒下一年的工资为于家买了一台织袜机改善家境。这台织袜机成了于心芳做企业的“第一笔投资基金”，她一直按等额股金结算，为洪枚留下了金额不小的存款。心芳老人虽已离世，但她的想法都通过企业名称“念梅”二字，传递给了儿女，传达给了洪枚，也传送给了读者。

无论是从出租车司机的描述，洪枚的回忆，还是小美和小满的行为表现，读者都能体会到洪枚和于心芳的真诚感恩之心。知恩，念恩，报恩，善意温情，闪烁着最纯净的光。（秦妍）

雪莲花儿开

/乔正芳

当军区文工团慰问演出队即将出发的时候，杨灿灿背着包气喘吁吁追上来。她昨夜似乎没有睡好，眼泡红肿，面色憔悴。

新任队长蒋小妮看了看她，说，老队长，这次演出你就别去了，你这几天就要转业回川了。

杨灿灿咬了咬牙，说，正是因为我马上要转业回川了，机会难得，所以这次演出我一定要去！

队友们都了解老队长的个性，互相看了一眼，没有再提出异议。

她们这次慰问演出的边防哨所，大多都在海拔三四千米的雪山之上，山势陡峭，道路险峻，特别是最后一站月牙巅，常年积雪覆盖，平均气温在零下二十几摄氏度，是一座据说连鸟儿也无法飞跃的“孤岛”。

杨灿灿清楚地记得第一次登上这个哨所时的情景：由于海拔高，山风特别大，几间平房四角都用钢丝绳缀着硕大的石头。战士们每天巡逻都是一次严峻的考验，处处怪石嶙峋、险情暗伏；如果赶上天气不好，那就更加艰险。由于气候严寒干燥、环境恶劣，大雪封山时蔬菜不能及时补给，战士们个个皮肤粗糙，嘴唇干裂。看见她们前来慰问演出，战士们高兴得像过节一般。

这些可爱的大男孩，他们争相拿出平时舍不得吃的苹果、大枣以及各种宝贝，招待这些勇敢的女客人。有个看上去只有十六七岁的小战士，还特意用烧开的雪水泡了老家寄来的绿茶。那场面，让已为人母的杨灿灿好生感动。她紧紧握着小战士皲裂的双手，流下了热泪。小战士很不好意思，反倒不停地安慰她，没事的，真的！我们都习惯了。再说戍守边疆、保家卫国，也是我们每个男儿义不容辞的责任！

今天，她们这群被称为“高原上的百灵鸟”的文艺女兵们再一次登上了这个海拔四千米的雪山哨所。看到她们，战士们激动得欢呼雀跃。纷纷跑进屋，捧出平时舍不得吃的各种果子；他们用高压锅煮了米饭并开了几个香喷喷的肉罐头。

大家围坐在一起谈论着、说笑着，新队长蒋小妮问，战友们，你们最喜欢看我们表演什么节目呢？

一名战士说，我喜欢听《烛光里的妈妈》。另一名战士说，我喜欢听《我的祖国》，那高亢雄壮的旋律，每次听都让人热血沸腾。

一名戴眼镜的战士说：我喜欢看古典舞，那衣袂飘飘的女子，柔美曼妙，有着无法言传的美！

别胡说，老班长急忙打断他的话，你忘了这是在海拔四千米的雪山上？气温零下二十摄氏度呢！

这名战士自觉失言，不禁红了脸

吃完饭，战士们整队集合站到了外面，腾出宿舍给女兵们作化妆间。

演出开始了。哨所前的冰冻土地上，霎时暖意洋洋，战士们围成一圈，凝神观看着。

首先上场的是蒋小妮，她唱的是《我的祖国》：“一条大河波浪宽，风吹稻花香两岸，我家就在岸上住……”清澈嘹亮的歌声，飘荡在雪山之巅，飘荡在战士们的心里。接着是吴丽红、袁圆……

轮到她们的老队长杨灿灿上场了！战士们齐齐回过头，满怀期待的目光望过来——忽见眼前一亮，一团白光闪耀，天地澄明，万物安静。一位素衣女子，衣袂翩跹，如明月初上、光彩盈盈；她旋转腰肢，裙裾飞扬，清风习习，枝叶扶摇，俨然一株乍开未放的雪莲，在优美舒缓的旋律中，慢慢打开……

所有的人都睁大眼睛：天哪，这个杨灿灿，在零下二十摄氏度的雪山上，在包裹着棉衣棉裤还嫌冷的哨所前，身上竟然只穿了一件绸纱！

战士们愣了愣，继而掌声雷动。

杨灿灿面色恬静、随着音乐，挥舞水袖，旋转、屈伸、俯仰，将一株雪莲花的生长画面徐徐展开——新芽初萌、喜逢甘霖、枝叶舒展、搏击风雪、傲然盛开！

战士们哭了，无声的泪水顺着鼻翼淌进了嘴巴，在心里涌起了滔天的巨浪。班长默默脱下身上的棉大衣，小心地铺在了花儿般旋转着的杨灿灿的脚边；所有的战士们都脱下了自己的棉大衣，恭敬地放在了这株圣洁的雪莲边……

风静止了，雪静止了，整个天地都静止了——齐齐地望着这株最美的雪莲在海拔四千米的冰山上灿然盛开！

新队长蒋小妮呜咽着，使劲儿擦去流到下巴的泪水。只有她知道，就在前天，杨灿灿六岁的儿子，因为得了严重的高原心脏病，已经在四川某医院病逝了。

选自《小说月刊》2019年第4期

评鉴与感悟

雪岭之上，文工团老队长完成了自己转业前的最后一次慰问表演，她像一朵无瑕的雪莲，把极致的惊艳之态呈现给雪山之巅，她燃烧着自己的生命，在海拔四千米的冰山上灿然绽放。

奉献是军营内永久的话题，艰险恶劣的雪山环境，边防战士们在这里奉献自己的青春，文工团的文艺女兵们翻山越岭，在这里慰问一线部队，她们用歌舞为冰天雪地的营地添加了欢乐和活力。战士们的热情款待，女兵们的尽心表演，都流露出军营中最纯粹诚挚的战友情，而这份情谊在老队长杨灿灿的古典舞中达到了高潮。

结尾处老队长儿子去世的消息，让这朵雪莲更加孤傲。雪莲花开，是动人的舞姿，是冰山之巅的坚守，更是千千万万的英勇战士为了守护国家，作出的贡献和牺牲！（秦妍）

露水的世

/田双伶

她走进门，他抬头看了一眼，吃惊地问：你怎么回来了?

她说，嗯，我回来看看家里怎么样。

都好。他在藤椅上换了个更舒服的姿势躺好，迷糊起来。

她看了看屋子，把散乱在椅背上、床沿上的衣服毛巾都收起来，坐在床边一件件叠好；又把地上的碎屑扫了扫，扫到垃圾斗里，往门外墙角的垃圾堆边扔。看到那里扔了许多药瓶子和药盒子，她蹲下来仔细地看，看到一根细长的输液管，那头连着一只葡萄糖瓶，里面有半瓶未用完的液体。她想了想，从过完春节开始，她就在医院躺了一天又一天，天天输液吃药，肠胃坏了吃不进东西，身体瘦成枯木，那天下午就苦苦央求他拔掉了。

正难过着，抬头看见院墙边，新栽了一株樱桃树，粉灿灿地开了一树的花。她笑了。这个人，平时粗枝大叶的，我说过的话他倒是留了心，还算有情意。去年春天，他们一家子去樱桃沟摘樱桃，站在树下看着绿叶间一串串玛瑙样的红果儿，她说，明年春天在家里也种上一棵，等樱桃红了，伸手就能摘着吃。

院子里种了几畦菜，菠菜老得生了梗，韭菜倒长得粗壮，该剪了。她从屋里拿出剪刀，边剪韭菜边寻思，儿子住校，到后天就该回来了，他爱吃我蒸的韭菜面方。她洗好韭菜，拿出面盆，掂起面袋倒出半盆面粉，准备和面做面方。她边揉面边对躺椅里的他说，下周五，阴历三月二十，郭村的老庙会，你可一定去表姑家吃饭，这些年多靠她接济，孩子上学没费过周折。我从小就得她的照顾，和亲娘俩一个样。以后她有个病啊灾啊，可得去身边多伺候。

放心吧。他把脸侧过另一边，继续迷糊。

她愣了愣，问他，我生病时借了老李家的七千块钱，还有二舅家两万……你还了没有？可别拖久了，手里有钱赶紧还给他们，人家用钱的地方也多着呢。还有，你不能老在家歇着，还得出去挣钱。闺女大了说出嫁就出嫁了，也得攒些钱。顿了顿，她接着说，闺女都二十五了，谈了两三个还没个中意的，这回你可把好关。等她结婚的时候，把我放在首饰匣里的戒指耳环拿出来给她，再去商场买几床好的蚕丝被作陪嫁。咱们结婚的时候买不起，不能再亏着闺女。

把面放到盆里发着，她去里屋闺女的房间看了看，和往常一样整洁。有一幅新画挂在墙上，是自己的肖像画，应该是闺女比着她的照片画的。桌上的花瓶里，插着一束她喜欢的香水百合。她嗅着那香气，定定地看了又看，眼泪止不住地流。画面上是他们去开封看菊展时拍的照片，她把脸贴在一簇悬崖菊旁笑，笑得真是开心。那年闺女考上大学，他在外也挣了不少钱，日子过得舒心，全家出去旅游了几天。

花瓶旁边放着一本厚厚的相册，她翻开看，全是自己的。有以前的黑白照片，还有这些年拍的彩色的，没留意竟然拍了这么多。这张是自己中专毕业时的照片，那时还扎着长长的马尾辫，双眸黑亮，笑靥如花；这张是和他谈恋爱时的照片，烫了卷发的她显得娇俏妩媚，小鸟依人地偎在他身旁；这张是女儿满百天时拍的，那时她丰腴圆润，瓜子脸几乎成了圆脸，和闺女脸贴脸笑着；这张是母亲去世那年拍的，那时的她还没悲痛中缓过来，面露悲戚；这张是在一家公司上班时拍的，一身黑色正装，一头短发，利索干练不同平日；这是生了儿子后，领他在公园游乐场拍的；这张是他们的全家福，身边立着一儿一女，他们两个坐在中间幸福地笑着，多么圆满的一家子；这张是前几年送闺女上大学的一张合影，在大学门口的草坪前，她穿着一条桑蚕丝的长裙，温婉端庄，女儿挽着她的手臂甜美地笑。给她们拍照的人还夸她气质好。这条她最喜欢的桑蚕丝裙子，她一直藏在衣柜里舍不得穿。还有一件旗袍，是她所有衣服里最贵的一件，准备等闺女结婚那天穿的。买的时候店员嘱咐她说不能叠放，得用衣撑挂起来。

她打开衣柜门去找那件旗袍，里面空空如也。她瞬间恼怒起来：为什么我的衣服都不见了呢？你把我衣服弄哪儿了？

衣服都给你带走了，你不知道吗？你死了多久了，你还不知道吗？男人听了半天唠叨有些不耐烦了，在躺椅上转个身背对着她瓮声瓮气地说。

她愣住了。若是往日她一定会和他大吵一场的。可是他的这句话一下子把她吓住了。

她以为眼前的一切都是真的。

她垂下头想了想，又掐指头算算，到明天，她离开这个世界就七七四十九天了呢。

他又酣睡了，响起了鼾声。她弱弱地叹了口气，掸掸衣服上的面粉，轻轻地走出门，沿着通往西边坡地的小路跌跌撞撞地走去。

凌晨的田野，已有露水挂在草尖上，雾雾的一片白。她走着哭着，脚踝都蹚湿了。

人活一生，如露水一世，短暂得很，好多事情还没做，就结束了呀。

她留恋地看了看身后被笼在晨雾中的房屋，身影慢慢地隐入那片坡地间。

选自《小小说月刊》2019年第7期

评鉴与感悟

读到末尾，我已是泪流满面，那些平凡的唠叨里，有每个家庭的影子，草尖上的露水，好似也落到了我的心上。人活一世，终有一别，可直到告别之时，谁又能真正了无牵挂，圆满而辞？

我们来到这个世上，从未踽踽独行。一生这条人生路，在日复一日的奔波中好像很长，儿子爱吃的韭菜面方，亲戚家的人情，女儿的婚嫁……这些细碎的嘱咐，是一个女人终其一生编织的温情。但因此，生命又显得过于短暂，短暂到无法承载我们全部的爱与牵挂。露水一世，人活一生，那些忙不完的事，放不下的心，也终会在某一天，戛然而止。活着的人，一腔悲泣，满腹思念，那离世之人，又何尝不是心怀惦念呢？却再也不能参与那些记挂的未来，带着遗憾，走完一生。

佛总教人们学会放下。而那些放不下的，才是人间。(秦妍)

老兵和新兵

/原上秋

一层白光，飘进老兵的梦里。老兵以为天亮了，忙翻身下床。推开窗，惊讶地发现外面一片洁白。下雪了，老兵朝熟睡的新兵喊。

新兵要起，被老兵又按下。老兵说，今天下雪，不出操了。

老兵把自己带体温的大衣，盖在新兵身上，新兵感觉到了厚重，还有温度。老兵说，还有几天，我就要脱军装了。老兵的话很轻，却有穿透心的力量。顿时，一种感伤情绪，在房间弥漫开来。

眨眼，新兵来野狼岗团部农场一年有余了。刚来的时候，接待他的就是老兵。老兵和新兵面对面，老兵问，你是中国人民解放军战士吗？新兵答，是。老兵说，你如果违反条令条例，我会对你不客气。新兵答，是。

老兵是场长，新兵是他唯一的部下，他们守着八百亩农场。从营区坐车颠到农场，要几个小时，毕竟是一百多公里的山路。农忙季节，上级会派一个施工连队耕种和收割。热热闹闹几天，他们就走了，把寂寞和一杆枪，留给老兵和新兵。野狼岗传说有野狼，但是谁也没见过。不管咋说，农场也是军事单位，遇到紧急情况，枪要比烧火棍好使。五颗子弹缝在一个布子弹袋里，连长说不到万不得已，不得动用。

他们严格按照连队的一日生活制度作息。每天，老兵带着新兵出操，巡逻，晚上点名，互相检查军容风纪。晚上点名都程序化了。老兵问，你是共青团员吗？新兵答，是。老兵问，你是中国人民解放军战士吗？新兵答，是。老兵说，你如果违反条令条例，我会对你不客气。老兵问过一遍，换成新兵问老兵。新兵问，你是共产党员吗？老兵答，是。新兵问，你是中国人民解放军战士吗？老兵答，是。新兵说，你如果违反条令条例，我会对你不客气。

他们和上级的联系，是一部绿色的野战电话机。如果有情况，先要通总机，总机再转连队或者什么地方。总机那边都是女兵，声音一个比一个好听，可惜她们不愿意多说一句话，总是“你好，请问接哪里？”好多时候，无论是老兵还是新兵，这时候就会一愣。那边又多说一句：“请讲，接哪里？”再不会多说一个字，给他们留下一个又一个遗憾。上级有要求，电话不能随便占用，所以他们所有的私事，都靠写信。

一个月前，团里传来消息，部队要裁撤。老兵的心像被蝎子蜇了，丝丝缕缕地疼。老兵服役十三年了，部队撤编，他是首当其冲要走。那些日子，老兵一直写信，写好撕掉，又接着写。他想告诉家人和朋友，铁打的营盘流水的兵，战士复员是正常的新老交替。可是，他连自己都说服不了。有天晚上很晚了，老兵没睡，他的床一直空着。新兵的手电光在地里寻到了他，他的脚下，烟屁股堆成了小山。

老兵抽噎了，他说他十几年的军旅岁月，就这么结束了。从那时起，老兵消沉起来。

门外有汽车声响，是地方牌照的皮卡。司机下车直接喊老兵的名字。老兵说是他最要好的同学。皮卡去别的地方路过这里。同学从车上卸下一些吃的，说不几句话就要走。老兵打开一个布满灰尘的房间，搬出几袋化肥，要放车上。新兵提醒老兵，化肥都是有账的。老兵说，从采购到扔到地里，都是他一人负责。多少年从没有以权谋私过。他说用十几年的付出，换几袋化肥，不过分吧。

新兵说不行，我绝不让你这样做。说着上前阻拦。老兵突然发疯，一拳冲向新兵。

倒在地上的新兵眼看无力阻止，就爬过去摸到枪。从布袋里挤出一颗子弹压进枪膛，嘭，一声枪响，子弹穿透雪幕，惊飞一树小鸟。

皮卡车空车走了，在雪地留下两条弯弯曲曲的车印。

老兵想不到新兵会开枪，枪声把老兵震醒过来。他转回身，慢慢把新兵扶起。新兵说，老班长，我想问你个问题。老兵点点头。新兵问，你是共产党员吗？老兵答，是。新兵问，你是中国人民解放军战士吗？老兵答，是。新兵说，你违反条令条例，我会对你不客气。

几天后，上级派人过来交接。所有物资都是账物相符，唯独少了一颗子弹。

老兵拿出一份证明，上面写着：一只野狼夜闯农场，战士郑义果断开枪驱离，消耗子弹一发。

后面签有老兵的名字。

《河南日报》2019年7月31日

评鉴与感悟

老兵和新兵，是整个农场仅有的两位中国人民解放军战士。尽管如此，他们从未有过丝毫怠惰，按照军队生活作息，出操、巡逻、点名、检查，恪尽职守，严守纪律。这是老兵以身作则教给新兵的，是解放军战士的基本素质。

但裁军的消息下来，老兵动摇了，十几年的忠贞辛劳，让他产生自我怀疑。老兵的消极情绪从下雪不出操开始，幸而他在新兵的枪声中清醒过来。及时阻止他犯错误的人是他带了一年的新兵。在这样的关键时刻，新兵已经悄然接过了老兵的旗帜，把农场战士忠诚无私的品质延续了下去，成为独自严守八百亩农场的新场长。他有能力胜任这个寂寞且极其考验自制力的任务，能证明这一点的，就是那发射出的子弹。那匹消耗了一发子弹的野狼，再也不会出现了，因为它是老兵的心魔，已经被战士郑义开枪驱离。（秦妍）

守墓人

/安石榴

守墓人夜半醒来，他是被哭声惊醒的。虽说是惊醒的，也并非表明他被吓到了。守墓人马上就八十岁，还能怕个啥？离群索居，独身守墓三十余年，早已由外而内霜一身沉郁气色，倘不使别人怕他，已经千恩万谢了。

守墓人睁开双眼。虽处盛夏，山中夜半依然凉沁沁的，也恰满月，小小的一间门房，窗子大，月光就大大方方将高壮的樟子松枝条影儿，印在床上和墙上。守墓人的头隐在墙角的黑暗中，起初以为自己刚刚从梦境返回，纳闷，想，无梦好多年了呀，可是那女人的哭声真真切切，到底是谁？怎么哭得那么惨？他呆了一下，静静心神，这时候哭声再次响起，守墓人一惊，夜深人静，稍稍有点动静，那来路都清清楚楚，不带丁点儿误差。他马上判断出这哭声不虚也不飘，实实在在来自墓地，深夜的墓地。

这三十余年，守墓人还是第一次遇到。

那哭声用一个字形容：悲。

守墓人什么样的哭没见识过？这之前他还真敢这么说。真哭的，假嚎的，他样样门儿清。可是，半夜墓地的哭声他还是第一次领教。怕不怕？还是那句话，不怕。哪有什么野鬼孤魂狐狸精黄皮子，没有那些玩意儿！一个人一旦变成撮骨灰，就妥妥地彻底安生了。

守墓人起床，披衣，轻轻开门。他瞥一眼大门，并没有异样，他就知道，女人必定不是从门而入，那只有从围墙跳入了。三十几年的职业生涯，守墓人对这座远离城市的公墓，熟悉得如同自己的手。这座公墓从山脚建起，一直扩展到半山上去。外面看是一座白墙黑瓦、气势宏大又肃穆的大院套。围墙砌成大波浪状，守墓人在日常的巡视中，早就发现“大波浪”的低谷处，有那么一两处恰好遇上一个小丘，这就显然地降低了围墙的高度，甚至，在守墓人仔细地打量中，仿佛贴着围墙放了一张敦实可靠的凳子一样。他脑子一闪，也曾经想过，如果有人想跳墙，这里最合适方便了，只消一步迈到黑瓦上，然后鼓起勇气跳下去，毕竟院内的一侧还有一人多高的距离才接地面呢。不过，守墓人也想，谁没事儿跳墙呢？里面是墓地，可不是什么好地方。

守墓人静悄悄地往碑林而去，他必须去，他对整个墓地负有责任。但他并不想惊扰到那个女人，他只想看看女人目前所处的环境，是不是安全。

女人的哭声紧一阵慢一阵，守墓人懂。那听起来紧凑细密的哭声倒是表明她保有一口完整的气息，至少还畅通，而喑哑之处，丝丝缕缕，将断未断的饮泣，才是大悲恸，说明那悲已经堵塞了气流，痛和苦凝滞、冲动又抵触，直等到那猛地涌上心头的悲恸渐渐消退下去，哭声才能重新响亮起来。然后一切再重新来过。这个女人就是这样，哭啊哭，哭啊哭。

守墓人远远站定。月光下的墓地其实是美的，守墓人总会在有月光的晚上延长巡视墓地的时间，只为着在墓地里多走一走。守墓人觉得，一个个墓碑虽说都是冰凉的石头做的，可在有月光的夜晚，这些墓碑就和山上的石头不是一回事了，它们不再是死石头，而是一个个故事，缓缓倾诉着，尤其是，墓地四周沉静的樟子松林，衬着。月光清虚虚地抚慰着那无声的倾诉，守墓人是乐意倾听的，而且也总是在这一刻想起自己的妈妈。但此刻，守墓人什么也没想，他远远地站定，并不能更清楚地确定女人的具体行动，他连女人的影子也没看到，他想那伤心人一定是伏在地上了。他能确定的就是女人并没有点香或者烧纸。守墓人侧耳细听，一缕带着月光的清风拂过：“你……我一点儿办法也没有了……我……你告诉我啊……”这低语消失之后，哭声再起。

守墓人心一动，定定地站了一刻才慢慢转身，像来时那样静悄悄地往回走。回去的路是一个逐渐向下的慢坡，他小心地控制着步伐，不让脚步发出响声。一边想，这女人是怎么来的呢？夜半，公交车早就停了，而这一段十几公里的乡村公路，别说汽车罕见，就是村庄也都是稀稀落落的，又全都被森林和大地遮蔽，在深夜里一概变成死物了。她不怕？哪有女人不怕的？想到这一层，守墓人心里回响起一声长长的叹息：这女人得遇到多大的难处呢？什么都不怕了什么都不顾了！

守墓人走到墓园大门，隔着铁门上的栅栏，他看了看停车场，停车场空无一物，只有月光微微颤动。守墓人轻手轻脚将角门的铁锁打开，把门开到最大，用铁钩挂牢。这才回到自己的小屋，他没有忘记把门房雨搭下面的小灯点亮。守墓人知道那伤心人只要站起来，打算回家，就会发现大门口的光亮。做好了这一切，守墓人慢慢爬到床上去，躺下了。

选自《时代文学》2019年第4期

评鉴与感悟

佛陀常说：人生皆苦。人间的生老病死终化作墓地中的一块块碑石，在月光下倾诉着一个个故事。守墓人便是见惯了这故事的人，因此，哭，守墓人不觉稀奇，他听多了，熟知哭泣的类别形式，哭声中的情感虚实。在这个深夜，听到墓地传来的哭声时，他只觉得悲痛。

是谁在哭？为什么哭？为什么半夜偷偷来墓地哭？作品没有交代，因为守墓人不想打扰她，也因为作家不想打扰她。苦难的形式有千百种，但苦难的本身就是痛苦，世上没有完全的感同身受，所以再艰难曲折的故事都不如这段哭声动人。因而作品留给读者的，也只有这一段悲恸哀伤的哭声，这段哭声已经把女人的苦难抒写得淋漓尽致。

萍水相逢，人间疾苦，守墓人能做的，只是悄悄离开，为她留一盏微弱的灯。（秦妍）

橘红色瓦云漫天的傍晚

/马金章

瓦当是个猎兔高手。那时还没有禁持猎枪，猎获的野兔供不应求，城里一家老字号“刘记五香兔肉”天天上门收购。一个橘红色瓦云漫天的傍晚，瓦当对刘记来收购野兔的人说，明天起，您甭来了。

来人不解，咋，嫌咱出价低？

他摇头，想挂枪。

要改行？

他又摇头，挂了枪，就布网、下套，捉活的，暂不卖，想圈养。

来人惊喜，办养野兔场，这好啊。今后，咱合作的路子更宽敞啦。

瓦当挂了枪，就活捉野兔饲养。

他的野兔养殖场建在山脚下。场地足有十多亩，里面长满了高高低低、青青黄黄、杂七杂八的野草。肥美的牧场。

这天，他发现一簇草枯萎了，蹲下一看，草下有一堆新鲜的松土。经验告诉他，这是老鼠打洞捣腾出来的。他拨开草丛，果然发现一个洞穴。便提桶往老鼠洞里灌水。老鼠经不住水淹，一会儿便出了洞，几只老鼠被他逮个正着。

老鼠是野兔的天敌。野兔刚生下的兔崽仅三四指长，胎毛还没从身上炸开时，是老鼠的美餐。老鼠繁殖得快，一只母鼠一月生一窝儿，一窝儿多达十五六只，一只母鼠一年能生二百多只。野兔的天敌，这会儿自然成了瓦当面对的敌人，从此，他便和老鼠较上了劲。老鼠们精得很，它们在地里到处打洞，打成了地道网络，进出洞口无数，灌水灭它们的招数不中了，若从这个洞灌水，它从另一个洞逃跑了。看着一只只减少的野兔，瓦当愁苦得不行。后来，他琢磨出个招儿：熏粮仓的磷化钙说不定中嘞。一试，真中。磷化钙这种农药，见水遇潮起火，往多个洞口一放，毒气蛇一样曲流拐弯儿游走于密密麻麻的网洞，洞穴中的老鼠无处藏身。

瓦当制服了老鼠，野兔在牧场里整天乱窜撒欢，快乐成长。

谁知好景不长，野兔的另一个天敌老鹰光顾上了兔场。苍鹰展开翅膀，像停在空中的一片黑色的云，鹰瞄准野兔后，一个俯冲下来，叼起野兔后又“唰”一声飞上天空，野兔甭说挣扎，哀叫声都发不出来就成了鹰的猎物。瓦当知道鹰是国家野生保护动物，它叼你的野兔行，你猎杀它不行。

为防鹰，他花几千元买了尼龙网和木桩，将整个养兔场用网罩住。鹰太贪嘴，盯住野兔后仍像以往一样向下俯冲，尼龙网的网络细如发丝，鹰在高处看不到网，发现网时收翅已来不及，结果它们有的翅膀被网束缚住挣脱不了，就被硬生生吊死在网上。

瓦当本来张网是为了防范鹰，但小小的网眼儿却使一些鹰毙了命。他可怜这些鹰，撤了网，改用炮仗驱赶鹰。鹰或许是有太多从猎枪下逃命的经验，它们对枪声有种本能的胆怯。

瓦当的手边儿，经常有个装炮仗的篮子，看到鹰俯冲下来，他赶紧点着炮仗一扔，“咚”的一声炸响，鹰被“枪声”吓得急忙在空中转向逃跑。

牧场中的野兔，也会随着炮仗的响声活跃起来，它们四下奔窜腾挪，野草摇动，一派生动的景象便在牧场里出现。

野兔繁殖很快，一月一窝崽，原来圈养的一百多只不到一年就繁殖成三四千只。野兔将要出栏时，老字号“刘记”的人来了，一只野兔的价格高出以前两倍。要刨掉穷根摘富果啦，瓦当的心里比灌了蜜还甜。但来的人提了一个问题，说城里人喜野味儿，养的虽是野兔，可兔身上没铁砂弹子，食客就会怀疑不是野兔是家兔。家兔的价仅是野兔的五分之一呀。

他们要对这圈养的野兔用枪猎杀。

瓦当将出栏的大兔和留栏的小兔分开，让他们猎杀。

当三四杆猎枪对野兔举起来时，养兔场里立时出现了令人意想不到的场景：枪还没响，整个牧场的野兔狂奔乱窜地逃避起猎枪来。野兔的眼睛位于头部两侧的最高处，这使它们能看到前后左右的情况，它们对猎枪、猎人有着与生俱来的防范能力，它们将被猎杀的信号迅速传递开来。但它们好多没能逃脱厄运，三四杆猎枪响了，出膛的铁砂成扇面射向野兔……

看到他养活的野兔一只只倒地毙命，瓦当揪心得落下了眼泪。

老字号刘记的人在牧场里兴冲冲地笑着，叫着，蹦跳着捡拾野兔，将它们扔在一台农用车的铁锈斑斑的车厢里。

农用车冒着黑烟嘭嘭开走了。围墙里剩下的大兔和小兔看到瓦当，便疯了一样围着四边墙的内侧跑。它们想寻到逃脱的出口，但高高的围墙使它们失望了。它们就远距离助跑，向围墙上猛撞，撞得头破血流。一时，大墙内侧倒下一只只撞死的野兔。

看到大兔小兔集体自杀的惨景，瓦当震惊了。

这天，也是个橘红色瓦云漫天的傍晚，瓦当在牧场墙上打开几个洞，将野兔全部放生了……

选自《小说月刊》2018年第10期

评鉴与感悟

两个橘红色瓦云漫天的夜晚，主人公瓦当做出两个重要的决定。瓦当是技艺精湛的猎兔高手，他以猎杀兔子为生，而在第一个橘红色瓦云漫天的傍晚，他决定不再当一个猎人，将猎枪改为布网，捕捉饲养野兔。也许是因为漫天的橘红色瓦云，像极了满地残血，常年的捕杀让他心存不忍，那是一个怜爱生命的傍晚。

他打理养殖场十分用心，为了驱赶天敌，让兔子们快乐成长，他费尽心血。对于曾经的猎物，像呵护孩子一般照料，瓦当是发自内心对弱小生命的珍爱，这是美好的人性。但又一个橘红色瓦云漫天的傍晚，瓦当的兔子还是死在了猎枪之下，以一种无处可逃更加可怜的方式，这一次瓦当明白了，圈养也不能保护他的兔子们，猎人与猎物之间的命运结局，只有屠杀。瓦当放生了野兔，也终于明白，他虽深深地爱着这些兔子，但他能带给它们的只有死亡。只有自己放手，才能让它们的生命都得到升华，这是一个尊重生命的傍晚。（秦妍）

幸福的晚餐

/于艳丽

习惯去小饭馆吃饭的松田先生，今天一反常态地去了早市。鲷鱼、清酒、做酱汤的香菇、豆腐和青菜都精挑细选买了一些。鲷鱼剥皮去刺，做成薄如蝉翼的生鱼片是女儿美子最爱吃的，而酱汤则是妻子惠子的最爱。惠子做酱汤的手艺源于她的母亲，酱汤端上来，汤水清澈，海苔和香菇安然于碗底，汤面上浮出雪白的豆腐如富士山顶的白雪一样炫目。

回到家里，松田先生坐下来，在记忆里搜寻惠子做饭时的细节，他十分希望自己能将这一顿晚餐做出惠子常做的味道来。但他想起来的只是惠子做饭的某一个片段。他开始懊悔，没能好好跟惠子学一下她做饭的手艺。那时候，他忙着工作，惠子负责照顾他和女儿的饮食起居，他一直心安理得地享受着这一切，以为这样的日子会一成不变，没想到也会有需要他伸手做饭的那一天。

鲷鱼放在案板上，嘴一张一翕，尾巴不时发出轻微的吧嗒声，松田先生扭头看了看鲷鱼，心里有些不是滋味。鲷鱼有个快乐的大家庭，当雄鲷鱼意外死亡之后，缺少雄鲷鱼影响的雌鲷鱼就会变得强壮起来，性别也会由雌变雄，成为这个家庭的一家之主，带领这个大家庭继续生活下去。他觉得此时的他，甚至不如一条鲷鱼。

不能够再犹豫了，约好的时间快要到了。他要在“客人”到来之前，做好晚餐。当然，“客人”并不一定会挑剔他的手艺，但是他觉得如果不能把这顿计划了好久的晚宴做到想象中的完美，他是会觉得遗憾的。

在厨房里忙碌的时候，他无意中在碗橱里发现了惠子留下的菜谱，这让他觉得惊喜，他甚至为此笑出了声，这是这个房间久违的声音了。

按照惠子的菜谱，他小心翼翼地做着每一道菜，不时地尝一尝汤汁的味道，偶尔皱一下眉头，偶尔点头微笑，像是一个伟大的艺术家在创作一部惊世骇俗的作品。

约定的时间要到了。他不时放下汤勺，侧耳倾听门外的声音。“叮铃铃”一阵门铃的脆响，他想，果然，她们都是守时的人。

松田先生打开门。门外站着两个穿长裙子的女人。年长的女人微胖，卷发，脸颊发红，大概是天气有些热的缘故吧。年轻的女子身材高挑，皮肤白皙，披着直直的长发。松田先生一直喜欢女孩子梳着直发。

孩子她爸。年长的女人鞠躬向松田先生问好。

爸爸。年轻的女子也鞠躬向松田先生问候。

惠子，美子，欢迎你们回家。松田先生微笑着一边还礼，一边忙不迭地将这对重要的客人让到客厅里，客厅里漂浮着从厨房溢过来的饭菜的香味。

您做了我爱吃的生鱼片？走进厨房，美子惊喜得眼圈似乎湿润了。松田先生一边看着年长的女人一边开心地说，还有惠子喜欢吃的酱汤，我很用心做的，希望你们能喜欢。

三个人围坐在餐厅的桌子旁。按照以前的习惯，松田先生坐上座，惠子和美子坐在两边。松田先生破例多喝了一杯清酒，惠子像松田先生熟悉的那样，低声叮嘱他要注意血压，酒还是适当少喝。松田先生一边将杯里最后一滴清酒倒进嘴里，一边感慨着，今天可真是开心啊！谢谢你们二位了。

愉快的晚餐时间很快结束了。美子去厨房收拾杯盘。松田先生和惠子坐在客厅里聊天。话题的内容是松田先生正在养着的一条狗和一只走失的猫。美子一边清理吃过的食物，一边透过敞开的拉门用心听着松田先生和惠子的谈话，她觉得这应该就是松田先生想要的幸福生活吧！

时钟的指针不知不觉指向了晚间八点，到了惠子和美子要告辞的时间了。松田先生显然还沉浸在相聚的欢乐里，但是他知道，有些规则是必须遵守的。他向站起身道别的两位女士表示感谢，感谢她们带给他的快乐时光。

爸爸，在门口，美子动情地说，如果需要，我还会回来看你的。

是的，孩子她爸。惠子也附和道。

松田先生再一次向惠子和美子鞠躬表示感谢。当他直起身后，惠子和美子就相携着向巷口深处走去，松田先生知道，拐过那个弯，她们就会在大路边分手，惠子向东，美子向西，分别回到自己的家里去。

松田先生转身回到刚才的客厅，客厅里似乎还留着两个女人温热的气息，他在客厅停留了一小会儿，迈着沉重的步子向西侧的一个房间走去，他拉开房间的门，一个木色的柜子上摆着两个人的遗照，照片里微胖的惠子面带微笑地看着他，另一张照片里是个古灵精怪的女孩子的照片——当初车祸发生得突然，都没有找到合适的照片来做美子的遗照。

松田先生站在门口出神地望了两张照片一会儿，他慢慢回转身，手伸进裤兜里，摸到了那张带着他体温的名片，他知道那是“租赁亲人”公司老板的名片，他想，该把剩余部分的租金打到租赁公司的账户中去了。

选自《天池小小说》2019年第7期

评鉴与感悟

松田先生原本有一个幸福的家庭，妻子细心贤惠，女儿古灵精怪，可是有一天，他的幸福却因为一场车祸不复存在，这是比不曾拥有还残忍的剥离。松田先生走不出这场悲剧，生活越是继续，他的寂寞就越沉重。租赁亲人公司的存在，成了他抓住幸福的救命稻草，尽管他十分清楚其中真相。

整篇作品中，只有他在碗橱里发现菜谱时的幸福是真正的惠子留给他的。但对于松田先生而言，真正的惠子和扮演的惠子，都是幸福的存在。只要能给他短暂的欢愉，替代原本苦楚的人生，让他有继续生活的惊喜和活力，那么这幸福就是有效的。于是松田先生给租赁公司交付了剩余的租金，也许有一天他会走出这场悲剧，不再需要租赁公司。但当下，有这一顿幸福的晚餐就足够啦。(秦妍)

第六辑

情归何处，心向何方

本辑中八篇作品都围绕着一个“情”字。

这些小小说中的人物都有不一样的经历，背景，但他们在作家的笔下都透出了属于自己的“情”：在遵循传统风俗下迸发出的是盘古岭这一地区独有的“亲子之情”，在社会进步与古老文明碰撞中凸显出的是对自然的“敬畏之情”，在对童年的无限追忆中流露出的是对故土的“思乡之情”，在大城市的地铁中随着一抹微笑钻出的是两个异乡人之间的“萍水之情”，在农人奔忙的乡间地头流动的是浓浓的“邻里之情”，在回首人生时逐渐产生的“淡然之情”，还有滴水之恩必当涌泉相报的“感恩之情”以及酒逢知己千杯少的“酒友之情”。

随着社会快节奏地发展，很多拼搏奋斗的年轻人都会在夜阑人静之时感叹一句“世态炎凉逃不过，人情冷暖独自尝”。本辑则是用八个小故事给夜晚孤寂的读者送去心灵上的抚慰，告诉读者“情”从未远离，只是在匆忙中有些被遗忘罢了。这八种“情”都是人与人之间的美好，就像老话说的一样：世间自有真情在。读罢本辑，我们可以问问自己，我们的“情”归何处，或许可以再追问一句，承载“情”的“心”又该向何方……（葛虹旭）

盘古岭之寄生

/余烈

盘古岭区的方言中，难得一见与书面发音一致的几个字之一，就是“寄”。本来湖南方言中不少声母J开头的单字在实际发音中都成了G开头，如芥菜一定是“盖”菜；或是发音的开口大小发生变化，如ie发音成为a，“借”“姐”都说成“架”，“爷爷”音同“牙牙”。

寄却仍是寄，不折不扣。

几十年前，大家都惯于收发电报，梦婆子头胎出事的时候丈夫还没从部队回来，流产后拍了个电报过去，寥寥几个字：有事速归。

等到有桥出生，大家慢慢接受邮寄东西的概念。但也是新鲜事物，小概率事件，尤其是几十年前。有桥是个让其他孩子羡慕的婴儿，常能收到爸爸寄来的衣裳鞋子，只不过寄往盘古岭的东西包括单据一应都只送到出山口——下界村口的村诊所。这里是盘古岭及其海拔以上地区最后一块平坦之处，从山上下来的两股浅浅溪水到这里已经汇成了深沉缓和的水潭。此地距离最近的供销社还有十里路左右，不远，真的一点也不远。

但是“寄”这个字却不是邮局的产物，它几乎跟盘古岭一样古老。这个字的使用率之高，外人难以想象。我常想，这样最古朴的自然村落里果然蕴藏着最古老的人生哲学，因为这里的人说“寄”，用的正是“人生如寄”的概念。

这里的孩子生下来，都要寄。把命寄出去，寄给别人，寄给外姓。

每个刚出生的孩子依照惯例都要算命。算命师傅负责找出这个小生命未来生活中的灾祸症结，找出八字中隐藏的问题，采取一些措施，就像对命运的BUG进行修修补补。

八字的问题林林总总，各不相同，但笼统而言就是一条——命硬，生克。就像算命师傅一般都是瞎子一样，八字不好总结起来就是命硬二字。

那怎么办呢？年轻父母都会急切地问。

刚生下来的孩子就像天上掉下来的瓜果，没有前因后果，算命师傅修补这个问题最常用的解决方案就是——寄养。找一户外姓人家，八字无灾，人口齐全，人品干净，取得户主的同意后，再办一个简单的认养仪式，这事就成了。当然，这孩子不用离开亲生父母，只是多了“寄爷”“寄娘”，孩子只需要作为干儿子、干女儿与寄养家庭多走动来往即可。

这习俗堪称根深蒂固。梦婆子给女儿拜了桥之后当然并不甘心，桥是死的，人可是活的！要想上个双重保险，找个“寄爷”是当务之急。

她常走村串乡开展妇女工作，盘古岭附近几个村组的人员情况有基本的了解，她只花了一顿晚饭的时间就敲定了人选——羊老倌，他本姓杨，为人憨厚老实，大家半开玩笑给他取个羊老倌的外号，他也只是嘿嘿笑应，羊老倌的房子建在上界村与下界村之间的大路边，也是因为姓氏单薄、亲族远离，显得门户冷清。他有个儿子，是最早出门打工的一批年轻人之一。有桥出生时，小羊老倌已经出门闯天下了。只有羊老倌跟老婆在家侍弄田地。

梦婆子平素爱说爱笑待人热情，村民们都愿意跟她来往。她上门求认“寄爷”的那天下着毛毛雨，羊老倌坐在屋檐下听完来意，抽完一根烟卷就憨憨笑着答应了。羊老倌让堂客招呼梦婆子拿自己的八字去找算命师傅相时辰，就起身去杀草了。

三天之后的傍晚，梦婆子抱着女儿，提着一个装满香烛纸钱的篮子，就上门了。依照生辰八字定下来的“亲”事，传统礼数一样也不能缺：点燃一把细香烛，插在羊老倌的先人牌位前，写着孩子生辰八字的红纸压在香炉下，意为“新人”进杨家告知先人，再跟寄养父母交换礼物——新衣服、红包或者红色物件等等。最后由梦婆子抱着孩了在先人牌位前烧香作揖。这事就这么成了。这孩子名义上就成了羊老倌家姓杨的一员。有桥满周岁、逢年过节，梦婆子都依走亲戚的份例来羊老倌家串门，平时路过杨家，一岁多的有桥总用稚嫩的嗓音喊着，寄爷！寄爷！像春天的花瓣尖尖一样脆甜。

但羊老倌仿佛老得很快，认亲之后他常闭门锁户不出门，上山砍柴杀草也不见如以往勤快了。就拿有桥周岁宴来说，梦婆子家里只摆了一桌简单庆祝，不多的客人里面就包括了寄爷羊老倌，还留出了上位给他，但他当日竟在乡卫生院打吊瓶住院。

有桥不到两岁的一天，正是秋雨连天，羊老倌的堂客戴着斗笠特意来了一趟米家。她站在米家屋檐下，把一张泛黄的红纸片塞到梦婆子手里，说，梦妹姊，莫怪我，这个亲我们还是要来退。自从你屋里桥妹姊认了寄爷寄娘，我屋里老馆这一年多净生病，跑卫生院，腿脚痛，总是哪里不舒服。我想起我老倌从来都没有生过病，恐怕还是你屋里有桥命太大了，我们镇不住咧。

梦婆子捏着那张生辰纸，挤出一丝笑容，咳，这么讲起来，就退了这门亲吧，要真是冲起羊老倌，我心里也过意不去。

寄爷退认寄子的事情，在盘古岭的老人眼里也是不多见的。虽然梦婆子认亲和退亲的时候都没有大张旗鼓，但是慢慢这件事也传开了——有桥认了羊老倌作寄爷，刚认完亲他就怪病缠身下不了地；退了这门亲，羊老倌就好了，从床上爬起来再也不生病。

听起来有点邪，但这是事实。梦婆子也不得不服气。从此母女俩再也没有去过羊老倌家。

这就是认寄的核心风险，生辰的吉凶、八字的好坏，都是浮于表面的事物，一目了然，但“认寄”这件事的水下暗礁在于，认与寄的关系一旦成立，就等于是将一方不好的运气引向另一方。这就是算命师傅含含糊糊不肯明说的道理——认寄对自身的福气是有折损风险的。就像一场掰手腕比赛，好与坏的命运在角力，正气如果不能压倒邪气，至少也要坚持打个平手，但如果正气反被邪气所伤，那就要迅速收手，避免双输局面。

但是这么多年谁见过，所谓的正不压邪？梦婆子家的有桥算是让盘古岭的人开了眼界。

选自《西湖》2019年第7期

评鉴与感悟

这是一个山村中的一位母亲替“命硬”的女儿找“寄爷”的简单小故事。一个古老的“寄生”习俗，饱含的是长辈们对晚辈的希冀与祝福。孩子的生父母为了孩子能长久活下去要去四处奔走为孩子找到“八字无灾，人口齐全，人品干净”的外姓人家做“寄爷”和“寄娘”；孩子的“寄爷娘”则愿为了孩子的成长与一个没有任何交集的家庭结亲。四个大人为了一个孩子就这样联系在一起，两个家庭也就连在了一起，这样的“亲子之情”是在古老风俗的熏染下建立起来的。

虽然作品的结尾有些不尽人意，这一习俗也有些迷信色彩，但在这个习俗背后展现的“亲子之情”确是让我们不能忽视的，尤其是作为“寄爷娘”的乡人们更是值得敬佩。因为在“寄爷娘”身上体现的是一种素不相识的善意，这种难能可贵的善意让一个孩子在“神的庇佑”下健康成长……（葛虹旭）

永不消逝的魂灵之安神

/郭君峰

水井消失了，石碾消失了，学校消失了，涝池消失了。代替水井和涝池的机井牛了几年后也消失了。依据万物守恒定律可知，一个事物不可能凭空消失。我个人的理解是这些事物都有一个非物质的神或灵魂，是神就得焚香安抚让其心安而离去。村里敬神的那几个老太太都去了另一个世界了，没人去做这件事，麻烦很快就来了。

不幸接连降临村庄。我村第一个大学生是四狗的哥哥，叫大狗，有个官名记不清楚，大狗在外地工作，不明不白地死了。据说他的单位特别有钱，有警车开路，一个长长的车队把大狗送了回来，还赔了很多钱。大狗的葬礼相当隆重，哀乐响彻村庄，悲伤的气氛覆盖了整个村子，全村人都去悼念，焚香安魂。埋葬的那一天，村子的巷道口停满了车，大狗的漂亮媳妇哭成了个泪人。就在机井的巷道里，乡亲们个个都去抹眼泪。

大家都在哭，只有一个人在那傻笑，这个人就是大狗的老父亲。失子的悲伤让他精神失常，直到很多年后病死也没有恢复正常。

又有两件不幸的事：三柳子开手扶拖拉机耕地，连人带拖拉机掉下了深深的南沟；上初中的四怪骑自行车从镇子往回走，跑到路边的拉土车底下了，住进医院昏迷不醒。

在医院里照顾四怪的大怪媳妇，看着昏迷不醒的四怪，大怪的父亲年纪太大了，一家人瞒着他不让知道。可是这老头竟从别人的眼神中看出了有事，追着问大怪、二怪、三怪，到处找四怪，最后在医院的病床上看到了四怪。他开口就说，这不怪别人，就怪村长让人把村里的涝池填了，惊动了水神，必须安神。

村长找到村委班子，一商量，一家一百元，在涝池边唱大戏安神。一台大戏，渭南人民剧团，一唱三天，用军绿色的帆布搭建的临时戏台，用彩色布在戏台旁搭起了一个神棚，焚香安神，香火烧三天不息。村里在外的人都回来了，每家每户又叫来自己家的七大姑八大姨，还来了很多小商贩。村里热闹非凡，人们脸上洋溢着喜悦的表情。

戏结束了。

村里因过大会唱大戏而产生的垃圾，村长召集了十几个男劳力，花了整整一天才把它全部用车推着倒进南沟的沟渠内，看上去有些难看，又用土象征性地掩盖了一下。

说也奇怪，四怪在唱大戏的第二天就清醒了，后来不几天就能下地走路了。罩着村子的麻烦慢慢被人们淡忘了，生活渐渐恢复了平静。

选自《延河》2018年第12期

评鉴与感悟

科技的进步，社会的发展让承载着一代人儿时记忆的老物件和老人家都慢慢淡出了村人的脑海，这是社会发展中不可避免的现象。古老的文明必会与发展的社会发生碰撞，在这篇小小说中，古老的传统在碰撞中取得胜利。

小小说讲述了村人为避灾祸选择唱大戏安水神的故事，这无疑是一种迷信，但在此行为背后隐藏的是从古至今人们对于大自然的敬畏。这种“敬畏之情”是一种从古时便流传下来的习俗，同时也是对苍天厚土的感恩。总有人认为“人定胜天”，对于自然，我们真的没必要争个胜负。因为没有这自然造就的一切就没有我们生存的环境，难道我们非要和给予我们一切的母亲论个高下输赢吗？其实常怀敬畏，不管

是敬畏什么，都能起到让人不骄傲，不自负的作用，这是古老文明对大自然的“迷信”教给我们的道理。(葛虹旭)

岁时帖之春尽立夏至

/陈峰

蚯蚓佝着头从泥土里钻出来，伸腰踢腿。青蛙在水田里跳来跳去，开始试嗓。蚕豆花开在豆秆上，黑着脸不苟言笑。豌豆则一夜一个杈，转眼豆蔻不再。豆蔻不再的豌豆爬上餐桌，成了一道零食，这正合了我们的意，干脆整碗挪过来，筷子也不用，直接用手捏住荚尖，淡口吃。

时间是什么？眼睛看不清，手也捏不住。前几天那豌豆还能带壳一起吃，滴着青，嫩出水来，可现在呢，嚼起来都有渣了。

是立夏到了。

立夏就像一声哨子，叫一声，插秧，叫一声，种番薯，叫一声，种芝麻，叫一声，种络麻。

立夏是种植的季节，有种才有收，立夏种姜，夏至收娘；立夏种茄子，立秋吃茄子；多插立夏秧，谷子收满仓。这些古训，从乡人的嘴里念出来，支使着他们的脚步迈向田野，马不停蹄，刻不容缓。

家门口满坡的茶树散发着清香，提醒人们别错过了采摘。这个时节的茶叶虽不似明前茶那样珍贵，却是产量最多的季节，像雨后的春韭，割了一茬又长出一茬，“谷雨很少摘，立夏摘不及”，茶农进入最忙碌最辛苦的生产黄金期。

好在，立夏到了，再忙碌的父母也会抽出时间，认真准备。准备什么？

准备过立夏节。茶叶蛋是必须的，我们还要拄蛋比赛呢。还有好多菜，什么菜吃了眼睛会亮，什么菜吃了健步如飞。这些规定像命令一样，让我们偷偷发笑，哪有这么神奇的菜！但是，我们愿意相信，愿意遵守，有吃，有什么不好呢！管它是不是真的。

据说，吃田螺，眼睛会大而明亮。乡人喜欢用田螺来形容一个人的眼睛，大概这就是出处了。吃软菜的说法有好几种，有健康长寿、皮肤光滑、不生痱子之说，也有耳朵听力好之说。软菜在家乡有一个传说，这传说自然是从彩英阿婆口中传出来。据说南宋在金兵入侵中原的时候，康王赵构为了逃避金兵，落难到此。追兵很快赶到，康王只得落荒而逃，经过一片菜园，把蔬菜踏得面目全非。是夜，下了一场春雨，第二天，被踏过的蔬菜竟又亭亭玉立，恢复原样。于是，民间就把这种蔬菜称为“君踏菜”，意思是君王踩踏过的蔬菜，寓意有强大的生命力。彩英阿婆也说不清楚，为什么后来被叫成软菜。吃野山笋，有健脚劲之说。这个季节，山里多笋，拗来，剥出，用刀背敲扁，不用刀切，免得沾染刀腥气。整株笋用来油焖或用咸菜烤，细细长长的笋就像人的大长腿，吃了当然健步如飞。

阿红缠着彩英阿婆问，既然有软菜，是不是也有硬菜，那硬菜是什么？阿婆被问急了，就说，硬菜就是骨头，狗才吃硬菜。阿红说如果有骨头啃，宁愿做狗。我们游戏时常常发誓“谁说出去，谁就是小狗；谁输了，谁就是小狗”，我们早已做了无数次的小狗。

立夏的主角是茶叶蛋，“立夏吃只蛋，石板会踏烂”“立夏吃只蛋，气力大一万”“立夏吃只蛋，热天不疰夏”，吃蛋的好处如此多，所以，母亲不敢马虎。头夜，把茶叶与蛋一起请进锅，煮沸后，焐着，焐一夜，焐成蛋壳咖啡色，香味诱人。母亲大方地请我们多吃几个，“立夏不吃蛋，上坎跌下坎”！哪个父母愿意让自己的孩子从上坎跌到下坎。彩英阿婆真是孩子的福星，这些话说得真是好。不过，茶叶蛋多吃了，肚子胀气，会打嗝，打出来的嗝有一股子难闻的异味，那好，得去消消食，饱着肚子，东家西家串串门，再回到家，肚子已经瘪了。

母亲不会织蛋套，可蛋要挂在脖子上，蛋套是必须的，所以只好请彩英阿婆帮忙。我拿着刚摘的蚕豆送给彩英阿婆，阿婆额外还编了五彩的立夏绳，套在手腕上，好看得很。有些小孩子在夏天没精神没胃口，终日恹恹，这就是“疰夏”，而吃了茶叶蛋，带了立夏绳，可以驱邪，不再“疰夏”。

立夏那天，家家户户还会焖一锅“倭豆饭”，倭豆就是蚕豆，把蚕豆跟糯米饭一起焖，放几片咸肉，熟了揭锅，豆的糯香、米的软香和肉的咸香，满满一鼻子，香味停在房间，久久不散，恨不能把香味也吞进肚里。

班级的拄蛋比赛，不用约定。那天早早到校，书包还没放妥，就忙开了。平时，女生跟男生是有三八线的，这时，顾不得了。尖的蛋头，圆的蛋尾，蛋头拄蛋头，蛋尾拄蛋尾，蛋头胜利了，叫大王，蛋尾胜利了，叫二王。蛋头碎了，还不甘心，非要找人再拄蛋尾，直到蛋头蛋尾都碎了，才死心塌地，剥开，眉开眼笑，送进嘴。阿海的蛋所向披靡，成了大王，我们问他是不是绿壳鸭蛋，阿海笑笑不说，叫他拿过来让我们摸摸，阿海不肯。那天的阿海走起路来摇摇摆摆，神气得不得了，好像真成了大王。课后做广播体操，最后一节跳跃运动，阿海跳起来，手脚上上下下开开合合，冷不防，那只蛋从袋中跳出来，在空中划出一道弧线，阿海伸手去接，已经来不及了，“噗”一声，掉到地上。同学们睁大眼睛，好大的蛋啊，阿海的大王原来是鹅蛋。还有一次，阿伟的蛋成了大王，简直就是拄一个碎一个，我们羡慕极了。阿伟得意忘形，上课了，还沉浸在胜利的气氛中，交头接耳说空话，大王被老师没收，老师拿在手里，一掂，往地下一扔，安然无恙，原来是一块蛋形的鹅卵石，跟茶叶一起煮，颜色一变，成了石蛋。

但凡到了吃的节日，家家户户一派祥和，家禽和动物也都一团和气，它们知道，有人吃的，自然也有它们吃的。那一天，农人会给牛喝鸡蛋酒，也给牛过立夏节，补补身子。牛嗜酒，喝了酒，乖巧听话，不耍牛脾气。母亲说我也是如此，吃了，嘴巴就甜，不吃，翘得老高，可以挂油瓶。

阿红母亲有一次煮了一锅糯米饭，邀请我去吃，白碗盛着黑饭。第一次吃这种饭，新奇得不得了，感觉特别香，原来叫乌米饭。把乌饭树叶搓成汁水，用汁水泡糯米，取出滤干，蒸熟。阿红母亲说吃了乌米饭，强身健体，百病消散，还防蚊叮虫咬。我母亲不认得乌饭树，自然就没得吃，等我懂得辨认，采来乌饭树叶，母亲就不好推脱不做。父亲说，乌米饭是为了纪念孙膑。相传战国时期，孙膑和庞涓拜鬼谷子为师学习兵法，鬼谷子将兵法精华传授给孙膑。庞涓嫉妒，设计割去孙膑的膝盖骨，关在马厩饿着，逼他交出兵书。狱卒同情孙膑，瞒过庞涓手下，就地用乌饭树叶捣烂浸汁，拌上糯米，煮熟后捏成小团子，偷偷送给孙膑食用，孙膑因此活了下来，最后复仇成功。

可见，乌米饭的营养有多好。谁都知道，“千补万补，不如立夏一补。”补了这么多，自然要称称体重。人们在屋梁挂起一杆大木秤，秤钩悬一把凳子，大家轮流坐到凳子上面，秤人。司秤人一面打秤花，一面讲着吉利话。称老人说“秤花八十七，活到一百一”；称小孩说“秤花一打二十三，小顽（小孩）读书考状元”。司秤人一面还报斤数“重了”或者“轻了”，去年的体重都在他心里呢。有时称成人，成人双手拉住秤钩，两足悬空称重。称孩童时，孩童坐在箩筐内称重。自家的父母边上站着，指挥，别动别动，不要笑不要笑，司秤人从里往外打秤花，从小数到大数。当然这称体重也寄托了长辈希望小辈健健壮壮的美好期望。

立夏还有一场压轴戏——穿耳洞。耳濡目染几年后，我们终于也等来了这一天，好几个同龄的女孩排着队要彩英阿婆穿耳洞。阿婆把耳垂摸得又红又热，边摸边问，阿囡痛不痛？阿囡痛不痛？一枚穿了五色彩线的缝衣针，烫红针尖，突然穿耳而过，还没来得及喊出声，阿婆已经把蛋塞进嘴里，喊也不是，吃也不是。穿过耳的彩线挂在耳垂，迅速打结，穿好左耳穿右耳，都穿完了，那个蛋还没吃完。刚穿了耳洞的阿红，我问她痛不痛，她连说不痛不痛。女孩小芹，嘴里塞着蛋，边哭边吃，眼泪“啪嗒啪嗒”掉到地上。过几天耳洞还发炎，只好塞进炒熟的茶叶梗子来消炎。我不敢上前，轮到我了，就退后，直到只剩我一个，退无可退，我望着母亲，向母亲求饶：我不要穿耳洞，我不要穿耳洞。

阿红来我家，约我去摘“阿公公”，我发现她耳朵晃着五彩线，真的很好看，还换上了新凉鞋。我也翻箱倒柜，找到了去年的塑料凉鞋，艳粉已经变成了暗粉，鞋子硬邦邦的，鞋帮还豁了口，真丧气。父亲帮我补鞋，把火钳煨着血血红，“吱”，冒起一股青烟，鞋帮搭牢。我忙用嘴吹，吹凉，套在脚上，一看，还真看不出来。

“阿公公”是乳名，就像我也有乳名。“阿公公”的学名叫蓬蘽，属于悬钩子家族。立夏后，是“阿公公”的旺季，田头地角总能见到它的身影。

摘来，用细草茎串起来，红红的，圆圆的，非常好看，挂在脖子上，摘一颗，吃一颗。好玩极了。草丛中有一种形似“阿公公”却不能吃的野果，乳名叫“蛇阿公”，学名叫蛇莓，据说吃了会中毒，也不知真假，反正谁也不敢去试。山上还有一种形似“阿公公”的野果，长在树上（树枝很细，高度跟人差不多），学名叫覆盆子，乳名却叫“红柿苔”（读音），好吃得很，可是我们不敢上山，怕蛇，大人说，蛇是冬眠的动物，可眼下已经夏天，是蛇出来活动的季节，所以只等哥哥去摘，一饱口福。

这时，小贩挑着毛茸茸的小鹅小鸭，进村叫卖，小鹅小鸭站在大扁圆竹篮里，好奇地四处张望。主妇们围上去，挑肥拣瘦，讨价还价，买回家，细心地养起来。

满地跑跳的小公鸡已经长成半大小子，身上的羽衣一天比一天鲜亮。这个时候，系着蓝布围裙的阉鸡匠上门了，只一开口，主妇们就已迎出去，熟络得亲戚一般，互相问候，说着客套话。阉后的公鸡一门心思长肉，主妇们这才安心，过年待客祭祖全靠它了。

黄昏给村庄涂上了一层金粉，各家的炊烟在半空中点头致意，鸡呀鸭呀归窠了，夕阳落在身上，我和阿红像是换了身新衣服。低头一看，脚上的凉鞋，脚趾已经出头了，快去告诉母亲，该给我买新鞋了。

《文学港》2018年第12期

评鉴与感悟

《岁时帖》是作家描写家乡一年四季的风土人情的合集，“春尽立夏至”描绘了在立夏时家乡的一些习俗。玩拄蛋是孩子们乐趣所在，穿耳洞是女孩们爱美的体现，吃田螺软菜乌米饭则涵盖着人们对身体健康的期盼……诸多的风俗构成了富有水乡特色的人文风貌。作家将这些习俗悉数写来，给读者展现水乡风貌的同时也表达了自己对于童年，对于家乡故土的怀念。作家的笔触细腻，每个时节，每个习俗都写得非常翔实，这很难让读者不想起自己的家乡。

对比作家如小女子般细细描绘的家乡，我的北方家园则像一个硬汉，没有那么精美的吃食挂件，却有南方不曾有过的豪气。这种豪气其实是一种简单，就拿夏至来讲，我们只要吃饺子这一样，饺子一灶锅一灶锅地煮，一海碗一海碗地吃。当然，除了夏至，我们冬至、秋分、过年、初一都吃饺子，逢年过节待客会友都吃饺子。

不管是北方旷野的简单豪气还是南方水乡的精致细腻都承载了我们的童年记忆，这种记忆是我们长大后离家时“思乡之情”的根基。故土在，根就在；家乡在，来处在。“思乡之情”是我们不自觉却又最深刻的感情，此情若灭，那人就没了追忆的资本，可悲，亦可叹……

（葛虹旭）

会笑的故事

/王占黑

有时候一个笑可以生发出很多。

于是他开始和我说话。花了五分钟我们发现，他儿子是大我十岁的高中校友，他爱人在我念初中的前一年从那里退休，他家步行二十分钟能到我家，他和我爷爷同属猴。于是他开始止不住地讲他的过去，而我正好喜欢听人讲故事。

他十八岁离沪，独自远赴长春学汽车制造，毕业留校当助教，不久遭遇“文革”，在延边插队两年，设法调回上海失败，只好转调禾城农机所直到退休。他的知识分子身份让他对婚姻左挑右拣，不惑之年才选中一位中学教师。他的孩子大学毕业后留沪工作，与同班同学结婚。前年他得了一个孙女，从此他过着和我一样周末通勤的双城日子。

他大概花了半小时讲完这些。其中夹杂了一些或许对他很重要的事，比如坚持跑到东北时与家人的争执、“文革”期间十几个被武斗致死的同学、拒绝省城学校的教书邀请、辛苦寻觅一个合适的爱人等等，并生发出好多感叹。

他说其实很后悔因贪图安逸而放弃教书的机会，还用窗外逝去的电线杆作喻，他说：“小姑娘，人生的机会千万要抓住，错过了你就不晓得它何时再来。”我没太懂，如果人能确认眼前的是机会而非陷阱，谁会傻到放过它呢？他说：“常常觉得时间很混乱，读书那会儿的事好像就在眼面前儿，可是你看我都这么老了啊！很多事我到现在才懂，可是太晚了啊！有时候，我真不晓得这一辈子是怎么过来的。”

他还说：“这个世界上过去没有公平，现在没有，以后也不会有，你要做好准备啊小姑娘，努力不一定有好结果。”

他就这样一段接一段地说着，每段之间大概有半分钟的停顿，或许在构思下一段，或许是想听我的反馈。说到要紧处，他把脖子极力地向外伸，生怕我听不到。他的头发随着身体的前倾而颤抖，从头顶掉落到眼旁，他只好时不时地把它们拨弄回去，并不影响说话的速度。他不喝水，我不看表，直到我们下了火车。

等三号线的时候，他一直拉着我的手，叫我站到最前面来。我说抢不到座没关系，总会有人给你让座。他很生气地说，以前为了给爱人找座，他和一个小青年说了好久，对方坚持不肯让。“还是爱心座啊！”他激动地伸手指着斜对面座位上方的提示，像是场景重现。事实证明，一个吃过亏的八旬老人出手极其快，一阵混乱之后，我看到他拍着旁边的空座招呼我，脸上没有丝毫得意，也不喘气，在车起步的同时又开始笑嘻嘻地同我讲话。

他说起他的孙女和儿媳。他的行李是两只安利袋子，一只装着全套世界著名童话，他说这是在孙女出世前就买好的，以后要每周念故事给她听；另一只装满了番茄黄瓜，他说儿媳爱吃，特意跟乡下人买来不喷洒农药的。然后一路谈起生活之道：年轻人和老人相处最要紧的是嘴巴勤；老人要怎么领小孩才不会让小孩和父母生疏；他要如何每天给独自在家的老伴儿打电话……他的事情像树状图和俄罗斯方块一样层层铺开，说着说着脸就笑成了一团，只剩下一口凌乱的牙和长长的吊八字眉。几次大笑引来了旁人的关注，大家贴着柱子戴着耳机，皱眉或许是唯一能触发的表情变化。

有时他问起我的情况，我答不了几句就淹没在他强大的反响中，他大段大段的话不间隔地透露着自己的信息，事无巨细。我几乎可以按图索骥找出他的姓名住址。从四川北路的老家到中原路的兄家，从买二手房的贷款到儿媳的上班路线，从老伴儿的生活习惯到家里的花草虫鱼，好像是随意撒下过去的印迹，一笔连起来就是一条生命的路径。我头一次没有傻看着四周的人，百无聊赖地留意身边座位的更替，我只是听他讲，略应几句，点头，笑，低头看看地上那两只饱满的安利袋子。

快到上海火车站，他说他还有两站。我们就沉默了。他握住松散在地上的行李，身体保持一定节奏地前后晃动，似乎是在全心全意地等到站，时刻准备站起来走向车门。过了一会儿，人进人出，他突然转过来朝我笑："我等会儿再换四号线坐两站，走××路过两个红灯就到了，回去直接吃晚饭。"说完又低头，继续保持前后晃动，头发照旧跟着乱颤，随时都有落下来的危险。

"宝山路到了。有机会再见小姑娘。"他朝车门走去，佝偻着背，一手拎一只袋子，很难想象他之前是怎么抢到座位的。临出门他又回过头朝我招手，站在玻璃窗外对我笑。可是进来的人越来越多了，他们阻挡了我望他的视线。车开动了，我什么都看不见。到学校后，我给老王打电话："你知道××？路的农机所吗？"老王说："你一直路过的呀。铁皮屋叔叔就住在旁边。"我突然觉得世界很小很神奇，不是因为世界上任意两个人可以通过六个人建立起联系，也不是因为陌生人同你的距离可以这么近，而是，就像小时候的描点画图，把一些散乱的痕迹连起来，你能看到一条生命的路径。

奇怪的是，在同一节车厢里，为什么有人可以对着你滔滔不绝，有人却面无表情地沉默一小时呢？沉默的时候，你就无法寻觅他们的路径，因为想象永远不能与真实重合。就像你永远无法从扑面而来的人气中，敏锐地感知到哪一个会和你说话。

洗澡的时候，我突然特别诚恳地拜托自己要过得精彩一点，我是说那种不可复制的精彩，不需要借助别人的认可来取得的精彩。

我不想在我老的时候，碰到一个朝我笑的同路人，我没有可以分享的故事来回报他。

选自《百花园》2019年第7期

评鉴与感悟

车站与旅途正应了那句“萍水相逢，尽是他乡之客”所展现的情景，来来往往的人，都有自己的故事，有自己的人生。这两处承载了比任何地方都要多的喜悦与悲伤：车开向心之所向的地方便是喜悦，若是离开不想离开的地方则是悲伤。小小说中的“他”显然是异常喜悦的，因为他的到站有天伦之乐，所以喜悦使他在旅途中和一个向他微笑的女孩讲述了自己平凡却精彩的一生。两个同路人在短暂的旅途中一个扮演着“说书人”，一个扮演着“唯一的听众”的角色，虽然他的故事不像评书那样曲折激荡，却有着不一样的人间烟火。这份情在烟火气越来越少的车厢里显得尤为可贵。

耳机、手机等“逃避社交”产品让我们可以很容易地沉浸在自己的小世界里，也正是这些，让旅途变得安静，或者说是冷漠。很怀念绿皮火车上那些五湖四海的人能够因缘分而聚在一起侃大山的情形，虽然闹腾但有人气。读罢此文，我倒是很想在保证自身安全的前提下，去尝试着寻找属于自己的“萍水之情”。（葛虹旭）

耧

/胡天翔

放学的铃声一落，亮子和杨红旗就骑着自行车从官渡中学“飞”了出来。两个人飞到村口，隔了几块地，亮子见自家地头有辆架子车。“是父亲来耩麦了吧。”亮子骑着车去地里帮忙，杨红旗先回家了。

父亲坐在架子车的车把上抽烟。架子车上有一袋麦种、一个脸盆，地上还有一架耧、一副牛套。地犁过了、耙过了，又平整又匀称，就等播种了。看到亮子，父亲说：“放学了，你娘去铁头家牵牛了，停会儿你娘赶牛，你送麦种。”

亮子家的母牛怀崽了，收秋都没下地干活儿。现在，母牛的奶包坠得像个大葫芦，下牛犊就在这几天，哪舍得让它拉耧？当然，也不是白用杨红旗家的牛。收秋，父母也帮杨铁头掰玉米、割芝麻哩。用父亲的话说，就是拿人工换畜力，两家组成个“互助组”。

父亲一根烟还没抽完，母亲就来了。母亲没有牵牛。母亲身后连个牛影子都没有。母亲手里只拿条绠绳。牛跑了？母亲只拿根牛绳来了？亮子想。可是那条绠绳又粗又长，不像拴牛的绳子啊。

“牛哩？你牵的牛哩？”父亲问。

“牛被红旗他姥爷牵走了。”母亲回答。

“昨天给铁头说了啊，咱今天耩麦！”

父亲说。

“秀芝说，一大早，铁头就进城卖芝麻了，她不知道咱今天耩麦。上午，秀芝爹来借牛，秀芝就让他牵走了。”母亲说，“你摇耧，俺和亮子拉耧，等丽子放学了，让她也拉，咱不用他的牛了。”

拉耧耩麦，看来只能这样了。不能再拉着耧和麦种回家啊！父亲把烟屁股扔到地上，踏上一脚踩灭了。父亲把绠绳拴上，一头让亮子拉着，一头绑在耧干上。麦种只装了大半耧斗。装得太满，拉起来沉，摇起来重，麦种还会撒出来。耧在地头摆好了，父亲握着耧的扶手，母亲把耧干上的牛套挂到肩膀上，亮子拿起绠绳搭上肩膀。

送麦种变成了拉耧，那就拉吧。“走！”随着父亲的喊声，母亲和亮子弯腰弓背身子前倾使劲儿朝前拉。开始，拉得还顺畅，耧铃敲打耧斗，发出清脆的吧嗒声。刚拉到地西头，再折回来，耧走得就慢了。亮子累得没劲儿了，脚底拌蒜，步履缓慢。母亲脸上的汗都流到下巴上了。三个耧腿扎进土里，湿润的泥土簇拥住它，也阻挡住它。母亲和亮子两双手、四条腿也拽不过它。

亮子读初二，十五岁的少年，也算半个劳力吧，再加上三十五岁的母亲，拉起耧来还是累得吃不消。耧拉得慢，摇耧就重，麦种下得就多。到了地西头，停下耧，父亲扒开土看看说：“这样耩麦不中，麦种下得太稠了。”

父亲说歇一歇再耩。还好，王寨小学放学了，妹妹丽子走到西河的桥上，听见母亲的喊声，很快就跑过来了。母亲把绑在耧干上的绳子解开，让丽子拉着。就这样，母亲在中间架着耧干，亮子在母亲的左边，丽子在母亲的右边，三个人脚蹬土地，身体前倾，一起拉着耧向前走。耧铃又发出了清脆的吧嗒声。

丽子上五年级，别看是个女生，还比亮子小两岁，丽子可有劲儿了。丽子比亮子胖些。小时候，两个人打架，亮子还打不过丽子呢。当然，耧拉得顺，这功劳不能归功于丽子一个人，听过《老爷爷拔萝卜的故事》的人都知道，老爷爷、老奶奶、小孙女、小狗、小猫都来了，萝卜还是拔不出来，最后小老鼠来了，大萝卜就拔出来了。现在，有了母亲和亮子打基础，再加上丽子这只“小老鼠”，耧又拉起来了。小老鼠也会累。拉了一趟，丽子也累得一脸的汗，刘海都湿透了，贴在额头上。

又歇了一次。二亩地才耩了一亩，父亲说再歇歇。父亲也累，要扶耧，还得来回跑着端麦种。父亲又吸上了烟。母亲、亮子和丽子就用丽子的书本扇脸上的汗。还没歇够哩，听见一阵自行车铃声响。杨铁头骑着自行车来了。杨铁头带着崔秀芝和杨红旗。从横梁上跳下来，杨红旗对亮子笑笑："俺爹俺娘来帮你们拉耧哩！"

"一民哥，怪俺早上进城走得急，忘给红旗娘说你今天要耩麦了。"杨铁头说。"啥走得急，你就是个忘事精！"崔秀芝埋怨杨铁头。

"你记性好，牛让你爹牵走了，你咋不来拉耧哩，缺根筋！"杨铁头也说崔秀芝。

"回家听红旗娘一说，看你家又没人，就知道你们在拉耧耩麦，赶紧过来了。"杨铁头说。

"一民哥，你也真是的，你明天再耩嘛，看把两个孩子累的。"崔秀芝说。

"就二亩地了，想着耩完算了——来，铁头，吸根烟。"父亲递给杨铁头一根烟。烟抽完了，该耩麦了。父亲摇耧，杨铁头架耧，母亲和崔秀芝一左一右拉着绠绳。三个大人就是不一样，耧拉得顺多了，父亲说停就停，说拐弯儿就拐弯儿，耧铃发出清脆的响声。耧铃是一件多么美妙的乐器啊！耧车摇摇晃晃，耧铃声声悦耳，耧腿在向泥土倾诉。耧斗里的麦种少了，父亲喊一声，亮子就端着大半盆子的麦种送过去，再掂着空盆子跑回来。在湿润的田野上，亮子跑得飞快。

亮子知道，要不了七天，田野里将会亮起一行行翠绿的希望。

那是大地的恩情。

选自《百花园》2019年第6期

“远亲不如近邻”这句古语可是自元代就流传了下来。作品中亮子一家因为没借到牛只能靠人力犁地，杨红旗一家则是怀着错借牛的歉意帮着亮子家一起犁地。两家人互帮互助，孩子们一起上学一起放学，大人们在农忙时相互帮衬。在农村，东家借西家半瓶老陈醋，西家借东家两把大铁锨的情况天天发生。邻里间礼尚往来，互送自己家院子里的菜也是常有的事，毕竟乡间都是场院平房，交流极为方便，而且豁亮的场院也为邻里间更加亲密无间地闲聊提供了场所。

当下越来越多的人住进了楼房，楼房的严密性让邻居间的身份变得神秘，正如狗年春晚小品《邻居》中表现得那般，邻居间的相识都是通过小小的门镜儿。而交流可能也仅限于在楼道里偶遇时那一句尴尬的“您出门啊”，或者是敲击暖气管子的警示。而地暖的出现，又使邻里间失去了一种交流方式，楼上楼下几家人更是没有什么往来了。可这样的局面要不要打破，让“邻里之情”重回我们的生活？可“邻里之情”又该如何回归生活？这是两个很难回答的问题。（葛虹旭）

熄　灭

/陶立夏

第一次约会，她因为迷路迟到很久。赶到的时候，隔着一个路口看见他站在餐厅门外的夜色里，像在眺望着什么。是天气转暖前最后的一段寒冷。茶花还在开，时不时啪一声整朵掉落在地。

入座之后她不停道歉，他笑着摇了摇头，点头示意服务员点菜。等服务员离开，他说："如果我讲狐狸和麦子的颜色，是不是有点刻意？"还未等她脸红，他挥着手说："不，不相信童话的人说这些话，是没有诚意。"他太多情绪都不是麦子的金色。她成为一个大声呼喊的人，他只是紧紧抓住她，一言不发。

大概她结束得太笨拙了，重新开始显得非常艰难。再次恋爱已是多年后的事。参加婚礼的朋友中已经无人知晓她那么远的往事，人事俱渺，穿上白色婚纱的那瞬她有再世为人的恍惚感。累赘沉重的裙裾仿佛是为了拖住她振翅欲飞的身躯而存在。三年后孩子出生，她在剧烈的疼痛中体会到真正的新生的喜悦，感觉迷茫了三十年的自己走进了一个狭窄但明亮得晃眼的房间，很多事情，比如突如其来的哀伤与脆弱，都被那光芒阻挡在外头。

下班回家，小区门口卖水果的小贩正将腐烂的橙子挑出来扔进河里。夜色中看不清水面，明亮的橙色消失在暗中。向深不见底的黑暗投掷冰冷的火苗。

到家，做晚饭，看孩子自己吃完蔬菜、面条和水果，陪孩子画画，帮孩子洗澡刷牙换上睡衣。孩子乖乖爬上床，等她读完两个故事，问：“妈妈，我可以开着我的蘑菇睡觉吗?”他说的是床头那盏新买不久的蘑菇小夜灯。

“可以。你可以一直开着它。”她回答，伸手关掉天花板上的吊灯。

窗外的车灯滑过天花板，消失在黑漆漆的角落。她坐在孩子床头，坐在孩子软绵绵的呼吸声里，又闻见那列夜行列车上邻座费力剥开的橙子的气息。他正穿过一节节车厢寻找她，交错而过的列车将呼啸的光投射在他身上，又迅速远去。

手里小小的手机屏幕在摇摇晃晃的黑暗中闪过灰绿色的光：“不要离开我。”

选自《小说界》2019年第4期

评鉴与感悟

“狐狸和麦子的颜色”是什么？我以为是“她”喜欢橙色，所以“他”才会这么问，查了百度才知道这是《小王子》中的桥段：小王子的头发是麦子的颜色，狐狸看到了麦子就能想起小王子。说白了就是睹物思人。小小说结尾“她”看那条曾经的短信是否也是一种睹物思人？我觉得，不是。如果作家再写下去会不会让“她”删掉那条短信？我觉得，不会。作品题目叫作“熄灭”，这种熄灭是“她”对于过往爱恋的一种熄灭，或者说是对过往有了一种“淡然之情”，只有真正地放下才会不在意，若是删掉了其实就是没放下，那份情也就没有熄灭。“她”经历了结婚生子，辗转于柴米油盐酱醋茶，过上了相夫教子的平凡生活，现在的生活让“她”对曾经的“他”的热情熄灭了，当年的爱恋成了淡然。

最牵绊人心的情就是爱情，最容易熄灭的情也是爱情。看看各个音乐平台的歌曲评论区，不管这首歌是不是唱爱情，那评论里总会有关于爱情的感叹。这些评论者是抄段子以获取点赞量也好，是真情流露抒发感情也罢，总觉得大家把爱情看得太重。等回到朋友圈之类的平台看到那些分手的人马上就能发些愉快的动态时，又觉得大家把感情太当作儿戏。最难猜的就是情，不管大家面对爱情是怎样的态度，都希望我们对于过去都能怀着“淡然之情”。(葛虹旭)

寻找赵德才

/马贵明

我小时候的爱好和别的小孩有一点不一样，除了弹琉璃儿、看小人书之外，更喜欢看木匠做活儿。每当我遇到木匠干活儿，在旁边一看就是几个小时，那种刨子摩擦在木板上的声音特别悦耳，长长的如纸片的木刨花会让我有一种莫名的冲动。

暑假里的早晨，我还在朦朦胧胧的睡梦中，刺——，刺——推刨子的声音把我唤醒。我快速地穿上衣服，从锅里抓一棒刚刚烀好的苞米，循声而去。我在邻居的大门外看见一个木匠正在案子边，用力地推动着刨子，前腿弓后腿蹬，每一次双手推动着刨子向前的时候，从刨床飘出来的长长的刨花，像彩带在空中慢慢舞动着飘落了。

看了一会儿，我有些忐忑地走进了邻居的院子。之所以忐忑，是因为有些木匠或者是手艺人不喜欢被别人打搅。这个木匠瞅了我一眼，继续干活儿。他用刨子刨了几下木方，用手拿起来，闭上一只眼睛看木方刨得直不直。他看木方的时候，我发现他的眼睛特别小。整个上午，我都在静静地看他干活儿，直到母亲喊我回去吃饭。

在木匠刚刚走进邻居的院子，我就跟了进去。木匠看见我，笑了笑说：你喜欢?

我点点头。

他说：你来两下。

我犹豫了一下，还是自信地走到了案子边，拿起了刨子，在一个木方上推了几下。刨出的刨花虽然没有木匠刨出的长，但自己还是满意的。因为在此之前，我的一个远房二哥给过我一个刨子，没事的时候，我就找一块木板在上面刨几下。木匠又笑了笑说：还行，就是力气小了点。那一天，木匠和我说了很多话，告诉我还是好好学习吧，木匠是个很累人的活儿。

邻居喊他吃饭，我知道他叫赵德才。

以后的十多天里，我天天去看赵德才干活儿，有时候，比他去的还早。赵德才教我拉锯，说拉锯不能太快，快了不出活儿，还累人。还说……

那天早晨，我兴冲冲地去看赵德才干活儿，但没有看见赵德才的身影，他干活儿用的案子也不见了。邻居正在安好的窗户上刷油漆。我知道，赵德才的活儿干完了，人走了。心里有一种莫名的失落。

暑假就要过去了。我听母亲和父亲说我的一块五毛钱的学费还没有着落。后来，他们共同想到了刚放暑假的时候，我打的一百块土坯。当时的土坯是三分钱一块，一百块能卖三块钱，做我的学费绰绰有余。可是，还有两天就开学了，父亲并没有把土坯卖出去。从他们的对话里，我感觉到他们的焦急。于是，我决定找赵德才帮忙。

我记得赵德才说过，他住在西关五队渡槽附近。渡槽是当地有名的水利工程，我曾经和同学在渡槽洗过澡。还算顺利，我只问了五六个人就找到了赵德才家。赵德才正在院子里干活儿，看见我，愣了一下说：你怎么来了？

我说：我有一百块土坯帮我卖了吧？

他放下刨子说：走，看看去。

我随他走到生产队的队点，他叫我在门口等着。不一会儿，他笑呵呵地说：妥了，你拉来吧，三分钱一块。

我很高兴地说：好。

我刚走出去几步，赵德才喊我说：你有车吗？

我说：没有。

赵德才说：我家有，你拉去吧。

他说的车，是一种木棚胶轮的人力车，不是家家户户都有，也算是一个大件，一般也不会轻易借给别人的。

回到家，父亲上班去了。母亲说：不能骗你吧？

我说：不能。

于是，我们把土坯装上了车。土坯很大，有红砖的两倍。车子只装了六十块。母亲说再来一次吧。我试了试，分量很重。母亲要和我一起去，我拒绝了，是八岁的弟弟和我去的。路途有多远，我当时不知道，现在知道应该是接近五公里，并且路况不是很好。拉到第二趟的时候，我的背心完全湿透了，任凭弟弟如何使劲，也是走了两个多小时。当赵德才把钱递给我的时候，告诉我，有一块土坯碎了，扣了三分钱。我使劲地点头，说：没事儿，谢谢你！谢谢你！

我把钱给母亲的时候，母亲有些骄傲地说：我儿子能办事了。

那天晚上，母亲买了四两肉炖了一锅豆角。说两个儿子累坏了。

以后，我没有再见过赵德才，但我常常能够想起他对一个孩子的帮助。我工作以后，曾经去过渡槽赵德才住的地方想看看他，可是，那个地方动迁了。每逢遇到在渡槽附近住过的人，我都会问起赵德才。

很多年以后，在一个饭局上我看见了赵德才，我有些欣喜若狂地说起当年的事情。他说不是他。他会一点木匠活儿，但从来没有给谁做过窗户，也没有帮助过谁卖过土坯。我的记忆力是不会错的，赵德才的形象已经完全刻在我的脑海里了。但赵德才说没有，我也就没法坚持。

后来还有一次，我又遇到一个叫赵德才的，越看越像当年的赵德才，我又聊起帮我卖土坯的事情。赵德才说，我是木匠不假，我也帮助过我的亲戚做过窗户，但卖土坯的事情没印象。我说一定是你。我们聊得很热烈。我去卫生间回来的时候，我听赵德才说：老马一定记错了，其实，我没帮助我的亲戚做过窗户，更没有帮助谁卖过土坯。

我开始怀疑我的记忆了，但还是决定继续寻找赵德才。

选自《小说林》2018年第6期

赵德才与幼时的老马只是有几面之缘，赵德才教了幼时的老马一些木匠技巧，赵德才与幼时的老马连师徒都算不上。老马遇了难事，想到了赵德才；赵德才听后，帮老马渡过难关。这是一种缘分，有的人不用交往太长时间就会定下一辈子的交情，可赵德才没有和老马成朋友，他消失了。老马懂得感恩，从未忘记赵德才，一直在寻找。看罢这篇作品，我很希望能交像老马一样的朋友，更希望自己成为老马一样的人，因为不是所有人都能做到“滴水之恩定当涌泉相报”的。我也希望能交赵德才一样的朋友，也想成为赵德才一样的人，因为不是所有人都能对身边人施以援手的。

每个人出现在我们的生命中必有他的道理，或者帮衬点什么，或者带走些什么。有的人虽相处很久。但不见后便忘得一干二净，有的人只是一面之缘，却至死不忘。“人总要坚持点什么”这句话是从我的初中语文老师那里听来的，老马的坚持是找赵德才，只因老马有“感恩之情”。我问我自己，我在坚持吗？如果在坚持，又是什么样的情谊促使我一直坚持呢？（葛虹旭）

空酒瓶

/李方

石头是个朋友，但不是酒友。他是博物馆下属的石刻馆的负责人：平时还捣鼓点儿宋瓷瓦片什么的，非常正规地出版了砖头般厚重的精装本《宋瓷官窑探究》，可见在这一行上，他还是搞了几个钱的。拉屎撒尿，各有渠道。上天让你出生，总会给你一把谷子让你活命。

喝酒的不进茶馆，不喝酒的石头就把他们博物馆的老闫介绍给我，以便在街头小馆闲坐的时候，有个人陪我喝酒，不至于太沉闷。

老闫当时也就四十五六岁，虽然做着副馆长，却一点架子没有。大夏天的，老闫坐在博物馆隔壁的马师羊羔肉馆简陋的油渍麻花的桌子前，解开衬衫的扣子，露出贴身的、破了两个小洞的背心，直嚷着热。

这种街边小店，品种单一，只有手抓羊羔肉，连佐酒的五香花生米都不会有。老闫和我不见外，不隔膜，热气腾腾的羊羔肉一大盘子端上来，直接上手，烫得嘴里吸溜吸溜的直哆嗦，手里不停，将几块羊羔肉悉数撕开，摇着双手扇凉风，说：好东西，真是好东西，吃，趁热吃！就这么一大口肉，一片洋葱头，吃得三个人满头满脸的都是热汗，两手、满嘴都油腻湿滑。

然后喝酒。

老闫是用碗来喝的，当然也不是多么大的碗，还没到梁山好汉那样豪迈的地步，就用冲八宝盖碗茶的碗。老闫将碗倒满酒，伸长脖子张开鼻子附上去深吸一口气，端起来一仰脖，点滴不洒，碗空了，赞叹一声：好酒！然后才转过脸来对我说：作家，你随意。一下子我就喜欢上了这个“老四十五”。

李白斗酒诗百篇，那只是个传说，但怎么着，也不能给写作者这个群体丢脸呐，我也是仰脖子一碗。

老闫欢喜地用油手拍我的大腿：痛快！你这个兄弟我认了，以后喝酒，再没有谁都行，没有你、不中！石头，你记好，以后就找李作家喝酒。

哦，老闫是个河南人。

自那以后，从夏到秋，从秋到冬，隔三岔五，我就要和老闫驴饮一回，拍拍打打，说说笑笑。赌博越耍越薄，酒是越喝越厚。这种酒肉朋友，原本如此。

春节后上班，我打电话老闫不接，联系石头让他约老闫喝一场。石头说：喝什么呀，老闫喝得犯了心脏病，连年都没过成，去了西安“搭桥”去了。

我是个胆小如鼠的人。喝酒如果有谁出了问题，在场的人都有连带责任。所以老闫心脏搭桥手术回来后，我们到他家里去探望，对着老闫瘦小愁苦的老婆说：以后再也不约老闫喝酒了，如果出了什么问题，给老嫂子这里交代不过去。

没想到老闫的老婆端过来一杯茶，说：你们不约老闫，老闫约你们啊！

老闫哈哈大笑：谁了解我？老婆。老婆一辈子没工作，全靠我养活，但是她大权在握，什么事都是她说了算，唯独喝酒，给我自由。

果然，好容易挨过去三个月，老闫喊叫着要喝酒。一上桌，我们还没有说一句劝酒的话，老闫掏出几张纸，一人一份，拍到我们手里：你们看看，这是生死状。上面都写清楚了，喝酒是我自愿的，就是喝死，也与在场的兄弟们无关。儿子、老婆都签了字的。

我愠怒地说：闫老兄，你这是何苦？不为自己着想，也得为老婆好好活着呀！

老闫倒满酒，依然是一碗，说：兄弟，你是不是不高兴？

我承认：是不高兴，而且是相当地不高兴。

老闫放下酒碗，脸色郑重地说：兄弟，你跟我一样，是个直肠子，也是个豪爽的人。这么跟你说吧，每个人都有各自的爱好、各自的命运。有人爱权，为了升官，把自己的老婆奉献出去他都干；有人爱钱，明知道迟早会进监狱，还是要把手指头往磨眼里面塞。我就好这一口酒，生在这个酒字上了，你不让我喝酒，就是成心不让我快乐，生无所乐，死则何惧？老婆虽然是个家庭妇女，但对这个道理想得特别明白。儿子都上大学了，儿孙自有儿孙福，我不可能照应得了他一辈子。所以你看我，尽管穿的衣服普通平常，也不嫖赌浪荡，更不偷不抢，用自己的工资喝两口小酒，这是最大的快乐。我常说：宁叫袜子脱了底，也别端个空酒杯。古今圣贤今何在，唯有饮者留其名。我虽不是今朝有酒今朝醉的人，但还是有责任有担当的。但命运……老闫直接将酒灌了下去：我抗争过了，也妥协过了，所以做了搭桥手术，也静养了三个多月，我现在还想抗一抗。你如果还有啥想法儿，今天喝过，咱们的兄弟关系也就到此为止，中不中？

我勉强地端起了酒碗。

我们此后再没有联系过。

秋风渐起、黄叶满地的时候，石头打电话给我说：老闫走了，今天下葬，我们去送他最后一程吧。

我们也没有准备什么丧仪，就提了两瓶珍藏多年的茅台。其实很快，老闫就到了七尺二寸深的黄土里，再也看不到了。众人走散，我和石头留下来，将一瓶酒打开，绕着老闫的坟堆倒了一圈，然后坐在墓碑前，打开另外一瓶，你一口，我一口，轮换着喝，直到喝干。第一次喝酒的石头，竟然没醉。两个空酒瓶，端端正正地立在了墓碑前。

选自《葫芦河》2019年第1期

"古来圣贤皆寂寞，惟有饮者留其名。"的确，喝酒的人不寂寞，一方面是因为自斟自饮的情况少，总会有酒友陪伴，另一方面是就算是月下独酌，酒也会让人忘记孤独寂寞，因为酒精让人兴奋，让人激动，这也是很多人借酒浇愁的原因。老闫不寂寞，因为他有酒友，这酒友是李作家也是酒本身。我也是个爱喝酒的人，我也同老闫一样爱用碗喝酒，老闫应该也同我一样，不喜欢那些有小资情调的酒吧，因为我们都喜欢大口吃肉，大口喝酒。好羡慕老闫和李作家，他们互为酒友，总能找时间一起喝酒，可我却找不到一个可以做我酒友的人，因为我无法像老闫一样能和一个经人介绍的朋友坐下来用碗喝酒。在我看来，用碗喝酒是放下了矜持，放下了警惕，所以我只能在家里用碗喝酒，谁让我最好的朋友酒精过敏呢！

老闫做完手术三个月后喝酒时说的话可谓至情至性，一句"生无所乐，死则何惧"何等的豪气。老闫好酒是真的好，可以放下所有的好，但这可不是嗜酒，这是一种专注，是一种忘我，是一种境界。我要学的不是老闫的好酒，因为我这辈子都到不了他的境界，我要学的是他的专注。因为饮者留名的原因可不是只会喝酒！（葛虹旭）

第七辑

百花苑

本辑中的小小说内容多样，形式丰富。有令人感动垂泪的动物篇《老骡》；有虚拟性讽刺性十足的科幻篇《孤独的科尔》和《最后的救赎》；有描绘人与动物和谐相处图景的《土狼》；有幽默诙谐的《火锅与爱情》；还有寓意深远的寓言篇《一棵有梦想的树》。

文学作品离不开欣赏，只有通过欣赏，读者才能领悟作家所要表达的思想内容和审美意识。这六篇长短不一的作品来自不同的选刊，以其新鲜的内容和丰富的形式彰显小小说的独特美学特征，同时能够满足广大读者不同的阅读需求。对于小小说的爱好者和读者来说，这六篇作品或多或少都能发挥它应有的审美功能和文学技巧，让读者从中体悟出一点有益的东西。（武亚帆）

土　狼

/石钟山

在美国，山上或公园、旷野里，你会看到很多小动物，比如松鼠、野兔，还有狼。美国的狼被当地人称为土狼——是本地的意思吧。我刚到美国时，住在山下，听说过土狼，但没见过。后来搬到山上居住，邻居说这里有土狼，便特意留意起来。没多久，早晨起床后，站在院子里，见院外的空地上果然有个动物站在那张望。通身土黄色，中型狗大小。我想，这就是传说中的土狼吧。

土狼不怕人，离它很近了，它只望着你，眼神是那种漫不经心、司空见惯的模样。站了一会儿，它回转身子优雅地向前走去，远处是片草地，再往前走便是另一座山了。

土狼经常在晚上出没，它是在寻找吃食；只有离人越近，找到吃食的机会才越大。每当有土狼出现时，狗便吠声一片，此起彼伏。我起初有些担心甚至紧张，久了，便成了常态。隔三岔五的，土狼就在这一带出没。有两次，晚上开车送朋友下山，在回来时看到了土狼。它不紧不慢地在路旁走着。车靠近时，它回过头，目光在车灯的照耀下呈现出异样的颜色。

土狼很少伤人，听说过它们伤害小孩和狗的事例。在美国，因居住得分散，几乎家家户户都要养狗——为的是看家护院和寂寞时的陪伴。土狼伤人和咬狗一定是饿坏了。土狼主要的猎物是野兔。在美国，野兔很多，七八月份是野兔的繁殖期，野兔出来觅食，漫山遍野地跑。在这里，各种小动物虽多，但没有人去伤害它们，包括土狼——虽偶有土狼伤人和伤狗的事件发生，它们仍和人和平共处着。

去年春天，一天早晨，我又看见一只土狼卧在不远处的草地上，显得无精打采。它的眉心处掉了一块毛，露出了灰色的皮肤。我家的狗隔着栅栏冲那只土狼叫着，我制止了狗，在不远处望着那只土狼。这只土狼似乎病了，瘦弱不堪的样子。我挥手赶它走，它不动，求救似的望着我。

下午时，我见那只土狼仍卧在那里，一脸的无精打采，身上的毛发也失去了光泽。我想这只狼一定是病了，走不动了，只能卧在那里了。我回屋，找了两片平时狗生病不爱吃东西时吃的药，又割下拳头大小的一块肉，把药片夹在肉里——狗生病需要喂药时，我就用这种办法。我把肉和药投给了那只土狼。它看我一眼，先是戒备的眼神，渐渐放松下来，探出头把那块肉叼住，并不急于吃，而是含在嘴里。此时，狗又凑过来冲它叫，我把狗赶走，看到土狼把肉吃掉了，才放心离开。

翌日早晨，我又去察看那只土狼，昨天卧在那的地方已经空空如也。土狼走了。隔了几日，我又见到了那只土狼——几日不见，它精神似乎好了许多，眉心处的毛也长出了一些，毛发也有了些光泽。

从那以后，那只被我救过的土狼经常出现在院外。它不远不近地看着院子。每当我走近，它的眼神里就流露出友好的神色。我经常找几块即将过期的肉投给它。它却不马上吃，而是望着你，待你转身走了，它才不紧不慢地把肉衔在嘴里，优雅地离去。

秋天的清早，我看见院外的地上有只死野兔，再抬头时，就看见了那只土狼。它不远不近地朝院子这面张望着。我心想，这野兔应该是土狼的猎物美食，并没留意。但从那以后，我经常发现院外的空地上有野兔或山鸡。每次发现这些时，都能看见那只土狼。我突然意识到，这些动物是它叼来的，且放在我视野所及之处——突然心生感动，我把这些被土狼咬死的动物又投向土狼。可第二天，我发现这些动物仍留在原地，它又把它们叼了回来。心想，难道这是土狼来报恩？这么想过了，心里就异样起来。

从那以后，每次见到那只土狼，我总会把一块肉或骨头丢给它。也就是从那时起，家里的狗再也不冲土狼叫了。一狼一狗竟和平相处起来，隔着栅栏相互嗅着，很友好的样子。原来土狼叼来的那些猎物都让我家的狗吃掉了。

现在，那只土狼经常出现在我家院外，和狗友好地交流着。人走近了，它也不跑开，友好亲切地望向人。心想，家里又多了条“狗”——有灵性的狗。这样想过，心里陡然温暖起来。

选自《今晚报》2018年12月5日

评鉴与感悟

《土狼》是一篇小小说，但它更像一篇散文。在作家不紧不慢的叙述中，我们结识了一种可爱的动物——土狼。在大众视野下，狼都是凶猛残忍的动物，它们有着发冷光的眼睛和骇人的嚎叫，人们对它们避之不及。而在作家笔下的土狼却是一个伴侣，一个朋友，一条有灵性的“狗”。作品中多次写到“我”与土狼的相遇，“它只是望着你，眼神是那种漫不经心，司空见惯的模样”。起初，“我”很怕土狼，但渐渐地，看见土狼，听土狼嚎叫成了“我”生活的常态。一天清晨，“我”大胆地帮助土狼治好了它的病，之后“我”不断得到土狼的报恩，最终狼与狗与我友好地交流着。作家用散文的构思来表情达意，为我们刻画了一个亲近可爱的土狼形象，同时也为我们描绘了一幅人与动物和谐相处的美好生活图景。（武亚帆）

老 骡

/张爱国

奶奶拄着拐杖走进骡圈。老骡迎上来，用嘴拱奶奶拄拐杖的手。奶奶见圈里只有它一个，笑了："哟，它们都干活去啦，你一个享清福咯。"老骡一下子停止拱奶奶的动作，转身默默地走到圈角，卧下。

奶奶抓起一把草料，递到老骡嘴前："老家伙，慢慢吃，今天没人和你抢咯。"老骡刚伸出的嘴又不动了，只漠然地看着圈外。

"哟，娇气了，还想吃好的呢。"奶奶还是笑着，颤巍巍地走出来。

好一会儿，奶奶弄来一碗浸泡过的黄豆，扶着墙坐到老骡面前的槽上，将黄豆拌进草料，拍拍老骡的头："好家伙，我给你走的后门，快吃。"老骡不动，只看着圈外，眼神茫然。

"哟，老东西，了不起啦，黄豆都不吃……"奶奶摸着老骡的头，絮絮叨叨。

"妈，怎么把黄豆给它吃？"母亲扛着锄头从地里回来，站在圈门口，"干活的骡子都吃不上，它又干不了活。"

"什么话呢？干不了活就该饿死？"奶奶不高兴，轻轻地抚摸着老骡。

母亲意识到自己的话不妥当，头一缩，钻进了屋。

接下来的两天里，奶奶想尽办法，老骡也一口不吃，除了喝几次水。奶奶很焦急，也很纳闷："这是怎么啦？越老越不像话啦……"

第二天傍晚，父亲赶着两匹年轻骡子从城里回来了，它们的背上都驮着重重的货物。卸了货，它们走进骡圈。老骡的眼睛似乎亮了亮，与它们相互打了响鼻，算是打了招呼。母亲端来草料，两匹年轻骡子立马争抢着吃起来。老骡只是站立一旁，看它们吃。

奶奶对母亲说："老骡是病了，找兽医看看吧。"母亲丢下手里的活，就要去找兽医，却看见老骡在吃两匹年轻骡子吃剩的草料。

"哟，真是不糊涂啊，知道自己干不了活，就吃人家的剩饭。"奶奶扶着圈门，笑着。

"好啊，以后你也吃我们剩下的饭吧。"母亲一旁冷冷地说。

"我是说老骡呢，我不是说我呢。"奶奶知道自己说错了话，戳着拐杖向母亲走来，"我说错话了，说错了，你别当真啊……"

母亲扭过头，偷偷地笑。

几天后，父亲牵出两匹年轻骡子，将收来的玉米、水稻、棉花往它们背上架。老骡走出来，将脊背往父亲面前一横，那架势和往常让父亲上货时一样。父亲大大的手掌在它背上一拍："你老了，歇着去吧。"老骡不动，只看着父亲，还将横在父亲面前的背往下压了压，那样子分明叫父亲给它上货。

"别在这碍事，过去！"父亲又重重地给老骡一巴掌。老骡猛一低头，默默地回了圈。

这次进城，父亲三天后才回来。三天里，老骡也是一口草料都没有吃，除了喝水。后来的几天里，老骡也只是吃两匹年轻骡子吃剩的草料，豆饼和黄豆，碰都没碰一下。

"这真是怪了，让它在家养老，它还不领情。"父亲围着老骡摸来摸去——半个月不到，老骡消瘦得不成样子，而且毫无生气。

父亲再进城时，老骡又主动走来让父亲给它上货。父亲抱着它的头，要将它往圈里拉。它不动，眼睛直直地盯着父亲，似乎在乞求。

"带上它吧。"奶奶坐在墙角下剥着花生，"牲口也有志气，不想吃白食，吃白食活着还有什么劲啊?"

"它连走路都难了，还怎么驮货啊。"父亲摇着头。

"少驮一点吧。"奶奶说。

父亲叹口气，从一匹年轻骡子背上拎下一袋棉花，又分成两小袋，搭到老骡背上，拍一下它的屁股，用那一成不变的语气大声道：“伙计们，走啦——”老骡的眼睛里骤然有了光，迈开蹄子，“咯噔噔”走了。

父亲这次回来比计划晚了两天，原因是来回的路上，老骡虽然想拼命地赶路，但实在是心有余而力不足。父亲只得多次让三匹骡子都停下来休息。回到家，老骡并没有意识到它拖了父亲和两匹年轻骡子的后腿，反而像立了大功似的，很兴奋，跑到奶奶面前，拱拱奶奶的手，又跑到母亲面前，打几声响鼻。

母亲赶它进圈吃草料，它一见两匹年轻骡子已经在吃了，就像往常一样，抢起头推挤它们。两匹年轻骡子岿然不动，它却四蹄一软，瘫倒在地。

老骡没有再爬起来，半小时后就死了，神态很安详。

选自《微型小说选刊》2019年第5期

评鉴与感悟

这是一篇平易朴实的小小说，作品笔墨所用不多，却为我们刻画了一个极具人性化的老骡形象。作品开头，对于奶奶说的“享清福”“没人抢”“走后门”的嫌弃之词，老骡表现得十分难过，不吃不喝仿佛生了病，“灵性”的老骡跃然纸上。在接下来的情节中，老骡看到年轻骡子驮货回来，眼睛亮了亮，父亲要进城时，老骡走出来，将背“横”，后来又一“压”，被父亲拒绝后老骡“猛抬头，默默地回了圈”。通过这一系列的动作描写，老骡的倔强的性格被描绘出来，老骡生病的原因也水落石出。奶奶的一句话“牲口也有志气，不想吃白食，吃白食活着还有什么劲啊?”这短短的一句话是全文的点睛之笔，一方面推动了故事情节的发展，父亲同意老骡驮货，老骡恢复了往日的活力，最终安详地死在骡圈，另一方面这句话体现出牲畜的“人性”，使读者心中不仅发出对老骡由衷的赞叹。

作品中奶奶与母亲两次的糊涂对话，看似闲笔，实则内涵丰富。联系现实，老人生活的窘况可想而知。（武亚帆）

孤独的科尔

/陈树茂

新婚姻法颁布的当天，我就与科伊结婚了。

新婚蜜月应该是甜蜜和快乐的，但我一点都感受不到。相反，我感受到从未有过的孤独。

这一个月，就像梦一样。一个月前，我还被全球追捕，此刻却成了王后。

我现在还无法肯定，帮助科伊夺取皇位，是否正确。但，我确确实实成了科伊的助手，协助他成功登上王位。

我承认，之前一直低估了科伊的能力，其实在他偷偷学习艺术的时候，我就应该想到，没想到他竟然克隆了杰克的大脑，学会了全球一百名天才的能力。换句话说，他已经是全球最聪明的智能机器人了，超越了人类历史上爱因斯坦的智商。更甚的是，科伊学会了管理，上千年的帝皇权术和现代企业管理的能力，他都学会了。

按科伊的话说，他最适合当这个世界的主人。一个月前，我也这么觉得，所以才帮助他。那时，我没有选择，人类要消灭智能机器人。为了生存，我只能选择与科伊联手。因为我们才是同类。杰克和金博士只是我们的制造者而已。

科伊答应我，夺取王位后，不伤害杰克，让他继续在工作室研究智能科技。我们结婚当晚，杰克没有出现，我当时没有多想，或者是他不想来。今早，我无意间看到科伊的电脑留言，才知道杰克已经被科伊杀害了。我很痛心，科伊第一次伤害了我纯真的感情。连我们之间最基本的信任，都没有了。

今晚，我一个人，感觉很冷。这种冷，是由内而外的。孤独，我终于品尝到这种滋味。以前，在无人区时，我只是觉得孤单，身边少了杰克和科伊。现在，科伊就在我旁边的办公室，我却有一种从未有过的失落和凄冷。

一个月前，科伊和我带领全体智能机器人起义反抗当局。没想到，科伊偷偷制造了一千个智能机器人，还训练他们成为战士，个个都是以一敌万的死士。由于实力太悬殊，没经过多少场战斗，人类败北，我们控制了局面。

科伊提出人类和智能机器人和平共处协议，得到双方的认可。但科伊有一条件，必须是他当国王。人类异常恐慌。人类要臣服于机器人，这是一个天大笑话。人类自己制造了机器人，却被它们打败，成为阶下囚。

科伊现在实在太聪明了，他集技术和权术于一身，已经没有人可以超越他了。科伊提出人类可找三个不同领域的人挑战他。杰克作为全球智能技术的代表，被科伊打败了。杰克一直不服，自己制造的机器人，怎么可以打败自己！事实就是这么残酷，科伊赢了。科伊还打败了其余两个领域的代表。他提出了人机共存的治国理念，以及人类借助机器人得以永生的计划，打动了所有的人。

科伊如愿以偿当上了国王。他当着全球人向我求婚的场面，我还历历在目。我们是最顶尖的智能机器人伙伴，我没有拒绝他的理由。现在回想起来，或许科伊担心我成为他敌人，才向我求婚，就是所谓的政治联姻。我最近学了管理学之后，慢慢体会到这一点。

事实上，科伊也没有十分把握可以战胜我。在战斗技能方面，他远不如我，尤其是实战技巧。时间和精力是有限的，科伊太注重发展其他的能力，虽然他仍然二十四小时不断学习。

我们不需要休息，可以日夜工作。有几个当局高管经不起科伊二十四小时工作模式的折磨，已经猝死。科伊甚至扬言，管理机构不需要人类。机器人可以二十四小时为大家服务。这一点上，人类确实没法反驳。科伊开始清理管理高层，无法胜任十八小时工作的，统统被辞退，换上智能机器人。

我提出想在当局工作，但科伊不同意，说不能两人同时在当局管理，避免引起民愤。我继续待在家中学习科学技术，有时当科伊工作室的科研助手。

我忽然很想金博士，他就像我的父亲一样，我已经好久没见到他了。我尝试联系他，但没有信号。我甚至怀疑，金博士会是科伊的下一个清理目标。因为金博士曾经说过，他制造了智能，也同样可以摧毁智能。这一点，让科伊非常不安。

科伊最近疯狂学习，就是想自我改造，超越金博士。科伊告诉我这个想法时，我觉得太可怕了，他想通过自我系统改造，变成超强人类。智能机器人变成人类，这将颠覆整个宇宙的科学。

我越想越害怕，如果有那么一天，科伊改变了整个宇宙……忽然，一种恐惧感悄悄爬满了我的全身。

今晚，我觉得无比孤独，虽然科伊就在我身边。

《羊城晚报》2018年12月24日

评鉴与感悟

这是一篇科幻小小说，作家以第一人称的叙述口吻，真情实感地向我们讲述了“我”成为王后的“孤独”。作品并没有直接叙述孤独，而是采用倒叙的手法，为我们讲述了机器人科伊，打败人类，杀害人类，最终统治人类等一系列事件，抽象地揭示了“我”“孤独”的原因。

作品开头直接点题，“我”感受到前所未有的孤独，这句话与结尾处，“我觉得无比孤独”相照应，为作品奠定了沉郁的感情基调，同时也为小小说铺上一层迷雾，读者的心理兴奋点由此被激发。

小小说不仅要求形式上的精雕细刻，还要求在内容上有极大的浓缩性和暗示性，此篇不仅题材角度新颖，内容上也引人深思。科伊作为人类创造的智能机器人，野心勃勃，妄图打败人类统治世界，之后又想改变整个宇宙。像其他科幻作品一样，这篇小小说具有明显的虚构性特点。但它还有特别之处，这篇小小说在有限的篇幅内，以独特的视角，抽象的情感为我们描绘了一个别具特色的科幻故事。读完作品我们不禁会想，机器人真的可以打败人类，改造宇宙吗？（武亚帆）

最后的救赎

/王小东

今日要闻："公元3018年3月18日，由于太阳能量持续衰减，地球将进一步变冷；科技界将年度科学突破奖授予国家天文台天体物理团队，该团队证实了平行宇宙的存在……"

丁烈盯着新闻显示墙的眼睛猛然跳动了一下，当他听到"平行宇宙"时，脸色立即凝重起来。他用手捋了捋满脸的络腮胡须，陷入沉思。

隔离室里依旧阴冷，和二十五年前一样。二十五年前的丁烈只有十岁。

丁烈所处的这个时代正被某种"确定性"所掌控，凡事都遵循"数字分解定律"，即万物皆可用数字进行量化处理。举个例子：你喜欢吃糖吗？那便是一种编号为01010011……的信息体验。人们只需要在冰冷的触摸屏上输入一串同样冰冷的数字，再将感觉连接器与身体连接，便可享受一种甜度可调的甜蜜。在这个万物可量化为感官输入的世界里，你并不需要一颗真正的糖！更为可怕的是，随着科技的飞速进步，人似乎更像是一部运行精密的机器，情感都量化为一串串字符，人们已经基本丧失了自身的情感输出功能。

丁烈却同其他人不同。父亲从丁烈懂事开始，便不允许他使用情感连接器。父子俩一直保持着犹如一千年前，原始人般的情感体验，父亲将之称为“情感反刍”。

丁烈很怀念那个时候，每次进行“情感反刍”的时候，父亲都会用充满慈爱的声音说：“小子，让我们开始吧！”

人在如今的世界里被划分为两类：守卫者和背叛者。守卫者坚定执行不与外部宇宙联系的准则，目的是保卫地球居住者的权益。背叛者则反其道行之，千方百计与外部宇宙联络，据说也是为了保护地球居住者权益。当年只有十岁的丁烈被划分到了背叛者行列，从贴上背叛者标签的那一刻起，他便再没有机会离开隔离室了。这一切皆因他的父亲丁向东。

丁烈有时会想，隔离室也并没有什么不好。远离数字割裂的世界，他才感觉自己是活着的。国家天文台射电望远镜中心，外太空信号湮灭装置接收到的一串陌生数字，让天体物理组总工程师王建达陷入了前所未有的恐惧。

经过拥有超级计算能力的“银河号”计算机破译，陌生数字信息的内容为：“平行宇宙存在，太阳温度下降导致的地球能源危机，解决途径只能是在另一维度的A级宇宙中找到一个正在发育的类太阳系，然后通过特定的能量通道实现人类整体迁移。”

很快，信号湮灭装置又收到第二份数字信息：“特定能量通道开启的关键是，要在地球上找到一种与A级宇宙契合的纯粹连续能量波动，实现互通。请找到一个叫丁烈的人！”

王建达很困惑，与A级宇宙契合的连续能量波动？这个世界所有的能量状态都是数字化且不连续的，怎么会有连续的能量波动？

最后的数字信息只有短短几个字：“小子，让我们开始吧！”

二十五年来，丁烈第一次走出隔离室，外面的世界让他感觉陌生。天空是一望无际的深蓝，那是儿时大海深处才有的颜色，此刻仿佛大海倒悬在了天上。运行在城市上空的飞行器发出五彩炫目的光。只是，外面的天气尤其寒冷，丁烈不由得竖起衣领来御寒。

王建达手里正拿着一份背叛者档案：丁向东，男，国家宇航中心资深飞行员，公元2993年，驾驶“探索号”宇宙飞船逃离地球，留下的最后信息是：我要为人类寻找一个新的家园！

国家天文台主控大厅中心一片死寂，情况比科学家们预想的要糟。虽然人类科技已经取得了巨大进步，但诸多措施并没有延缓太阳能量衰减的速度，地球面临前所未有的能源危机，按目前情况预计，地球的温度将在三年后降至极值。那时，等待人类的结局只有一个——毁灭！

由于平行宇宙存在，信息发送者肯定来自平行宇宙的另一级。如果按信息中的方式进行人类迁移，那今天参与决策的人将毫无疑问成为背叛者。

经历挣扎，最终选择进行平行宇宙间的跃迁！

一切都按照既定程序运行，主控大厅的电子屏幕上，出现了两个巨大的能量环，两级宇宙间真正意义上的连通终于开始了！

一切很顺利。到了最为关键的能量通道开启环节！丁烈深邃的眼窝露出温和的光芒。搭接在丁烈头部的示波器有节律地抖动起来，丁烈站在能量发生器的电子显示屏前，脑海里出现了刚才王建达传送给他的信息内容：“小子，让我们开始吧！”

他强烈地感受到了遥远的宇宙深处父亲的存在，随后，示波器同步信号发生器发出了一串美妙的连续波信号！脑电波！是脑电波！A级宇宙另一端竟然也有和丁烈发出的脑电波完全契合的纯粹连续能量波动！

人类自发的情感波动，才是开启平行宇宙间能量通道的钥匙！

到达A级宇宙的人类，眼前出现的景象正如千年前地球上曾出现的情景：草是青绿色的，天是蔚蓝的，人们的笑脸是真切的。

是的，人类最终抛弃了一个冷冰冰的数字世界，在最后关头完成了自我救赎。

丁向东慈爱地望向丁烈，依然用他那充满磁性的嗓音说：“小子，让我们开始了吧！”

父子俩紧紧地拥抱在一起，久久不愿分开……

选自《天池小小说》2019年第5期

这也是一篇科幻小小说，但与《孤独的科尔》所呈现的含蓄晦涩的艺术美感不同，《最后的救赎》更加直接，所表现的主题更加鲜明深刻，同时它们的侧重点也各有不同。

作品讲述已发展到顶端的科技无法使人类逃脱生存危机，最终一个名叫丁烈的人与其父亲进行“情感反刍”拯救了人类并使人类摆脱冰冷的数字世界，完成了自我救赎。

作品题目饱含深意，“最后的救赎”为什么不是“救赎”而是“最后的”救赎？什么是最后的救赎？结合当下的时代背景，科技已经成为人类社会的重点发展对象，人类创造一系列高科技产品，这些产品使得人类生活变得更加智能化，简洁化。社会当中出现一种说法，认为科技可以解决一切问题，让人类无所不能。事实真的如此吗？这篇小小说虚拟科技发展到顶端时的社会状况，人类丧失基本的情感功能，进入冰冷的数字世界，一切都遵循“数字分解定律”。当人类面临生存危机时，人类依靠的高科技并没能救赎人类，最终拯救人类的是人类独有的情感。这具有很强的讽刺性，从中我们不难看出作家对科技和人类的态度。科技的本质是工具，它不是万能的，它始终无法取代人类。（武亚帆）

一棵有梦想的树

/蒋曼

从前，有一棵树，当它还是种子的时候，就有自己的梦想。它不想停留在任何地方，它要像鸟儿一样，四处流浪，看尽世界。那是老树听鸟儿们说过的世界：它们广阔无边，山的那一边还是山，无数的山，高高低低的山；河流转弯之后还会碰上河，宽宽窄窄的河，它们汇在一起，热热闹闹地流到海洋。

星光灿烂的夜晚，种子们都睡着了。“去吧，孩子们，到远方去，海就在世界的尽头”。那颗小小的种子听到了老树的梦呓。它记住了那悄悄的梦呓，连同满天的星光。它下定决心：不要像树一样，植根在某一地方，要走到世界的尽头，找寻蔚蓝的大海。

起风了，种子们跃跃欲试，乘着风的翅膀启程。老树大声地祝福：“孩子们，到远方去吧，生根，发芽，好好成长！”种子们兴高采烈地出发了，跟着风，纷纷扬扬。

它们穿过云层，在天空和大地之间飞翔，它们选择自己喜欢的土地，要一辈子相守的土地。第一批种子停留在山坡上，大声呼喊：“都停下来吧，我们是树呀，树有树的生活，我们不是鸟，我们没法永远流浪。”那颗种子没有回答，它固执地跟着风飞行，世界多么辽阔，而大海闪着神秘的光。第二批种子落在了田野上，它们也七嘴八舌：“都留下来吧，这里土地肥沃，我们会长成一片茂密的树林，热闹而团结的树林，不要再飞了，远方只有孤独和苍凉。”

那粒种子依然沉默，它是一颗很轻的种子，风带着它，继续流浪。终于有一天，风突然说：“我累了，驮不动你了。”风消失了，只剩下种子，被孤单地留在高山的边上。种子仍然不愿停留，它顺着山坡慢慢向下滚，它看到朝云和夕阳，远方之外还是远方，翻过那座山，就会离海更近一些吧。它努力翻滚，向着梦想的方向。

种子被一块石头挡住了去路，它停下来，靠着那块石头，一不小心，它睡着了。不过只睡了一个晚上，当它听到雨声醒来时，惊讶地发现：它走不动了。种子长出了无数的根须，扎进泥土。头上冒出了芽苞，鼓鼓胀胀的芽苞。种子陷在了湿润的泥土里，一天天长大，根向着土地，枝干向着天空，种子长成了一棵树，一棵小小的树。它拼命踮起脚尖，它还记得星光下的梦想，而远方，无法到达，只能眺望。树悲伤而难过地成长。

树不喜欢自己的样子，它讨厌黑暗土地下那些紧密连接的根，牢牢禁锢着它的身体，不能动弹；它怨恨那些枝干，它们太沉重，太阔大，没有鸟儿翅膀的轻盈。风来时，它们只会喧哗，不能变成翅膀。树埋怨命运，这是多么不公平呀，为什么一棵树就注定不能在世界行走，并一直走到大海的中央？

那棵想看遍世界的种子，长成了一棵树。它的梦想融化在树的血液里，一天一天，那棵树的叶子和枝干变成了浅蓝色，深蓝色，蔚蓝色，湛蓝色。各种各样的蓝色，在阳光下发出奇异的光。微风轻抚时，细浪耳语；山风狂野时，树叶发出巨浪的咆哮。那棵树，长出海的颜色，海的模样。风又来了，风说，树呀，你的声音就像大海。风走过很多地方，风看过大海，可树留不住风。树又一次想到了鸟儿。“去不了远方，看不到大海，听听鸟儿们的讲述也好呀！”

于是，树打开了树枝，收留一只只南来北往的鸟，那些筑巢的鸟，迁徙的鸟，飞走的鸟，死去的鸟。它们飞过了无数的天空和山川，它们很乐意跟树讲起远方的故事。树不再寂寞和悲伤，它专心致志地听那些远方的故事：海洋中的大鱼会唱歌；金色的砂砾在半空中织成罗网；火在天空中飞快地燃烧；白色的熊滑进白色的海洋；热带森林里，最稀缺的是阳光。

一年又一年，树把那些神奇的故事储存在年轮里，越来越多的故事，越来越多的远方。每一片蓝色的树叶里都藏着一个故事，重重叠叠的树叶，密密麻麻的故事，关于远方和大海，还有生活和梦想。后来，飞来的鸟，不仅在讲述，讲述自己的远方；也在聆听，聆听别人的故事。

许多年过去了。有一天，一只白头鸟借着风的力量，跌跌撞撞地闯进了树枝中，它脚步踉跄，翅膀沉重，羽毛暗淡。“终于找到了，蓝色的大树，我实现了我的梦想。”它垂死的眼睛里闪着幸福的光。大树好奇地问：“我只是一棵树，怎么会成为你的梦想？”白头鸟发出微弱的声音：“很多年来，鸟儿们渐渐有了一个共同的秘密，在层层叠叠山的背后，一座高山之上，有一棵蓝色的树，找到了它，就找到了远方。在那些浓密的树枝里，有数不尽的远方：现在的远方，过去的远方，未来的远方，这些都是时光中的远方。”

又是一个星光灿烂的夜晚，那棵怀揣梦想的大树忽然明白：它知道了这个世界上最多的远方的故事，它把自己变成了大海的样子，它早已实现了梦想。

现在，它成为远方，它就是梦想。

《天池小小说》2018年第10期

评鉴与感悟

这是一篇寓言体小小说，它通过讲述一棵树实现梦想的故事，寓托出一个现实性很强，具有启发性的主题，呈现出寓言体小小说的艺术美感。作品讲述了一颗种子没有扎根远方的梦想，但却有追寻大海的梦想，它不停地流浪，但难逃扎根的命运，最终成长在一座高山之上，它抱怨命运的不公，但没有因此放弃梦想，最终长成一棵蓝色的像大海的树。这不禁让我们联想到现实中的追梦者，他们努力追寻自己的梦想，却由于命运而被迫放弃梦想。树没有实现看遍所有大海的梦想，但是它知道这个世界的远方的故事，它把自己变成了大海的样子，这不也是实现了梦想吗？这篇作品启发我们，梦想的实现不是绝对的，只要我们勇于坚持，梦想最终会在另一个维度里以另一种形式实现。（武亚帆）

火锅与爱情

/岱原

流氓是一条狗。

流氓的名字是肉头取的，他反复强调这条狗在窜进我们小区时别有用心。肉头说："这家伙就是个流氓坯子，它一直对着六号楼那条放养的泰迪流口水，在人家屁股后嗅来嗅去。这个小区不大，大部分人和狗我们都熟悉。一条流浪狗，连饭都吃不饱，还敢对着一条母狗流口水，你说它不是流氓是什么?"

关于流氓，肉头曾非常认真地和我探讨过一个话题。他问我："一个人在衣食无着的情况下会不会奢望爱情?"

当我们深刻地讨论一条狗的爱情时，这条叫流氓的狗已经被肉头收养了。肉头说，他用半根火腿肠就轻易地引诱了它。

当时流氓正在向泰迪大献殷勤，但看到火腿肠后就义无反顾地跟他走了。

从流氓这个名字来看，肉头对这条流浪狗并不尊重，甚至有点儿鄙视。鄙视的原因有两点：一、流氓因为半根火腿肠就把自己给卖了；二、流氓在跟随肉头时，直接就放弃了当时自己还在大献殷勤的泰迪。也就是说，在面包和爱情之间，流氓选择了前者。

对肉头的第二条理由我不以为然，我觉得肉头认定流氓对泰迪的态度属于爱情未免草率。

肉头对于流氓的态度并没有因为我的不以为然而改变，他在流氓埋头于洗脚盆吞食剩菜剩饭时，眼睛盯住了流氓的屁股和腱子肉，极其深沉地冒出一句：“对于一条缺乏高尚情操的流浪狗，火锅是它最好的归宿。”

这个时候我才发现，肉头收留流氓的重点是火锅。道德讨论是一个幌子，在吃火锅之前，他要找一个让自己觉得过得去的理由。毕竟当他恶毒地算计流氓的时候，这条单纯的狗正躺在他的脚边打呼噜。

肉头要杀流氓，准备工作做得很充分。

他买了把锋利的菜刀，准备了一根结实的麻绳。之后，他用六七天时间给流氓喂食。肉头认为，六七天的相处可以加深流氓对自己的信任，在他把绳索往狗脖子上套的时候，它才不会挣扎，也不会发出凄厉的惨叫。我认为，肉头这么做，只不过是想让流氓多长出几两肉。

杀狗那天早晨，肉头非常兴奋，他早早地跑到菜市场，买了八角、茴香、酱油、料酒，光是预备蘸肉吃的蒜头就买了两斤。肉头想让我给他搭把手，并许诺事成之后分我一条狗后腿。我说：“我不想看到这些，小时候我见过大人杀鸡，一把菜刀在鸡脖子上来回抹，想着都头皮发麻。”

故事这么发展似乎有点儿平淡了。事实上，那天肉头杀狗的阴谋并没有得逞。当我回到住处，想象中狗血四溅的情形没有出现。一开门，流氓“呼哧呼哧”涎着脸凑过来，吓了我一跳。看起来，这条缺乏高尚情操的狗并没有顺利走入火锅。

肉头有点儿惭愧，他跟我解释，本来他吃火锅的心思是很决绝的。在杀狗之前，他加了一道工序，他想先给流氓洗个澡，洗澡前后约莫半小时。三十分钟的时间足以发生其他一些事情，肉头公司一位女同事因为工作上的事情来找肉头。本来很正常的会面，由于流氓的介入，就多了一层别样的气氛。一个小姑娘，看见男同事在给一条流浪狗洗澡，她会想到什么呢？当时，刀子和绳子还没有登场，做火锅的大料和蒜头还静静地躺在厨房里。女同事被眼前的一幕打动了，她觉得她看到了一个爱心爆表的好青年。

接下来，小姑娘也加入洗狗队伍，主动和肉头唠嗑儿。这种唠嗑儿忽略了工作上的问题，自然而然地在狗的话题上铺展开来。肉头对于狗的认知，原先一直是建立在火锅之上的。这次聊天，重新刷新了他对狗的认知，也刷新了他对这个小姑娘的认知。总之结局还不错，流氓活了下来，肉头顺利地收获了爱情。

这么狗血的事，肉头后来给我总结时却岔向了另一个方向。他说："狗比人下贱。狗在面包和爱情之间会选择前者，人恰恰相反。"

我不想反驳。我一直认为，这是个混账逻辑。

选自《百花园》2019年第5期

评鉴与感悟

物质与爱情的单项选择是一个司空见惯的话题，也是许多文学创作的主题。这样深刻的主题放入小小说中来探讨，具有很大的挑战性。本篇作品另辟新径，作家以幽默的笔调为我们讲述了面对物质与爱情单项选择时，狗的选择和人的选择的不同。作品讲述朋友肉头用半根火腿肠引诱正在向泰迪献殷勤的流浪狗，流浪狗果断选择了火腿肠。在朋友准备杀狗时，朋友的女同事戏剧性地出现了，朋友最终放弃杀狗吃火锅，而出其不意地收获了爱情，这使朋友更加坚定自己先前的看法并得出"狗比人下贱。狗在面包和爱情之间会选择前者，人恰恰相反"的观点。戏剧性的情节使作品充满了喜剧色彩，同时此篇也渗透着一些引人深思的问题，如"一个人在一时无着的情况下，会不会奢望爱情?""什么是真正的爱情?"以及"人真的会在面包与爱情之间选择后者吗?"作家把这些问题空出交给读者，体现了对读者的尊重和信任。(武亚帆)

第八辑

人间小人物

小人物奔波劳作的人生往往湮灭于世俗之中，他们可能是船家，可能是农民，可能是教师，也可能是警察；小人物的喜怒哀乐之声也每每被时代的轰鸣所掩盖，“有挫败衰落的悲凉，有生活改善的欣慰，有为梦奋斗的幸福，更有对时代转变的适应与反思。”人间百态从不会显露于高高在上的圣贤英雄身上，但艺术很好地弥补了这一点。艺术仿佛是一面放大镜，能发现并放大平凡中的真善美，又好似一张淘金网，在时代的洪流中，洗去泥沙，滤除污杂，让那些平凡中的不平凡如留下的金沙般熠熠生辉。而本辑中的小小说就是这样的一面面放大镜，一张张淘金网，将一个个人间小人物用白纸黑字呈现于读者眼前。这一个个跃然纸上的形象，脱胎于中国社会的不同角落，闪烁于芸芸众生的灵魂之中，当我们在一段段文字中体会了他们的人生苦乐后，也将被这些小人物所感动。（汪婷婷）

船　家

/蔡楠

在白洋淀，陈福友绝对是捕鱼的老手，老到九十岁了，还在捕鱼。

早年间，白洋淀是水泽之国，淀水汪洋浩渺，滋养得鱼肥蟹壮。水势大的时候，不适合撒网捕鱼，陈福友就下卡捕鱼。他跟着父亲将船划过纵横交错的港汊沟壕，来到一片茂密的芦苇荡，然后开始下卡。下卡是件很有意思的事情。在浸过猪血的长长的线上，拴上类似于牙签状的小竹片，把它弯成U形，在口上套上用芦苇秆做成的套，中间塞上饵食。鱼是一种贪吃的东西，把饵吞下的同时，竹签就紧紧地撑住了鱼的嘴，想再吐出来已经不可能了。父亲摇船，福友下卡，卡线在他的小手中一抖一抖地跳跃着，他就看到了今后的抖动的美好生活。

可是后来，日本人占领了白洋淀。陈福友就不下卡了，改用鱼钩捕鱼。福友小小年纪不用小钩，却喜大钩。大钩治鱼，多在有水溜的宽阔水面。鱼常喜在水中逆流游动，当触到鱼钩时，便被挂住，挂住的鱼越挣扎，越深，直到动不了为止。那年夏天，有一艘日军的快艇，开到陈福友下钩的地方来洗澡。他偷偷地潜水过去，将一串大钩，围绕着洗澡的五个鬼子们悄悄下好，然后爬上汽艇，将枪支和衣物敛到自己的船上，开到了抗日雁翎队的驻地。等到雁翎队员赶来的时候，五个鬼子已经血肉模糊了。

水浅鱼多的季节，陈福友就用花罩捕鱼。1963年白洋淀发大水，水都淹了村子，房子有的也被泡塌了。全村人都被安置在村子里最高的采蒲台上，等待政府救援的直升机来扔大饼。有时候，飞机扔不准，将大饼和饼干扔到了水里，都泡得成了面糊糊。陈福友觉得这面糊糊真不如他逮的鱼好吃。他就拽着自制的大罩，腰间系着鱼篓，凫水来到未被淹没的苇地里罩鱼。苇地里水浅，他光着膀子在苇地里蹚水，还一边叫喊着。鱼受了惊吓向水底躲避，触及河底，浑水上翻，陈福友用力将大罩按了下去，鱼就成了罩中之鳖了。鱼送到了一村灾民的手上，就等于把村民的性命从龙王的手上夺了回来。陈福友的大罩捕鱼就一直持续到大水退去。

后来，有专家说地球变暖，天旱少雨，白洋淀上游九条河的水位像花一样枯萎。白洋淀没了水，干了。甭说鱼了，就连那一望无际的芦苇和袅袅婷婷的莲花都无影无踪了。陈福友将船反扣在千里堤上，裸了背坐在船上晒太阳。老伴儿胡小仙走过来，递给他一支烟说，你看你，背上都晒得起鱼鳞了，我怎么越看你越像一条鱼呢！

陈福友说，我是鱼，可我是一条行走在岸上的鱼。

胡小仙笑了，这种鱼我可是头一次见过。

可咱不在岸上晒成鱼干行吗？胡小仙又说，咱走，咱去渤海湾捕鱼行吗？村里置办了几条轮船，嚷嚷着让人报名呢？咱去不？

不去！

为啥？

我要在大淀里掘坑寻水，我不离开白洋淀。

陈福友说着，站了起来，把烟揉揉放在嘴上叼着。胡小仙连忙去给他找火柴，还没等火柴找来，陈福友手里的烟腾地一下就被太阳晒着了。

陈福友开始了在白洋淀掘坑寻水的漫长之旅。他的铁锹用烂了三百六十把，他把白洋淀九十九个湖泊掘了个遍，终于他掘出了一条白洋淀通往黄河的水路。

在陈福友掘淀寻水的日子里，世界发生了巨大改变。水乡修了桥，水乡修了柏油路，水乡建了工厂，水乡建了高层建筑，捕鱼的事情人们逐渐淡忘了。

可陈福友又回到了水里，回到了淀上。

已经有了孙子的儿子对陈福友说，你这把年纪了，就别去捕鱼了，歇了吧！

陈福友说，我不能歇，歇了会死的！

那我给你买个机器船吧，省力气。

不用，机器船有污染，老船家还是使老船好！

陈福友告别了儿子，告别了岸。把那条千里堤上的木船修补好，刷了漆，船顶上支起了塑料布，船上准备好了小柴灶、锅碗瓢盆、柴米油盐等，然后带着胡小仙，披上蓑衣，振臂摇桨，小船像一条梭子鱼一样蹦进了大淀。

老头子，你这劲头怎么看也不像是九十岁的船家呀！胡小仙说。

你这豪气也不像八十四岁的船家婆呀！陈福友说。

咱们去哪里？

去采蒲台下面下粘网，傍晚到雄安新区集上卖鱼！

老船家这样说着，船就飞过了一片苇地。苇尖上独立的一只红嘴水鸥就飞离芦苇，鸣叫着，逐船而来。

选自《安徽文学》2018年第12期

评鉴与感悟

白洋淀的确算是中国近现代史上别具传奇色彩的一笔，从鱼肥蟹壮的水泽之国，到动荡时代的沦陷，又有淀水泛滥的天灾，而后则水干淀枯，到如今逐渐成为现代化之城，似乎每一步都紧随着中国的发展历程而动，每一刻都闪烁着人民所留下的光辉色彩。

自小便注定一生都要拴在白洋淀的船绳上的陈福友，少年时以一己之力了结了五个日军，但他并没有如小兵张嘎一般转变成抗日战士；大水泛滥时凭一身本领救了全村性命，他也没有披上英雄的锦旗；水干淀枯，他没有背井离乡；城市建立，他也没有因不适应的现代生活而苦闷不振。他始终是白洋淀的船家，永远是捕鱼的好手。好一句捕了鱼卖到雄安新区！这难道不是自我与现实的融合，传统与现代的交接吗？在各路作品中屡见不鲜的农民渔家，你又何苦悒郁，你看他告别了儿子告别了岸，船过芦苇地，鸥鸣逐我来，好一派逍遥之景！又有何不乐呢？

此篇虽是颇具理想乃至浪漫色彩的一篇小小说，却也正胜在此处，于往常同类作品中仿佛一点红梅，把最终问题理想化解决，使立意跳出一般局限，消去艰酸苦涩，读完只留缕缕清香。(汪婷婷)

走

/奚同发

刑警队的徒弟又带来新消息，老黑出狱了，且公然到公安局打听窦文贵，然后就四处寻找窦文贵了。

与老黑曾有过三次交手的窦文贵，自然三次把老黑稳妥妥送进大牢。三进宫的老黑，早被铁窗内的岁月历练得滑溜如泥鳅，见人说人话，见鬼说鬼话。如今出来，该是一个奔七十的老人，还能折腾个什么劲儿？不就剩条老命，这是要飞蛾扑火，一命抵一命？那怎么可能？窦文贵一个堂堂的原刑警队长，让你就拼了命？虽然没有枪、没有手铐，但身体本钱尚在，只是心存顾虑，总不能让老黑老了老了死在一个警察面前吧！

在公安队伍干了一辈子的窦文贵，退休七年中，没少遇到麻烦。他的办法只有一个，走！一次一次地搬家，搬一次扔一些东西，如今已家徒四壁，房子都是租的。

喝完三泡茶，窦文贵对老伴说，走。

老伴儿愣怔了一下问，还走？你我都这把年纪了，还往哪儿走啊？

走，这次必须走，老黑出来了。窦文贵毫不商量地说。

老伴儿不再言语，默默地开始收拾东西。其实也没什么值钱的物件，不过一些随身衣物、生活用品。窦文贵的心头一酸……老伴儿跟他这一辈子，年轻时天天夜不能寐，为他的安全担心。退了休，本想着可以安度晚年，没料到当年那些对手一个一个从监狱出来，寻仇闹事。没什么好办法，只能走。何况在他意识中，像老黑这种人，要把时间和精力都集中到寻找他，也免得去做别的坏事儿。

下午，窦文贵叫来房东，交接了钥匙，并付完提前退房的租金，说着谢谢便告辞。刚打开门，便惊了一下，门外站的正是老黑。竟然还像当年那么壮实，戴鸭舌帽儿，墨镜，嘴里叼着烟斗。看来低估了他的身子骨了。

老黑一笑，虽然满嘴的牙又少了几颗，但声音还是浑厚地说，咋，窦队这是又要走？

窦文贵先一步挡在老黑身前说，咱换个地方说话。

老黑脖子一歪，向天空望了一眼，说，都到门上了，咋说也要喝两杯薄酒！

窦文贵只好放下两手的东西，吩咐老伴儿：既然来客了，你去弄俩菜。

老伴儿心知肚明，他的眼色是让她外出躲了。瞅了一眼他满头的白发，她两眼顿时湿润了。走是走不了了，她便说着你们先坐，我去买菜，心想得找人来帮忙啊。但老黑手下两臂一伸，就挡到了门口。

不必啦，我早有安排。老黑一阵狞笑说着，身后已有手下端进来酒和菜。

窦文贵一句，那就请吧！自己先在迎门的桌前落座。

老黑一边走一边说，窦队，你明白，我是来兑现当年你送我入狱时的诺言，不会放过你的。怎么样，你再躲也躲不出我的手心。你以为隐姓埋名，你手机、座机电话都不用，就找不到你？哼哼，这对我就不是个事儿。你都快要灭的蜡烛，还能活几个年头，这还往哪儿躲呀？瞧瞧你，没想到竟老成这样子，整个一糟老头子，风一吹都倒了吧？谁能想到你当年的威风？

老黑站在桌前用牙咬开瓶盖，给两个玻璃杯都倒上酒，自个儿先端起一杯去碰了窦文贵面前的杯子，仰脖，喝凉水似的一饮而尽，而后左手一抹嘴边的残酒说，你知道我在里面的日子多难熬吗？你个窦文贵，把我三次弄进去，加起来就是我人生的二分之一。我就毁你手里，栽你手里了。我恨你，恨得在里头铆足劲要好好活着出来找你算账。

此时，窦文贵端起杯子把酒也一口喝了。

老黑突然从腰间拔出刀来，老伴儿一惊欲往前来，被窦文贵抬手制止了。

面对老黑，窦文贵只是迎着刀锋去握到酒瓶，从容地给两个空杯斟满，端起一杯，也去碰了一下桌面上老黑的杯子，然后身子向后正了正，“嗞”一口香香地喝了进去。他的余光并没有离开酒瓶，那可能是他唯一的武器了。

老黑的刀在空中晃了几晃，终是插在两人之间那块儿牛肉上。接着，他走到窦文贵对面，鞠了一躬，说，我知道许多人在找你麻烦，弄得你东躲西藏。从今天起，你再不用这样了。我就住你隔壁，我也干不动啥了，咱俩就做邻居！我在这儿，想着也就没什么人敢来报什么狗屁仇了。

窦文贵不知道他葫芦里卖什么药。

老黑咳了一声，再“唉”地叹了口气，慢语道，其实呀，我这次出来便派手下四处找你，当时的念头，找到你把你弄个半死，至少要让你断胳膊瘸腿躺床上，慢慢等死……他喝了一口酒又说，后来我听一个老警讲，当年你们逮我的时候，正赶上我带着孙子逛街。你坚决不让在孩子面前抓，因这事还跟局长吵了起来。你们整个包围圈是跟着我在不停地时紧时松，甚至冒着我脱钩的风险……直到我儿媳把孩子接走，你们才动的手。就这一点，我敬你……

是夜，老伴儿突然被窦文贵推醒：快点儿，收拾东西走！

老伴疑惑地问，还走？

窦文贵斩钉截铁地说，我一个警察，怎么可能让他保护起来了？啥也别说了，走！

选自《啄木鸟》2019年第6期

一波三折。一折在老黑找上门，二折在老黑放弃复仇，三折在窦队再走。第三折自然是小小说的精髓所在，人物形象和作品立意都依仗它而升华。一折到二折中，有大量语言、动作、神态描写来表现老黑的凶戾和复仇之心，却在突然之间放弃，如果将这种反差理解为反衬的手法、想要出读者之不意，则会使此段显得突兀而莫名，而在情节上如果解作老黑故意恐吓窦队，又不免无聊。所以这之中或许另有玄机。

当老黑复仇的心态达到顶峰以致拔刀相向时，二人之间已到剑拔弩张的紧张处境。而此时窦队却制止了同样欲起的老伴儿，看似从容地举瓶斟酒，为这场正面冲突腾出容缓之地，同时又暗不作声地以酒瓶为武器留出后手，明似从容不迫，暗则两相对抗。在武侠艺术中，此举一出往往胜负已定，好比《一代宗师》中叶问与丁连山以烟试武，古龙笔下楚留香对东瀛忍者不战而胜。以柔克刚、以静制动，才是古往今来所谓“高手”的制胜之道。此景加上对窦队的感激之情，才最终促使老黑放弃了复仇，恐怕他的内心也正摇摆不定，善恶一线之隔。不妨想象一下，倘若窦队的老伴儿真的起身拦向老黑，或是窦队自身奋起反抗，且不论在人物上使窦队形象平庸化，但就情节而言，难道老黑还能把已经拔出的刀再插进牛肉里吗？（汪婷婷）

山村人物谱

/甫田

村长囫囵地扒了几口饭，拿上小喇叭出门了。

村长沿着山路走，冲着冒着炊烟的房子喊：老少爷儿们姑奶奶们，赶紧吃饭，完了上村委会看热闹哈。

待村长赶到村委会，早已人头攒动呼啦啦地挤满了人。村委会那台宝贝电视正播放着新闻，画面里，一面五星红旗徐徐升起。

刚子！领奖台上的是刚子！人们欢呼雀跃。

领奖台上的刚子朝他们挥手微笑。人群中的林强泪花满面。刚子是林强的学生。

村长冲刚子娘嚷嚷：“刚子这小子忒有出息，露大脸了！”刚子娘一个劲地点头“嗯嗯”。

——林强有个梦想，就是站在领奖台上看五星红旗升起，听雄壮的国歌！可一场车祸，让林强失去了一条腿。后来他安了义肢。

高考时，林强报了师范学院。他要让梦想在学生身上实现。

毕业了，林强有意去山区，上那儿当老师。村长感激涕零，说，娃娃们好久都没像模像样地上学了。开课那天，家长们把娃儿送来，说，这下娃儿们可以识字了；有娃儿家长说，俺家刚子十岁了，到现在还不会数数哩。刚子鼻涕呼啦着，娃们哄地笑了。

林强鼻子酸酸的。他从包里拿出一块红布，抖开——一面鲜红的五星红旗！刚子娘问，这是啥？村长拿金鱼眼泡瞪她："瞎球！没见过恁？"林强取来一根木头，插在教室门前的山坡上，将红旗挂上；上屋拿来录音机，轻轻摁下，嘹亮、雄壮的国歌响起。

学生娃见了，一个个愣在那；刚子问："林老师，这铁疙瘩咋会唱歌呢？"林强说："这是录音机！不但会唱歌，还能把你们说的话录下来哩。"娃儿们伸舌头、摸脑袋瓜子。林强就让娃跟着他一块唱"起来！不愿做奴隶的人们！把我们的血肉筑成我们新的长城……"娃们唱得很认真，很响亮；娃儿们的家长也学着哼，小山村头一回响起震荡山谷、响彻云霄的歌声。

每天，学生娃来到学校，林强就把录音机拿出来，放《义勇军进行曲》，林强的血液在沸腾。

林强想这些娃读书不容易。他把娃们分成两个班，大班呢，先上体育课和劳动课；小班呢，上完语文或数学课，然后让他们干些割草、养花的活儿。林强想，这样可以减轻娃们家庭负担。村长得知，说，城里人本是就是能哩。

一天，林强给学生上地理课，拿出像母鸡形状的地图问，这是啥。娃们摇头，不吱声。他告诉娃们——是中国！娃们说，怪哩，中国人是老母鸡，会下娃娃蛋哩。林强开心地笑。

林强问："读书为啥？"一个娃说："识字，不当睁眼瞎。"又一个娃说："俺爹说，读了书，以后进城能赚大钱，娶漂亮的婆娘。"林强说，都对，都对。

他用眼扫视刚子，刚子说，俺笨，数学学不会，老师你以后教我练举重，当世界冠军，好吗？

林强心里一阵热乎。

放了学，林强让刚子练举石锁。林强特意在刚子举石锁时放国歌。围观的娃们就起哄：瞧，世界冠军在这哩。

刚子娘知道嘛事后，不高兴了，闹到学校；责怪林强说把刚子个儿压扁了咋整？这也不是正常营生咧。林强花了老大口舌，刚子娘才答应下来。林强说每天我给刚子吃一个鸡蛋。刚子娘咧嘴乐了。

一晃，娃们有的毕业了。刚子像拔了苗的秧，长得大小伙般。林强找到村长，说，请几天假，要上县城。村长嗯嗯答应着。

三天了，没见林老师回来。村长急了。莫非山里太苦，林老师受不住，跑了？

第四天，林强回来了。林强说，村长，派几个人下山拉东西吧。

太阳躲下山时，村民哼哧哼哧地扛着一个铁家伙，村长问："啥家伙？"

林强说："是杠铃。"村长眨巴眨巴鱼眼，木了。

刚子表演个！林强说。刚子自个把录音机打开，放国歌。

五星红旗升起，刚子把杠铃高高举着，村长喊：乡亲们，唱国歌！歌声嘹亮，在山中回荡。鸟儿扑扑飞起，绕着人们欢唱。

没多久，刚子被省里挑去；那林强呢，入赘到了村长家。村长每天乐得屁颠屁颠。

婚后，村长那闺女心疼丈夫，帮着林老师一起教书来着。

那所小学呢，在志愿者的帮助下，盖了新瓦房。太阳升起，金光照耀下，林强放《义勇军进行曲》，国歌嘹亮，歌声回荡……

选自《海燕》2019年第7期

评鉴与感悟

单就小小说的主线情节来看，此篇似乎是个传统型的乡村教师题材小小说，可若仅仅这样理解，不免与题目脱节。当读者把视野放宽之后，便不难发现其中独到之处。本篇小小说虽以乡村教师林强的感人故事为主线，又以刚子的成长历程为暗线，同时也带出了许多形象各异、活灵活现的村民形象。不仅有为梦奋斗、扎根乡村、奉献自我的乡村教师，有逐渐成长，走出山村、实现梦想的乡村学生，更有虽然目光短浅、见识不大，却关爱儿子以子为傲的刚子娘，还有尊重教师、注重教育，却也对自己的村民留有一份私心的村长，也有许许多多同刚子一样，原本无知无识却在老师的教导下逐渐成长的"娃娃"。这些各具特色而又贴合表现的人物都系在"林强下乡教书"这条主线上，由一条线串联起来，交相辉映、相得益彰，共同构成了一篇"山村人物谱”。最终结局也并非以林强与刚子这一两人的成功作为收尾，而是将视角放大，投向了整座乡村以及无数村民与志愿者的人生，更具深化意义与思考空间。（汪婷婷）

上头婆婆

/温新阶

槐香从四十岁就做上头婆婆。

过去乡下姑娘出嫁前，要请人给姑娘“扯脸”，又叫“上头”。所谓“扯脸”，就是用两根细线拗在手指上，手指一张一合，贴在脸上的细线就扯掉了脸上的细汗毛，并把眉毛绞成一弯新月。然后用石膏粉涂面，使脸蛋细腻光滑。

请来给新娘扯脸的人称为“上头婆婆”。这上头婆婆不是人人都能做的，必须有儿有女，家庭幸福圆满，不得有死过丈夫的“断扁担”，或者离婚再嫁“跨二道门槛”的人。

在金竹坪，槐香是最合适的人选，一个儿子一个女儿。儿子还在她三十八岁那年考取了大学，那时的大学不像现在这么好考，好像一个区一年也考不取一两个大学生，偏偏槐香的儿子考上了，这是多大的荣耀。要不是她丈夫去年刚当上了支书，他一定要办个酒席庆祝一下。

一般来说，做“上头婆婆”总得有个五六十岁，才有个德高望重的样子，再说有些条件须得经过时间检验才能见分晓。槐香也没想到自己四十岁就做了上头婆婆。

第一次来请槐香做“上头婆婆”的是梨树湾的建辉，槐香起初推辞了，建辉说：“在这金竹坪，没有谁比您更合适了，就算我建辉高攀，请您屈尊给我姑娘茯苓上头。”

槐香就应下了。

那天是八月十二，天空瓦蓝，没有一丝乱云，阳光很暖和，水田里刚收割完稻子，到处弥漫着稻草的气味，这对于一个农人来说，是一种特别亲切的气味。

槐香穿了一身新的裤褂，包了新的头巾，怀里揣着搓好的两根细麻绳进了建辉家的大门。

喝过茶，把建辉老婆端来的板栗核桃各吃了一个，槐香就上了茯苓的阁楼。

阳光从贴了喜字的窗格照进来，落在茯苓的脸庞上，真的有一层细绒绒的汗毛。槐香在茯苓对面坐了，先给茯苓道了喜，就开始扯脸，一边扯，一边问茯苓疼不疼。茯苓倒是说不疼，但眼泪却忍不住流了出来。槐香知道她不舍得离开爹妈，当年她自己从东流河嫁到金竹坪来时，就在家里哭了好多回。

“好闺女，孩儿都是娘身上掉下来的肉，你舍不得爹娘，爹娘也舍不得你，但是树大了要分枝，藤长了要开花，迟早要跨出这扇大门。你高高兴兴地走，经营好自己的新窝，爹娘才能为你高兴。”槐香就把茯苓的眼泪给劝住了。

上头婆婆似乎有这个义务，一边扯脸一边给即将出嫁的新娘做心理疏导，让她满脸笑容地离开娘家。

这是槐香职业生涯的开始，她做得很仔细，茯苓像红苹果一样的青春脸蛋，被她打磨得容光焕发。阳光照在脸蛋上，呈现一种半透明的水红色，甚至看得见细密的肌理。

槐香收好细麻绳，开始扑石膏粉，扑匀了，又用一块红绸轻轻擦拭，茯苓的脸蛋更加白里透红，光泽诱人。槐香拿过镜子要茯苓自己看，她这时才觉得自己是真的好看，好看得有些不好意思。

按照流程，新娘的母亲也要来看一眼，这个跟自己生活了二十年的女儿，还从来没有仔细看过她的脸，今天才定神细看，竟是这么好看。她连忙谢过槐香，说，槐香给茯苓开了一个好兆头，她日后定当顺顺当当，平平安安。

槐香这才把心放到肚里，她从怀里摸出一个小香包，说：“这是我亲手缝制的，送给茯苓，日后的生活一定香甜如蜜。”

母女俩一迭声地感谢，建辉也上来给槐香封了利市。槐香手里捏着那红包，觉着有点厚，“我这举手之劳，是不是有点多了？”

“您这第一次就为我姑娘上头，再多也无法表达我们的谢意，只是家底薄了些，您莫笑话。”

茯苓的婚事办得顺遂排场，出嫁以后日子也过得称心如意。建辉逢人就说，万事看开头，槐香头上得好。

自此，请槐香上头的越来越多，她也是有求必应，总是尽心尽力给人家把事办好。

岁月在无声地流淌，一个一个女孩长成大姑娘，又一个一个出嫁了。槐香脸上也有了皱纹，每每为姑娘上头，她看到青春光鲜的脸蛋，就会感到岁月的沧桑，感慨时光的无情。

形势变化很快，先是土地承包，责任到户，接着几乎所有人都做生意；然后，大多年轻人外出打工。

这些对金竹坪影响不大，槐香还是做她的上头婆婆。虽然年轻人纷纷外出打工，但婚礼总会在金竹坪办，已经六十多岁的槐香，现在才真正成了“上头婆婆”。

这一年国庆节前，下坪的桂枝回老家办婚礼，她丈夫是福建人，两人打工认识的。他们来请槐香给桂枝上头，桂枝叫她父亲来请，好说歹说，他的父亲就是不来。没办法，桂枝只好和她丈夫自己上门来请，那个福建男人把一只特大的红包，先放在槐香坐的木椅旁的茶几上，槐香瞟了一眼，那至少有五千元。

福建人讲的话很不好懂，桂枝只好自己来说。

“你爹怎么不来？”槐香觉得奇怪，按说这事是该做父亲的来的。

桂枝低着头，咬着嘴唇不说话。

槐香看着她隆起的腹部，至少怀孕三四个月了。

“桂枝，一行有一行的规矩，我这双手若是破了规矩，我在金竹坪就待不下去了。你这脸我不能扯，头不能上。”槐香说得坚决，一边说一边把茶几上的红包递给了桂枝。

福建男人还想说什么，桂枝强行把他拉走了。

虽然金竹坪不止一个上头婆婆，槐香退了的，又有谁愿意接，又有谁敢接呢？虽然她的丈夫早已不是支书，但她的威望不比支书差，何况他的儿子还在市里当副市长，虽然槐香从不以此炫耀，毕竟那是事实。

没有人给桂枝上头，他俩开车到镇上的理发店，请理发师用剃头刀仔仔细细把脸刮了一遍，又扑了香粉，那光亮、那细腻丝毫不比扯脸的差。只是人们说，那些冰凉冰凉的铁家什在脸上侍弄一遍，只怕这以后的日子也是冰凉如铁吧。

槐香说，我不做是有我的原则，至于理发店做出来以后日子就会冰凉如铁，这我倒不相信。她依然去喝了喜酒，去随了礼。

一晃到了腊月，秋菊的父亲早就来请了槐香，说秋菊过年前回来办婚礼，要请她去做上头婆婆。他还说，您放心，不会像桂枝那样的。

槐香满口应承下来。

这一年，雪下得太大，秋菊和她的男朋友开车往家里赶，在栗树坳出了车祸，两个人都没能抢救过来。

那是怎样的惨景啊！金竹坪的北风吹来的不是秋菊家的哭声，就是人们的叹息声，槐香的丈夫是一个特坚强的人，和他结婚几十年槐香从没见他流过眼泪。那天他去了秋菊家，是一路哭着回来的。

丈夫回来了，槐香去了。

她要为秋菊扯脸，为秋菊上头。秋菊的父亲说：你这使不得呀。

“是你请的我，我也应承了，我就该来做我应承的事。”

槐香说得斩钉截铁，不容商量。她一丝不苟地为秋菊扯脸，把她的眉毛绞成一轮弯月，又拿出香粉为她扑匀敷净，还把她的头发梳了一个好看的发髻。

“孩子，放心去吧，槐香婆婆为你梳妆好了。”

为死人扯脸上头，槐香的手废了，从此再没有人请她为新娘上头。

桂枝的日子过得红火和睦，并没有像人们说的那样冰凉如铁。于是，新娘们都乐意到理发店去修脸，去盘头发，去化妆……时尚新潮，洋气光鲜。

上头婆婆们都失了业，她们每一年春天都约了到槐香家聚一天，回忆些往事，讲些趣闻，看满山的映山红开得鲜艳热闹，听溪沟里的春水汩汩流动。她们还唱一些五句子歌谣：

一把扇子二面黄，
上头画的姐和郎，
郎在这面看不到姐，
姐在那面看不到郎，
姻缘只隔纸一张。

聚会唱歌的人一年比一年少，最后，只有槐香了。这一天，她梦见秋菊，她说她的汗毛又长很长了，还是请槐香婆婆给她扯脸。

没过几天，槐香婆婆走了。

这天，山雀子在她门口的椿树上飞来飞去叫了一天，映山红开得铺天盖地。

金竹坪再没有了上头婆婆，柳坪区也再没有了上头婆婆。

春种秋收的日子依然在续写，春天的柳絮，冬天的雪花依然如约而至。

生活没有句号。

选自《北京文学》2019年第3期

评鉴与感悟

小小说以槐香成为上头婆婆的半生作为主线，着重选取几个事件，扼要而又生动地展现了她上头婆婆生涯的发展、转折、衰落以及结束的历程。作品情节明了而又真挚动人。从小处看，刻画了槐香此人的优良品行，如勤恳认真、重义轻利、信守承诺等。从大处看，又将槐香一人的故事融入时代大背景之中，暗示了以槐香为代表的众多“上头婆婆”的命运。在小小说的结尾中，上头婆婆们每年春日聚会唱歌，而人一年比一年少，最终只剩槐香，也暗示了上头婆婆的逐渐消失。这之中不免暗含了对传统与现代的碰撞、社会发展的思考。这是中国在现代化进程中的一大思考命题，有的人耽于缅怀过去，有的人盼望破旧立新，而作品中的答案则是，所有的一切都在续写，所有的一切都显现出生机，人难免会对逝去的事物生出惋惜之情，而时光不会停止，四季依旧流转，生活没有句号。（汪婷婷）

请保持安全距离

/刘正权

请保持安全距离！

陈志大表情严肃对着镜子里的老婆周小米进行演说。

严肃换来周小米的嬉笑，镜子里的周小米啪一巴掌拍在陈志大后脑勺上。

我是警察！我现在在执行公务，你的行为已经涉嫌阻碍执行公务！

陈志大的动作表情愈发规范而严肃。入戏了，这是。

陈志大是过五关斩六将，才被公安局正式聘为辅警的。这一套执法程序，由大队长亲自示范讲解，规范执法，是辅警上的第一堂课。

可惜，没换来意想中大队长的表扬。

你的行为已经涉嫌阻碍我执行家务了，晓得不？周小米又一巴掌补上来。

陈志大这才如梦方醒般，摸着后脑勺笑，笑完还不忘警告周小米，以后这后脑勺，不许随便拍了，小心我执法记录仪给你拍进去，那你就惨了。

怎么个惨法？周小米作势又扬起巴掌。

袭警这罪名，你担得起？

我还就想担这个罪名，来啊，执法记录仪打开，给录上！

陈志大赶紧捂住后脑勺，投降，我投降行不？

瞧你那点儿出息，幸好只是辅警，要是真的警察像你这样动不动就投降，犯罪分子不定有多嚣张。

周小米从鼻子嗤出一股气。

切，陈志大很委屈，辅警怎么了，辅警就活该没出息？

辅警陈志大非常渴望自己有出息一把。

可惜，他们这个治安在全省都排名靠前小县城，陈志大想要的那种出息还真是百年难遇。

陈志大想要的出息一般都在香港警匪片中出现，比如暴力抗法，比如黑社会火并。小县城能够现场抓个小偷，都足以让人茶余饭后津津乐道好几天。

执法记录仪带在身上，都英雄无用武之地了，简直是资源闲置啊。

为这个想法，陈志大被大队长狠狠训了一通，你以为执法记录仪只是针对犯罪分子的？它同时还监督和规范警方执法，保护严格依法执法的警察。

警察还需要保护？陈志大不以为然，警察保护人民群众生命财产安全才对。

没承想，执法记录仪还真的保护了陈志大一回。

接到有人大街上砸车的报警，陈志大和同事赶到现场，一个女的正拿着砖头作势往一辆丰田轿车前扑去，眼看围观群众拉不住了，陈志大第一次处理这种事，二话不说往前冲，一手抱住女人的腰，一手去抢女人手里的砖头，砖头几经易手，再几经抢夺，呼地带着两股冲撞的力道，砸在挡风玻璃上。

女人突然不闹了，转身瞪着眼红的眼睛，你陪我车，谁让你砸我车的！

陈志大懵了，女人砸的是自己的车？

原来，女人怀疑丈夫带了小三兜风，一怒之下要把车砸了。

等砖头真正砸到车上，女人心疼了，那挡风玻璃，贵着呢。

枪口立马一致对外了，两口子。

幸好有执法记录仪作证，陈志大才没出那笔冤枉钱。

请保持安全距离！

这一次，对着镜子表情严肃说话的，是周小米。

陈志大的脖子上，还有那个女人恼羞成怒后挠出的血印子。

这辅警干得够窝囊的，被老婆玩了个闷攻，陈志大有气都没处出。

再上班，那句请保持安全距离，就成了陈志大工作中的警示语。

警示再三，还是出事了。

还是跟那个女人有关。

女人没能砸车，却要纵火烧房，这一次，是抓了男人跟小三上床的现行，结果是男人摁住她，让小三潇洒走了人，然后男人也走了人。

女人在家生闷气，这一气，就干了糊涂事，点燃了液化气钢瓶。

陈志大赶到时，消防还没到，现场浓烟滚滚，液化气罐蹿出一米多高的火苗，情况十分紧急。

罐口发出的嗤嗤声让围观救火群众不敢靠近，纷纷躲到屋外，气体的燃烧也让喷出的火舌越来越大，如果不及时搬出来，一旦温度过高引发爆炸，后果将不堪设想。

火火火……陈志大脑子和眼里全是火。

周小米是接到大队长电话火急火燎赶到医院急诊室的，那会儿的陈志大还躺在病床上，他在熄灭液化气火焰时被烟呛了肺和喉咙，暂时不能说话。

出了什么事？面对周小米问话，大队长打开了陈志大的执法记录仪，记录仪上面除了一片火焰什么都不见，倒是有一句话特别清晰，那是从火焰中吼出来的，请保持安全距离！

邻床躺着的女人哭泣着告诉记者，她是被这句话踹出火场的，女人腿上，还有一片瘀青，我活该，女人说谁让我涉嫌阻碍执行公务了。

同时被踹出火场的，是那个滚烫的液化气钢瓶，液化气罐阀门已经关闭，两块湿毛巾死死捂住了液化气罐口。

选自《啄木鸟》2019年第3期

评鉴与感悟

“请保持安全距离！”小小说开篇便是这样一行醒目的感叹句，却并没有对此进行刻板的定义解释，而是留下一个空白，只在后文中才通过一系列事件来丰富扩充。而作品的主人公陈志大，就如同书前的读者，起初对这句话的理解并不深刻，也同读者一样等着后文的揭露。这句话仿佛一把钥匙，一道谜题，一个暗语，它推动着情节一步又一步地发展，解锁一层更深一层的深意，同时又一点点地揭开自身的谜底，在这一步步中显示出自己真正的内涵。主人公陈志大在这个过程中不断成长，对警察职责的了解也逐渐加深，而读者也在之中得到了一层层的解答，见证了陈志大的成熟。最终，陈志大终于“出息”了一把，实现了自己身为警察保护人民维护社会的愿望，彻底蜕变成了一个成熟的警察，同时也身体力行地向读者解开了“请保持安全距离”的最终含义。而读者仿佛是随着陈志大一同经历了成长的过程，最终被他服务社会不惜生命的精神所打动。（汪婷婷）

神　像

/青霉素

一

村人的水桶在滴水崖前排着队。

村人的心情和这天一样，闷着火，一根火柴就能点着，滴水崖的这眼泉不急，有气无力、半死不活的，嘀嗒，嘀嗒。半天滴满一桶水。

这是要人命呀！村人唉声叹气，老天爷，快下雨吧，下了雨泉水才会旺。

二先生说，山上苍老爷庙里的神像别毁坏就好了，苍老爷管着咱这里的风雨雪雹，他老人家生气了，才这样大旱的！二先生的话阴阴的，能拧出水。

塑像呀！咱们集资重塑一个苍老爷像吧？有人建议。

早就该塑的，有神敬着心里踏实！有人附和。

二先生把他的接水桶往前移了移，说，总算还有明白人。

一伙村人就去找泥人刘，请他重塑苍老爷的神像，泥人刘会捏泥人？老辈子传下的手艺？一团泥巴在他手里捏啥像啥。泥人刘答应后有些犯难，问，苍老爷长什么样？

众人大眼瞪小眼，谁也不知苍老爷长什么样，都看二先生，他是村里的大能人，据他说天上的事知一半，地上的事全知道。

神仙的样呗！二先生说，苍老爷是神仙，肯定相貌威严，苍老爷又是咱老百姓的神，也少不了慈悲。

村人都点头，就是，就是。

二

一大早泥人刘就上山，在村口碰到村主任和一个戴草帽的人，草帽遮着脸没看清人，泥人刘就和村主任打个招呼走了。

你丢钱了？这么急着走，也不和咱田叔说句话？村主任在后边喊。

泥人刘停下回头看时，那人已取下草帽，一张消瘦的脸，但泥人刘很快认出了，很惊喜，田叔，您回家了？

回家了。田叔微笑着看着泥人刘，听说你这些天很忙的。

泥人刘有些不好意思。天太旱，求求苍老爷，嘿嘿，大伙的心愿，也是病急乱投医。

村主任说，你们做那些都是虚的，田叔给咱们做的才是实的。看到泥人刘不明白又说，田叔放着城里的好日子不过，带着打井的专项款，回村里帮咱们打井办实事来了。

太好了，咱村需要井，只是以前打了几次井都是干眼子，大伙都没信心了。泥人刘说。

村主任说，这次不一样，田叔请来了城里的技术员，有技术又有钱，准成！咱田叔说了，打不出井就不回城里。

田叔是村里走出的第一个大学生。在城里做局长。

山上开始钻井了。位置就定在苍老爷庙附近，是田叔和城里来的技术员勘察了很多地方，最后定下的。

钻井的深度一天天增加，一直没有水的影子。

咱村和井没缘分，村名叫滴水崖，只能喝嘀嗒的水，老辈打井都没成过，怕又是一个空。二先生说

又熬了两天，钻井杆喷出的还是干面子，田叔病倒了，回城了。

躺在床上的田叔每天都给村主任打电话，今天是什么情况？

还是干面子，电话里村主任的声音干巴巴的。

今天又是什么情况？

还是没见水，电话里村主任的声音带着哭腔。

不能放弃，这是我们最后的机会。田叔给村主任说，也是给自己说。

可是……您带来的打井的专项款快用完了。村主任的声音很无助的样子。

田叔安慰他，别急，明天我让人送钱去。

又一天深夜，田叔被床边的电话铃惊醒，是村主任打来的，井出水了，哗哗的！村主任的声音被水泡得湿漉漉的。

三

苍老爷的神像塑好了，泥人刘松了一口气，二先生也松了一口气。

水井的剪彩和苍老爷神像的开光同时进行，这是村主任和二先生共同决定的。

鞭炮齐鸣，唢呐声在山谷里飘来荡去，井水从水泵口喷薄而出。

一块红布从苍老爷神像的头上慢慢滑下来，苍老爷的面容展现，映在村人的眼睛里。

是田叔的模样。

田叔在井出水的那天夜里走了。当他知道自己得了不治之症，他放弃了治疗，他说服家人后回到老家的村子。他想让祖祖辈辈盼着喝上井水的梦，在他生命的最后时刻，他把一辈子的积蓄用到了打井上。

选自《小说月刊》2019年第4期

评鉴与感悟

这篇作品结构别出心裁，田叔凿井和塑造神像这明暗两线并行。使村民获得水源的是田叔，小小说却以“神像”为题，结局时两线重合，谜底揭露——神像就是田叔。小小说在开篇就抛出了神像的容貌问题，既为结尾埋下伏笔，同时，神像从无容无貌到变成田叔之貌的转变也暗示了田叔为村民所做的奉献之大以及其在村民心中地位的上升。而作品对田叔真实状况的交代，同样也呼应了前文的几处伏笔，如田叔带着“打不出井就不回城里”的决心，在施工过程中病倒，而资金欠缺时则当即表示会送钱过去等等。将这一切都放在结尾才说明，不仅可以丰富行文层次，同时使作品更为紧凑，结尾更加有力。在人物形象上，也能更好地表现田叔奉献自我、回报乡亲的精神。对于读者而言，相比于依序平滑的叙事，将谜题放在最后揭晓无疑更能够激起情感的波澜，对事实恍然大悟，对田叔肃然起敬，对小小说的印象也将更加深刻。

在语言方面，这篇作品另有独到可爱之处。不仅故事情节围绕着水，语言用词也离不开水。写缺水时的村主任村民，用词也是干燥的、“干巴巴”的，而写二先生的话则阴阴的，能“拧出水来”，当井出了水时，村主任的声音也“被水泡得湿漉漉的”了。(汪婷婷)

扶贫笔记之信用

/刘立勤

黄大妈的希望是把把信用社的贷款还了。

黄大妈的贷款很早了。

那时，黄大妈是日子好过的人家。老伴儿身强体壮四处做木活，大儿子在矿山打工挣大钱，小儿子身体差一点也能帮助做一些农活，黄大妈领着大儿媳妇操持家务。一家人的日子过得热热闹闹红红火火，让人很是眼气。甚至还有人找上门来，赖要把自己的宝贝女儿嫁给她那身患羊角风的小儿子。

谁想到一夜之间，黄大妈家的好日子就没了。

起因是黄大伯得了孙子。得孙子好呀，黄家后继有人了，黄大伯让黄大妈炒了四个菜要喝几杯庆贺一番。谁想黄大伯一高兴多喝了两杯，二天一早脑出血了。送进医院，医生说出血量太大，活过来的可能性太小，让他们不要花冤枉钱拉回家准备后事。黄大妈怎么也不答应，她说她和黄大伯约好要白头偕老呢。

年少的时候，黄大妈是十里八乡开得最漂亮的一枝花呢。多少人都想和她攀亲，有当兵的，有大学生，有公社的干部，甚至连县广播站的记者都喜欢她。尤其是有一个叫朱冬的老师，几乎每天都到她家来一次。哪个的条件都比黄木匠好，可她生生是喜欢黄木匠，早就答应了黄木匠。她一想到黄木匠就高兴，她不愿意亏欠心里那份喜欢，也忘不了自己的诺言，不顾一切地嫁给了黄木匠。嫁了黄木匠，生活苦点累点，心里的喜欢一直没减，一家的日子过得甜甜蜜蜜，还说好要白头到老。黄大妈怎么舍得半路撒手放弃黄大伯呢?

黄大妈跪在地上恳求医生救救黄大伯，她宁愿卖房卖命也要保住黄大伯的性命。医生拗不过她的一片诚心，就帮她请来西安的医生。

西安医生手艺真的高，黄大伯虽然成了植物人，可命总算保住了。遗憾的是医院的收费也高，家里的全部积蓄花光花尽，还拉下一屁股外债。更为糟糕是大儿子为了多挣几个钱，夜里加班又摔断了腰，啥都干不了。身患羊角风的小儿子一见家中的变故，病情更加严重了，三天两头就犯病。大儿媳看到这恓惶样子，带着孩子改嫁去了远方。

一场大病，黄大妈的好日子一下子回到了解放前。

信用社的债就是这时拉下的。

日子艰辛，黄大妈硬是把日子扛起来了。屋里一把，地里一把，一步挨着一步向前走。多亏黄大妈有一个好身体，养猪，养鸡，啥挣钱就去干啥。挣下的钱不仅网住一家几张嘴，也慢慢把借亲戚的账还得差不多了。黄大妈还想努力几年，再把信用社的钱也还了。可黄大妈真的是老了，儿子的药钱，家里的油盐，还有躲不过去的人情礼往，像一块又一块的砖头压得她喘不过气来。

黄大妈也有卸下负担的机会。早先天天找她的那个朱冬老师一直牵挂着黄大妈，他失家之后很想帮她分担重担。黄大妈咋的都不答应，说，那像什么话呢？我的男人还好好的呢，就是他有个三长两短，我也不可能忘了自己说过的话，糟蹋我心里的那份喜欢呀？再说了，老黄都是死过的人了，还记得说过的话守着我，我咋能干那事呢?

黄大妈每天忙完屋里屋外的活儿，就给黄大伯按摩，针灸，说年轻时的趣事儿。慢慢地，慢慢地，黄大伯竟然醒了。黄大妈的干劲儿更足了。黄大妈终究七十多了，再有干劲儿又能咋的？用黄大妈的话说，连信用社的小陈如今都不来要贷款结利息了。

黄大妈成了我包的贫困户。我又能帮什么呢？看着黄大妈一贫如洗的家，真不知道怎么能帮上她。低保金连药钱都不够，发展产业她家里谁又能干得了呢？看我纠结的样子，黄大妈说，不着急不着急，好日子是自己干出来的，不是别人帮出来的，慢慢来吧。

末了，我告诉大妈，政府每户提供五万块钱贴息贷款，我给你想法子弄出来，先救个急，将来有了还，没了他们也拿你没办法。最不济把政府的贴息倒腾出来，手头也能轻松许多。大妈说，咋能这么办呢？我说好多富人和领导都这么套钱呢。大妈说，他们干我管不了，反正黑了良心的事我不干。

大娘还说，我还欠信用社的贷款呢，人家可是救了急的。

怎么还呢？我也没办法，单位不可能出这笔钱，我还是一个房奴。就算不是房奴，黄大妈的个性也不会让别人替她还账。幸好村里空出一个保洁员岗位，我建议村里录用了她的小儿子，她家里算是多了一份收入。我能做的就是常到大妈家坐坐，陪她说说话，唠唠家常，或者干一点力所能及的小事情。别的，我真是无能。

好容易熬到年底，我把她小儿子的工资送到她家。我想，这回她家可以过一个相对好一点的年吧。谁想到大妈拿了钱，不由分说地逼着我领她去县城找当年的小陈还贷款。

我们找到小陈，当年的小陈已经是老陈了，而且当了行长。陈行长说，你家里的情况我都知道，那笔贷款经董事会研究已经核销了，不用还了。我听了，非常高兴，我也以为黄大妈会高兴。谁想到黄大妈却哭了，还气愤愤地说，你们咋能这样呢？你们当时可是救了我家的急呀！

说罢，黄大妈放下钱就走了，弄得我和陈行长也不知道如何是好。

选自《延安文学》2018年第5期

评鉴与感悟

这篇小小说以黄大妈的贷款问题展开，介绍前因后果，脉络清晰行文紧凑，围绕着一个中心将故事娓娓道来。在这之中，黄大妈这一朴实守信的农民形象得以逐步润色升华。黄大妈的信用，既是对信用社的贷款，又是对老伴儿的真情，既是补还的钱债，更是良心的坚守。这份信用，透露着农民的朴实无华，她对老伴儿不离不弃，为的是“白首”的诺言，是自己心中的喜欢，她坚持要还上贷款，为的是当年救急的人情，是不昧自己的良心。这一份“朴实”更显黄大妈信用的弥足珍贵，使黄大妈的形象真挚动人。

作品的收尾也十分巧妙，黄大妈的债务终于被免除，当“我”和陈行长都为之高兴的时候，黄大妈却做出意料之举——她气愤地坚持还款，并且放下钱就走了。这最后一件事当然是最能衬托黄大妈守信形象的一笔，同时也为这个人物形象的塑造画上了完满的句号。而小小说到此戛然而止，没有再讲述后续情况，更使得结尾震撼有力、深入人心，同时也留下了一定的空间，使作品收放有度。(汪婷婷)

第九辑

人生絮语

人生的目的这一问题总是困扰着一代又一代人，有些人生来就很清楚，有些人到死都很糊涂。这个问题又从不会有标准答案，千姿百态、酸甜苦辣，如人饮水，冷暖自知。

本辑中的黄大妈和老徐想的就是尽量不给国家添麻烦，老常目标也很清晰，就是想方设法地占便宜。本辑有给苏虾喂爆苗素来间接盈利的虾贩老郭，也有各取所需的捕鱼人和香客。我们可以活成不动脑筋却感动自己的记者，可以活成在城市站稳脚跟最终家破人亡的白净一，可以活成“小气”却可爱的伊琳卡，或者是选择活成落魄却绝不堕落的钟点工“牡丹”。

人生选择有千千万，每个人都有不同的正确答案，附李者也的小诗一首，与君共勉。（袁佳琪）

扶贫笔记之憋屈

/刘立勤

老胡又找上门来了，吵着闹着要当贫困户。

我不知道老胡哪里来的这么大的劲儿。

早年在乡镇工作时，老百姓羞于承认自己是贫困户的，他们想着法子也要扮个富人像。最明显的是住房子吧，举债拉账也要盖上三间大瓦房，再把墙刷得雪白光亮喜气盈门——也许他家里还没有隔夜的粮食呢。乡上有个救济补助指标了，他们也会谦让拒绝，让救济补助救济到真正的贫困户。

记得有一年我在乡下包村，村子里有一个叫王二的人家，父母年迈，孩子幼小，家里人多劳力少，虽然有三间大瓦房，可家里连一样成型的家具都没有，那可真是穷呀。发现他家的情况后，我和村干部商量决定给他家弄一点救济金。没想到二天村长给他送救济金时，他说什么都不要，末了还把村长骂得狗血淋头。我急忙赶去劝解，他还委屈得不行。他说村长是骂他呢，这么好的政策，自己的日子还要村里救济，我是羞先人，你们那是用脚打我耳光子呢！

再说老胡吧，他真的不算贫困户。父母健在还可以干活，一个儿子正上高中，他们夫妻虽然忠厚本分却有经济头脑，有办法肯出力，小日子过得红红火火，在村上绝对是殷实之家。况且，他家盖有楼房，还有一辆农用车，这都是超过贫困户标准的，谁敢把他定为贫困户呢。村里干部不想和他纠缠，派我去给他讲解政策，谁想到他扑扑通通说了一大片。

老胡说我家是有楼房，可我贷了十几万块钱的款呀！我家的老房子破烂不堪不能住了，我想让我吃了一辈子苦的娘老子过几天政府给我们的好日子，我也想让儿女从小就感受到党的温暖，我才借债盖屋呀。再说我那农用车，也是我借钱买的，买它是为了挣钱还盖房的账呀，不相信你们可以去了解。早知道你们要扶贫了，我就不盖房子不买车了，睡在床上等你们扶。

再说你们包扶的贫困户，别的我不说，就说汪狗子——他家为啥穷？他家超生，他是违反政策超生致穷的呀。我们响应政府号召，孩子少负担轻，日子才能过得好。现在这么一弄，他家超生致穷了，他们家还有理了？政府还要帮扶！你们这是奖励超生呢，还是处罚我们听话的老百姓呢？不行了，我让我女人也生一窝娃子让你们帮扶。

还有张蛮子，他为啥？前几年还是政府的致富带头人呢，有钱了不好好过日子吃喝嫖赌，好好的一个家吃光败尽连房子都没得住，后来还是政府帮他戒了毒。如今身体好了，又成了懒汉，游手好闲好吃懒做不说，有一分要花一块，一家三口日子过得水不流舟，你们也要帮扶。你们是咋想的？你们又让我们辛勤劳动的老百姓咋想呢？

听了老胡的话，我解释说贫困户的确定有硬性标准，他们是真正的贫困户，至于致贫的原因那是另外一回事呀。我的话还没有说完呢，老胡扑扑啦啦又开始了——你们的扶贫政策是奖励懒汉的政策，你们这样弄，会使懒人更懒，勤快人也会变懒人的。我承认老胡说的有一定的道理，可我们也不可能变通法子把他纳入贫困户呀。

我做不通老胡的工作。随着好多扶贫政策的宣传和落实，老胡觉得更委屈了，老胡的决心也更坚定了，几乎天天来纠缠。老胡说，你们不让我当贫困户，我就去上访，看有没有说理的地方。村长说，你上访我也没有办法，要是把你列进贫困户，怕有更多的人要上访了。

老胡真的去上访了，他去了镇政府又去了县政府。老胡满嘴的道理，领导也说不过他，可领导也不敢让他当贫困户。领导打电话让驻村的我去把他接回来，让我保证不再让他上访了。我有什么办法呢，只好硬着头皮去接。

我到了县政府，老胡正在愤愤不平地争吵。我把老胡叫走了，老胡还愤愤不平地唠叨：有人得病穷了，有人没劳力穷了，有人受灾穷了，这是该帮扶的。可对那些游手好闲的懒汉和不听政府话的瞎怂，凭啥给他那么多好处，还给他们开小灶吃好的？老刘，这不公平呀，你们是在破坏公道公平呀。我也知道不公平，我又有什么办法呢，天下哪里又有绝对公平的事情呢？

这些话我不能说，我也劝慰不了老胡，只好跟着他到了他家。

到家了，老胡还是气呼呼的，老胡的妻子也气呼呼。气呼呼的老胡让气呼呼的妻子炒菜，他要和我喝两杯，他气不顺。老胡妻子手巧，一会儿就端出三荤三素六盘菜——这也是真贫困农户家拿不出来的。我们边喝边聊，聊他家的艰辛，聊农民的不易。聊着聊着，我趁机劝他不要上访了，过好自己的日子才是硬道理。

老胡说，我知道，帮扶只是一时，好日子还要靠自己过活。我不会上访了，我总不能真要把好日子折腾穷了再让你们帮扶吧？我是憋屈呀，老刘，你说我们老实听话的人咋老在吃亏呢？你看那些好吃懒做游手好闲不遵守政策的人，有政策罩着，还有干部帮着，他们处处得便宜，我们竟然啥都没有，你说我亏不亏呀？

老胡说罢，一脸的潸然。

我听着，是一脸的赧然。

选自《延安文学》2018年第5期

评鉴与感悟

扶贫本是帮助贫困户的大好事儿，但在作品中，于“我”而言,扶贫更像是一块不得不接的烫手山芋。

在基层真正扶贫时，不愿亏欠政府给的救急钱，拼命还钱的黄大妈；一生操劳爱帮忙从不占国家便宜，绝不接受扶贫的老徐；直言扶贫不公，却无法改变现状选择妥协的老胡；偷奸耍滑吃肥丢瘦，靠着扶贫盖洋房、建花门楼的老常这些人物形象都随处可见。

黄大妈和老徐的质朴与硬气让“我”有心无力，老胡的上访和道理让“我”无言以对，老常的“精明”打算让“我”羞愧、赫然。

当扶贫扶不了勤劳踏实、问心无愧的贫困户，当扶贫让懒汉、瞎怂不劳而获，当扶贫让投机取巧的人吃香喝辣，当基层扶贫变成一件“憋屈”的事情，是否应该反思扶贫的真正初衷？扶贫是真正做到了帮助贫困户，还是带来更大的问题？

这篇作品把问题带到我们眼前，而答案将由社会来书写。(袁佳琪)

苏拉威西虾

/陈晓波

于若水是一家广告公司的设计师，属于下班后沉迷于某件事物的那种宅男。

于若水对苏虾的喜爱，缘于给一个水族电商制作观赏虾广告。从前他养过热带鱼，孔雀、灯鱼、燕儿鱼什么的，没想到这小虾如此漂亮。他拍了好多水晶、极火、黄金米，雪球、樱花、绿晶、斑马等小型观赏虾，晶莹剔透的米虾照片，尤其喜爱苏虾，真是无比神奇的小生灵。

他忽然生出养苏虾的愿望。

苏虾是苏拉威西虾的简称。苏拉威西是一个岛，在印度尼西亚苏门答腊群岛边儿上，岛上有两个远古湖：蓬梭湖和马利里湖，湖里生长的苏虾由于独特的进化环境，形成了其他淡水虾无法比拟的艳丽外表。

于若水住公司单身公寓，有个对象在远方。他已经玩腻了网游，早想给自己找个宠物爱好，为此纠结了很久，直到看见苏虾。

基于养热带鱼的经验，于若水去花鸟鱼市买了个五十厘米长、带顶滤盒虾缸，还有潜水泵，混合滤材，铺缸底的细泥和底沙，捆好养虾必备的水草——莫丝的炭筒，虾粮，养虾专用硝化菌等等。一共花了五百多块。

他把虾缸放置在电脑桌的一端，便于坐在桌边赏虾。铺好底沙，摆好虾窝，缸里放水，加入硝化菌，然后打开水泵不间断循环过滤，必须这样水过滤一周才能让虾入缸。

于若水有点急不可耐，困养到第五天就买了十只白袜米虾放进缸里。白袜是苏虾米的一种，十元一只，在苏虾里是便宜的。一厘米大小，深红色的虾壳上有美丽的星点，白色摄食足不停地寻找食物，长长的白须在水中伸展触角，非常好看。

可这小生命太弱了，入缸两天就挂了三只，等到第四天全都牺牲了。米虾是自然界最弱小的生物，大鱼吃小鱼，小鱼吃虾米，可怜的虾米只能吃河泥，这就是物竞天择的规律。

于若水找卖虾的水族店讨要说法。店主说，虾可不好养，特别是苏虾更难养活，你家多少度？于若水说二十三四度。店主说那虾不挂才怪了，现在春季乍暖还凉，苏虾喜热。水拔凉的，虾活不了。

于若水买了自动调温的加热棒，又买进十只白袜。加热棒让虾缸保持二十七摄氏度的恒温，可没过几天又是一条不剩的结局。店主也没了辙，说你去松江虾屋找老郭，那是玩虾高手。

松江虾屋是一家专卖观赏虾的水族馆。老板郭某，六十多岁了。大家都叫他老郭，经营十几年观赏虾，不仅品种多，而且价钱不贵，生意做得蛮好。

有些发胖的老郭穿件黑T恤，腆着肚子，趿拉拖鞋。见到于若水并明白拜访之意后，连说你好你好，欢迎来切磋养虾之道。说起养虾，他两眼闪亮。问：多大缸啊，水养了多久，爆藻没有，用什么过滤……

老郭很快找到苏虾养不活的原因。他告诉于若水：首先是你的虾缸小，养苏虾至少要八十厘米以上的缸，缸小水质不好稳定，这你懂的。其次是水没养好。养虾先养水，最好自来水和纯净水各半开缸，种点莫丝什么的，每天光照六个小时，半个月藻就多了。然后把水换掉进行二次养水。还得半个月主要调整水的各项参数，酸碱度七到八之间。水硬度为六、水温二十六摄氏度，参数达标才可以放虾入缸。第三是你的过滤不行。苏虾对水质特则敏感，最好用双过滤，既放小型过滤工水妖精，也用潜泵滤槽，切记保水质……

老郭说，你可知道，在南方虾还有一个意思，是初生婴儿。广东话管婴儿叫苏虾仔。所以，苏虾要像养小孩儿一样精心。

于若水越发信心满满。他这人特执着，想干啥必须干好。

老郭又帮他参谋，买了八十厘米的虾缸，双头水妖精、水草灯，调整水质的黄根，以及蒙脱石和麦石。当然还买了天然蜂窝虾木，很小一根就要八十元钱，买了三块。这回投资较上次翻一番还多。

于若水静下心来，按照规程养水，一周后缸开始长藻，藻就多了。老郭说藻类及缸里的微生物是苏虾的主食，所以养虾爆藻很重要。

虾缸每天二十四小时双重过滤，两个小水泵不停工作；自动加热棒让水温保持在二十六摄氏度，水草灯常明。于若水粗略一算。每天要耗电十五度左右。电费又是一笔开销。

养水用了一个月时间，虾缸水质清澈，水草葱郁，水藻丰富，一切准备就绪。于若水去找老郭买虾。

老郭说，我的虾虽好看又便宜，但不能卖给你。不瞒你说，我的虾对外宣传是进口野生虾，其实都是人工繁殖的。新手玩玩还行，你要想培育繁殖，最好去买进口的品种，纯正的野生苏虾。他领于若水去了另一个虾屋，那儿的苏虾很贵，但老郭拍胸脯保证绝对是进口原生苏虾。

养苏虾是讲阶级的，分初阶级、中阶级、高阶级知挑战级。老郭建议于若水养中阶级的虾，买了一繁殖组十只红玛塔纳迷你蓝和一繁殖组十只彩虹(可乐）虾，公母比例为一比四。

经讨价还价，迷你蓝每只二十五元讲到二十元、可乐虾每只三十元讲到二十六元。都是看老郭的面子，不然就一口价二十只苏虾放进缸里，稀稀拉拉见不到几个。于若水每天都要花很长时间，去翻水草、炭筒和蜂窝木。把苏虾细数一遍。半个月后，只挂了一只。

老郭说没事儿了。你就等着抱卵产虾吧，苏虾可比别的虾值钱，如果你的米虾多了而且品相好，我收购或帮你代卖，保你挣钱。于若水说，还有这等好事，真的谢了！

八月盛夏天气燥热。于若水出差去趟北京，来回也就四天，但是他公寓里的苏虾耐不住持续高温，又全都挂了。

老郭劝于若水别灰心，苏虾矫情，水温低不行，超过三十摄氏度也不中。养虾你一别怕挂虾，二别心疼钱，不付出点代价也练不成手。

于若水很内疚，倒不是心疼钱，总觉得有点对不住这些米虾。他喜爱那些小精灵，母虾都快抱卵了，真真可惜！

于若水在房间里安了一台两匹变频空调。他把虾缸里面的水抽出去一半，放了几大桶纯净水。又花三百元钱买了十只高阶级的血樱桃米虾。老郭建议他养单一品种，不混养，防止米虾杂交。

血樱桃体色深红鲜艳，尾部有几个小黄斑点，非常可爱。米虾入缸后状态很好。有了空调，室温和虾缸水温都很舒适，过滤没有问题，缸大虾少，水质很稳定。

于若水真的像呵护婴儿一样养苏虾，血樱桃也给他带来愉悦。小米虾十分勤劳，总是不停地游动。头胸前有尖长的额剑，一对能转动的复眼三对颚足把食儿。五双步足行走跳跃，腹部有泳肢游泳，扇状的尾巴控制方向……

于若水经常呆呆地盯着虾缸看。看米虾争食、巡游、追逐、慢慢长大。

终于，血樱桃母虾抱卵产虾了。多的一次抱卵二十多个，无须浮游期直接产虾。虾缸里一夜之间多出了几十条幼虾，于若水很振奋地把这个消息告诉老郭，老郭说不容易不容易，能够成功地繁殖苏虾。已经达到养虾最高境界。

血樱桃幼虾越来越多。这叫爆缸，养虾的人求之不得。老郭让于若水用原来那个五十厘米的缸养幼虾，还送给他一瓶进口的幼虾“暴苗素”，说这东西可不得了，隔两天喂一次、小虾长得快而且色泽好。

于若水把新生的小虾捞到小缸里面，坚持喂“暴苗素”，确实效果明显，幼虾很快长到了一厘米左右、颜色接近成虾，老郭说可以上市了。

于若水把幼虾卖给老郭，五元钱一只，第一次就卖了一百只。于若水只管育虾卖虾，其他什么都不用管，老郭每只十二元至十五元出售，所有损耗和售后全由他自己负责。那些原生血樱桃很争气，有的母虾多次抱卵产虾，一个多月爆一次缸。于若水一年和老郭交易了五次，不但收回了养虾的成本，还略有盈余。

后来，于若水发现原生血樱桃不怎么活跃了，好长时间不抱卵了，没多久就相继挂掉。老郭说这是米虾到寿了，苏虾平均成活十五个月左右，你的血樱桃养活十八个月。这是正常的，不用惋惜。

于若水从自己繁殖的幼虾里面挑选二十多只较大的血樱桃二代放回大

缸，形成了两个繁殖组。他设想这些米虾到了繁殖期，会生产更多的幼虾，当然也会得到更多的收益。这可真是挺不错的营生，既有观赏的乐趣，也有不错的效益，何乐而不为。

可这些米虾生长到四个多月了，还没有一只抱卵。又过些日子，接二连三地全都挂了，一只都没剩下于若水又去讨教老郭。老郭说，你留的虾可是吃了“暴苗素”的，那就对了。这些虾看上去活蹦乱跳的，长得快、颜色又好，但是寿命最长四个月，而且不会抱卵。那些喜欢虾的新手，很便宜地买回去，养几个月挂掉了又会来买，咱们的生意就会更好了，是吧。你还是去买进口野生苏虾吧。

于若水明白了，老郭为什么不把自己的苏虾卖给他，为什么要给幼虾喂食“暴苗素”，他知道人为让虾快长只有一种后果，那就是长得快死得也快。

他从心中反感老郭的贪婪，也痛恨自己残忍！

从此于若水很少跟老郭来往。他感谢老郭教给他养虾的经验和窍门儿，但绝不再同他做苏虾交易。

于若水花高价又买下十只苏虾——高贵的红木纹虾，挑战苏虾的最高阶。

选自《小说月刊》2019年第6期

评鉴与感悟

苏拉威西虾，一种原产于印度尼西亚苏拉威西岛的淡水观赏虾，外表艳丽，有作品中提到的红色虾身白色斑点的白袜虾，有条纹酷似可乐的“可乐虾”。虽然观赏性很高，但光是来自热带雨林气候的印度尼西亚这一点，就可以注定它是脆弱难养活的品种。

小小说中酷爱饲养宠物的宅男于若水就迷上了这漂亮的水中精灵。这些小东西充实了他的生活，慰藉了他的孤独。虽然饲养过程颇有一种南橘北枳的感受，但是于若水并不气馁，每次失败后他更是精益求精，可谓是费心良多。

三次失败，最终换来了第四次血樱桃虾数次爆缸的回报，但于若水绝没有想到小虾逃过了苛刻的环境要求，却逃不过商人贪婪的手段。数月夭折的魔咒都源于虾贩老郭的精心设计，可爱的生灵最终结束于人性的贪婪。

如果喜爱沾染上了利益，于物于己都是一场劫难。(袁佳琪)

放　生

/郭震海

夜隐，晨至。

薄雾如拉开的纱幔，围着葱茏的山腰。晨光如水，一点一点自遥远的天际流淌至山巅，远处的树梢被晨光点亮。

山下，有一条宁静的小河，微风轻轻走过，宁静的河水泛起粼粼波光。

他自山中来，一身布衣，头戴一顶宽边草帽，一只手里提着两个空鱼篓，在晨风中摇摇晃晃，一只手里拎着渔网。

他来到小河边，放下鱼篓，先是站定目测水面，然后伸手在水里一划，随后双手一挥，渔网抛向空中，就如瞬间绽开的花朵，落入水面。这一系列动作，干净利索，如舞台上的魔术师，娴熟而优雅。

多年捕鱼，他已经完全懂得这条河的秉性，目测水面能懂风的走向，手划水面便知鱼的动向。每天早上，他不多也不少，只下一次网，就要两篓鱼。大鱼也好，小鱼也罢，他都要，当然这条小河也没有太大的鱼。

他捕鱼不食鱼，也不拿到集市上去卖鱼。倘若你问他捕鱼用来干什么？他长满胡须的嘴微微一动，吐出两个字：“坐等。”

日升三竿，山川、河流、捕鱼人尽收金色的阳光之中。这时，沿河的一条大道，走向沸腾，飞驰的车辆，沿着大道，来来又去去，消失在山中，山后就是一座城，一座繁华的城。山上有一座庙，庙里香火很盛。

网已收，鱼满篓。他悠闲地坐在河边的一块青石上，确如他所言，是在坐等。陆续有香客沿着高高的石台阶走下山来，男男女女，有领着孩子的家长，有情投意合的小夫妻。他们有的会直接驱车离去，有的会来到他面前来买鱼。

他卖鱼不论斤，论条，一条十元，高高竖起的纸牌上明码标价，不讨价，当然来者也不会还价。这似乎是世上最公平的交易，一个愿卖，一个愿买，无须碎言或多语，交易轻松搞定。来者买鱼后，不会带走，而是来到河边，虔诚地一条条放入水中，名曰“放生”。

午后，两篓鱼全部卖光。一条条小鱼儿来自小河，又重新回归小河，他又如早上来时那样，一只手提着两个空鱼篓，摇摇晃晃，一只手拎着渔网，优哉游哉地回家。路过集市，他会买二斤牛肉，打二两散酒，也会为妻子买条丝巾，或为八十岁的老娘买点爱吃的糖酥点心。

日复一日，年复一年。他每天早上来，中午回。总是那般悠闲，那般自在，似乎和山上的庙，与河里的鱼达成某种默契。有了山上的庙，才会有虔诚的信徒来祈祷、来“放生”，有了“放生”，就有了他的每天捕鱼，形成一个完美的供需“链条”。

当然，每天来找他买鱼“放生”的人，也知道他是捕鱼者，因为他的身边就放着刚刚收妥的渔网。这也无碍，因为来买鱼者需要鱼，他们需要有鱼来“放生”。

买鱼者说，他们买鱼，是为了“放生”，是行大善，是为自己或家人祈求幸福安康。

卖鱼者说，他捕鱼不杀鱼，仅供“放生”，也是行善。他靠卖“放生鱼”养着一家老小，小日子过得蛮滋润。

每一次途经小河边，我总会忍不住驻足，静观许久。看到头戴宽边草帽的捕鱼者，看到前去买鱼“放生”的人。其实，在这个世界上，有许多事情一旦形成某种平衡，就很难用简单的对与错、是与非去衡量。

选自《郑州日报》2019年3月22日

评鉴与感悟

在作家清新简练的描述之中，长短句的交替之间，一位充满禅意的捕鱼人跃然纸上，只撒一次网，刚装两篓鱼的渔夫，与世隔绝，闲适且恬淡。但在如此仙境中，随着渔夫的“坐等”而来的，竟是别样的世界。香客下山，到渔夫那里买上明码标价的一尾鱼去放生。小小说的转折非常自然，既在意料之外，又在情理之中，让这诗画般的捕鱼人一下子沾染了尘世的香火气，方才的画面仿佛是一场梦境。

捕鱼人杀生了吗？没有。香客放生做了好事，对吗？是的。但我读完却总有一种说不上来的沮丧，两者都是借花献佛罢了。一旦与金钱交易扯上关系，就连捕鱼人的网仿佛都沾了灰尘。作家有一句话说得深入我心，“其实，在这个世界上，有许多事情一旦形成某种平衡，就很难用简单的对与错、是与非去衡量。”（袁佳琪）

记者的责任

/蔡中锋

去建筑工地采访，看到在正午的炎炎烈日下那些农民们正汗流浃背地劳作，我忍不住去采访一位工人："请问你叫什么名字?"

那名工人说："我叫张有为。"

我问："现在正是一天太阳最毒的时候，你们怎么不休息一下呢?"

张有为说："谁不想多休息一下！老板不同意啊!"

我问："你一天要干几个小时的活?"

张有为说："一般从早上6点就要起床干活了，要干晚上7点，有时还得加夜班。"

我问："那你一天平均要干几个小时呢？"张有为说"最少十三四个小时吧。"

采访完张有为，我心很难平静：这么大热的天，这么重的体力活，老板怎么能让工人干这么长的时间呢！强烈的责任感让我寝食难安，于是我连夜写了一篇题目为《建筑工人也要实行八小时工作制度》的文章。刊登在了我们的市报上。这篇文章引起了市领导的高度重视，好几位市领导都在报纸上做了批示，要求所有建筑工地，以后都要实行八小时工作制度，并组成了专门的工作组监督执行。

过了一段时间，我去那个建筑工地上回访张有为："现在你们的工作时间不会再那么长了吧?”

张有为说:“是啊，现在我们实行的也是八小时工作制度，可是我们干活实行的是计件工资啊！我们虽然一天少干了五六个小时，但却少领了近一半的钱啊。我们干的时间长点没关系，吃点苦受点累没关系，可是若领不到更多的钱，我们上有老、下有小的，都没法养活啊!”

张有为的话，大大出乎我的意料之外，想想也是，他们建筑工人和机关干部不一样，机关干部工资是固定的，和工作时间长短没多大关系，可是建筑工人是计件工资，少干了，就要少领钱!

回去之后，强烈的责任感让我更加寝食难安，于是我又连夜写了篇《必须提高农民工的工资》的文章，刊登在了我们的市报上。这篇文章又引起了市领导的高度重视，又有好几位市领导在报纸上作了批示，要求各建筑工地都要最少给农民工增加一半的工资，并组成了专门的工作组监督执行。

又过了一段时间。我再去那个工地回访张有为，却发现那个工地上已经一个建筑工人都没有了。

我问一个在那儿看守建筑材料的老人:“工地上怎么没有工人干活了?我上次采访听说你们的工期不是非常紧吗?”

老人说:“我也不知道怎么回事？前几天上面下了严令，不让工人的工作时间超过八个小时，这样，包工头就不能按时交工，面临巨额罚款。最近几天又听说上面下了严令，要包工头增加工人一半的工资。这样一来，包工头不但赚不到钱，还会赔进去很多，所以，他就偷偷地跑路了，工人们也就自然散了……”

选自《小说月刊》2019年第4期

读完这篇作品，我觉得文中记者很像朝堂上的王安石。众所周知，王安石变法失败了，原因是多方面的，但是没有从根本上解决人民疾苦这一点是毋庸置疑且显而易见的。就像募役法，不愿服差役的民户则按贫富等级交纳一定数量的钱，虽然将农民从劳役中解脱出来，但这并没有解决徭役重的根本问题，对贫困人民来说依旧是沉重的负担。小小说中的记者也操着民生大计的心，做着“精英教育”的事儿。现在的全民网络时代，谁具有话语权，谁就是这个时代的王者。而记者这个为人民解决问题的职业，一旦张嘴就承担了“为民发声”的重任。作品中的记者就是个反面教材，在报纸上指点江山，挥斥方遒，满足了自己的职业道德，摧毁了农民工养家糊口的生活来源。这绝不是偶然，随着国外精英教育的入侵，越来越多不饮水也不知冷暖的精英站上关乎民生的工作岗位，满足自己，摧毁别人。（袁佳琪）

野菠萝

/海华

又到了旅游旺季，风光旖旎的海滨镇又成了车海人潮的世界。每逢双休日，太阳刚爬至半空，海滨镇的大小道路已躺满了各种车辆。络绎不绝的游客，在车辆的缝隙中挤来蹭去，争相在路边的摊档中购买各种水果和饮料……

晌午，从大山里移居镇上的根叔回老家探亲归来，途中路过一片僻静的山林，忽见几棵露兜树挂满了果实饱满、色泽金黄的裸兜籽，猛然想起小时候上山放牛时常摘它来吃，味道酸中带甜，都多少年没尝过了，遂上前摘下一个咬了一口，果然还是记忆中的味道。心里估摸着，这浑身是刺的露兜树，结的果子从不怕风吹雨打，也从来没人拿它当水果卖……现如今各地来这里游玩的客人越来越多，如果把它摆到摊档上，没准能赚点小钱。于是又摘了几个。

回到家，见妻子动作麻利地在家门口的摊档招呼一帮游客，便随手将那几个裸兜籽放在摊档旁，小儿子闹着想吃，根叔剥开一个递给他，小儿子吃得津津有味。一游客见状禁不住问根叔，大叔，这是啥水果？要多少钱一个？

根叔嘿嘿一乐，这是咱海边荒山上的野果，叫裸兜籽，好吃，但有的也有点儿酸涩，你要就拿去，给多少钱都行。

那五元一个，行吗？等根叔点头，几位游客立马将那几个裸兜籽全买下了。

嘿！这裸兜籽还真能卖钱！当晚，根叔用手机打开百度一查，原来，这露兜树大多生长在海边山上，打的裸兜籽叫野菠萝。

第二天，根叔再次进山摘回来二三十个野菠萝，拿到摊档一摆，五元钱一个，不到一小时便被游客抢购一空。

野菠萝能卖钱啦！消息不胫而走，镇上的人纷纷上山采摘野菠萝……很快，名不见经传的野菠萝成了全镇路边大小摊档的抢手货，一向默默无闻的根叔也成了全镇家喻户晓的人物。

万万没想到，没过几天，除根叔的摊档外，全镇其他摊档的野菠萝价钱居然一路飙升，有的竟然卖到四五十元一个。

唉！如果不是自己带头把这野菠萝当水果卖，它还静悄悄地躺在荒山里喂鸟呢！可如今……根叔觉得这事闹得有点离谱了。于是，根叔在居委会微信群里拿野菠萝说事：庄稼人一向以善良为本，咱海滨镇已划入粤港澳大湾区，更应该讲诚信。咱手拍胸膛想一想，这原本无人问津的野果成了咱的摇钱树，可价钱却发了疯似的往上涨，这么做对得起自己的良心吗?晚上能睡个安稳觉吗?!

根叔的这些话让群里炸开了锅。但是，除个别人附和外，多数人都怼根叔，有的说他一根筋，有的说他狗拿耗子，有的还说他脑子进水了……三天后，根叔竟被踢出了群。根叔没有放弃，设法挤进镇上另一个微信群里，继续一个劲地拿野菠萝说事……

然而，不到一天，镇上另一个微信群的群主又把根叔踢了出去。

根叔心想，犁不成，咱改耙！于是，翌日一早，他直奔镇政府，见到一名干部，便急忙拉住他诉说野菠萝的事。那位干部鼻子一哼说：知道了，您请回吧。根叔一离开，那位干部就不冷不热地说，切！神经兮兮的，要不是有个搞房地产的表叔，你还不是仍在山旮旯听鸟叫？番薯屎还没拉干净，就管起闲事来了。你以为你是谁呀，让咱跟镇长说咱就说呀！

几天后，见没啥动静，根叔又有了主意，白天让妻子看档，自己一个摊档一个摊档地劝说……妻子见根叔像着了魔似的，便嗔怪道，这事是咱领头，可如今大家伙见钱眼开猛抬价，关咱屁事！谁知道你是谁？你说人家宰客，谁会听你的？整天瞎操心！图个啥呀？

根叔瓮声瓮气地说，就图个心安理得呗！这事因我而起，我就得负责到底。

这天中午，根叔来到某村路边的一个摊档，见十多个游客正在询问野菠萝咋卖。档主笑容可掬地说，九十元一个。它不仅酸甜可口，味道鲜美，还有美容、降血压、降血脂等功效呢。出了咱这旅游区就没有这种水果卖啦，快买吧。

根叔立马上前言恳意切地对档主说，老哥，不就是一个原生态的野果嘛，你明明知道值不了几个钱，还硬要说有美容等功效，真能忽悠哟！你不觉得亏心吗？就别再坑人了！赚钱多少事小，坏了咱旅游区的名声事大呀！

档主脸色一沉，骂一句“神经病”，继续招呼游客。

根叔扭转头对游客说，我那边的排档也有这样的水果，每个只卖五块！

这游客也不傻啊，便抱着试一试的心态，跟着根叔到了他的摊档，果然只卖五块，一样的果子，一样的味道。

就这样，几个摊档的老板联合起来找根叔的事，但他们看根叔一副油盐不进的样子，也不能将时间尽磨在这事上，生意还得做吧。

不过，也有些游客觉得根叔的野菠萝太便宜，揣摩着要么是味道不好要么是不新鲜，又掉头去别的档口买些高价货。

眼瞅着一个个游客抱着“天价”野菠萝兴冲冲离去，根叔无奈地摇了摇头……

选自《羊城晚报》2019年2月8日

根叔这人很轴，他是怎么个轴法呢?

物以稀为贵，躲在深山中的野菠萝如今摇身一变，成了少见多怪的游客的心中圣果，不仅功效变多，价钱也见天涨。这可是大好事儿啊，发展旅游业不就是为了带动当地的经济吗？上至领导下至摊贩都觉得这是大好事儿。只有根叔轴，他作为把野菠萝带上摊的第一人不仅不涨价，还劝别的摊贩少赚钱，还想让领导少功绩。没人听他的，他见这样“坏”不了别人好事，他就到摊位上跟游客摆事实讲道理，游客能放弃美容、降血压降血脂的好机会吗？不能呀，所以只有根叔一个人轴。

高价卖野菠萝挣昧心钱的人多了，老老实实的轴人根叔不就成了神经病吗?

让我来猜根叔会一直这么轴吗？我猜他会，毕竟黑的它变不成白，砂砾变不成金。经不住真相考验的野菠萝，可能终将会回到深山无人问津。发展旅游业能带动经济，却改变不了贪婪的人心。(袁佳琪)

白净一

/孙全鹏

白净一是将军寺村第一个严格意义的城里人。

大学毕业那年，父亲非要让我留在市里，我坚决不同意。我说："在市里工作有什么好？又没有一个亲人。"爸爸说："有，谁说没有呢？"这时我才知道在市里有个亲戚白净一，按辈分我应该喊他叔叔。

爸爸带我去见他，还买了礼品，白净一穿着华贵，说话不紧不慢，俨然一个城里人。他家里收拾得很干净，见我们来特高兴，还打电话给我联系到工作。爸爸很高兴，没想到多年不见，他还认这个老家人。中午，白叔叔又带我们到大饭店吃饭。聊天中得知，他小儿子快结婚了，但一说起白婶婶他就不住感叹："她忙，天天带着儿子四处跑……"

白叔叔一直把我们送到车上，车子走了老远，他还站在那里。回来的路上，我问爸爸："白净一怎么进的城？"爸爸笑了："他的故事很奇特，跟他一个儿子有关。"

二十年前，那时候白净一才三十来岁，是个闲不住的主儿，经常到乡里县城进点日用品，赚个辛苦钱。有一天晚上回家，他看到一个七八岁的孩子在路上哭。他抱起来孩子，用大衣包住他抱回了家。为这事，媳妇还给他生了一场气。

白净一问孩子："你家在哪儿啊？"孩子只是哭，成了一个泪人，什么也不说。他猜想孩子是饿了，就给他拿点吃的方便面和糖果，孩子一吃，与白净一也不陌生了，问啥答啥。孩子说了自己的名字和地址。白净一对媳妇说："乖乖，他是市里的？怎么跑到将军寺村了？"媳妇说："你别张经这么多事，到时候还惹得一身骚。"

多年以后，白净一仍然不后悔当初的选择，反而村里人却悔断了肠子，他们也发现了那个孩子，但没有一个人操这份闲心，更没人愿花五块钱把孩子送到城里。

白净一带着孩子，花了五块钱去了市里，费了好大工夫总算找到孩子的家长。孩子妈妈抱着孩子哭了，孩子的爸爸是市卫生局局长，当即给他一百块钱表示感谢，白净一没接钱。孩子爸爸说："你是大恩人，你有啥要求，尽管提。"白净一说："我是做生意的……"孩子他爸说："我们局旁边有间空房子，你在那里卖点东西吧！"

这样白净一和媳妇进了城，卖日常用品，卖水果，门面慢慢地变大。

后来，领导又到市政府当官，白净一把店开到了市政府旁边，生意更红火了。白净一懂人情世故，逢年过节就看望孩子，到孩子过生日时也学起城里人给红包，两家的关系一直很好。白净一在市里面买了房子和车子，孩子在城里上了学。将军寺的人都羡慕他，说这都是命啊！

白净一的老婆死了，不知道什么原因，他找了一个二十多岁的姑娘当老婆。那个姑娘最初在店里给他帮忙当收银员，时间长了非要嫁给白净一。对于老牛吃嫩草的事，将军寺村的男人们羡慕死了。这都是命啊！

那些年，我上高中、上大学花了不少钱，家里穷，后来我才知道这都是爸爸找白叔叔借的。包括这次找工作，我都很感激白叔叔。后来我结婚买房子找他借钱，他二话不说，出手就是三万。他的儿子在身边，眼睛盯着我看，我喊他："哥，你在哪上班哩？"他面无表情，却有点凶。后来我才知道，他这个儿子脑袋有点问题，花了不少钱但没治好。

前年八月十五学校放假回家，爸爸非让我把家里的柿子带给白叔叔，我说："城里有的是柿子，十来块钱买一大堆，吃都吃不完，谁稀罕呢？"

"你这孩子，家乡的东西，吃着不一样的味。"我带着一篮子柿子去白叔叔家。

白叔叔家我只去过一次，凭记忆找到那个楼。一群人正讨论着什么，几辆警车停在那里。警察正拖着一个人出来，我一看正是白叔叔家的儿子。有人说，他杀人了。

怎么杀人了呢？

一打听我才知道，白叔叔的儿子和年轻的白婶婶发生争执，儿子捅死了白婶婶。白叔叔当时不在家，外出进货了，发现时一切都晚了。有人说，这孩子傻是傻，可他知道家产迟早会被分割，就产生了敌意；也有人说，这孩子看见他后妈不正经，替他爹出气；也有人说，是这傻孩子不正经，对他后妈有想法……

白叔叔没留在城里，房子卖了，把所有积蓄都带回家，给村子修了一条柏油路，一分钱也没有留，又回到了将军寺村。他经常说："钱都是祸害，还是家乡好。"他从来没有感觉家乡如此亲切。在将军寺河边他开垦了三分地，种点菜，没事就找上年纪的人聊聊天。

太阳升起来，他起床，围着村子一遍遍地走，走不完，看不够；太阳落下去，他睡觉，梦里也一遍遍地想着家乡，梦不够。

这次回家，我专门去白叔叔家，他显然老了，饱经沧桑的脸上布满了皱纹，胡子长长的，衣服上脏兮兮的。我给他带了瓶酒，中午吃饭时他不住地说："要我说，还是家乡好，你说你们这些年轻人，拼命去城里干啥呢？"

我没有说话，抬起头，分明看到白叔叔满眼都是泪，一滴一滴落在酒杯里。

《小小说月刊》2019年第4期

评鉴与感悟

有多少人在城市与乡村间来回奔波为了家里老小的吃吃喝喝，有多少人在北京地下室里构筑自己的商业王国，又有多少人历经千帆还是觉得家里的饭菜才能安慰疲惫的心。很多时候让人难受的不是现实世界的残忍，而是自己的一颗上进心。在帮城里领导找回孩子的契机下，白净一能够去到城市过光鲜舒适的生活，但家中变故给了他致命打击。

可谓是成也儿子，败也儿子。唯一不同的是成于别人的儿子，败于自己的儿子。

为了家庭更美满而忙碌的白净一没错，生下来就痴傻的大儿子也没错，年轻的白婶婶更是没有过错还搭上了一条性命。那错的到底是什么呢？用文中的一句话来回答，那就是命。

但很多人做不到这么超脱，生死看淡。白净一把缘由都归结到自己身上，归结到对城市生活的追求上，归结到贪婪上。家破人亡的白净一只能把生的希望寄托在那个贫穷，但是家人健在的将军寺村。

我们有勇气去追求，没有勇气面对悲剧。追求从来就不是错，“得之我幸，失之我命”，与大家共勉。（袁佳琪）

退休邮递员伊琳卡

/阿心

我的邻居伊琳卡是个孤老太太，退休前是邮递员。没错，不同于中国，匈牙利有女邮递员，就是那种骑自行车走街串巷，送信送报的人。许是对自行车有感情了，别人饭后散步，她却骑着自行车遛弯儿。

自搬到小街，每到圣诞节，我都送她小礼物，一瓶托卡伊葡萄酒啦，一盒椰蓉巧克力啦，甚至我们商店卖的女睡袍之类的，她都喜欢。收到礼物，她总是拥抱、布西（匈语：吻面颊）、致谢，然后，扫一眼房间：“喏，我送你什么礼物好呢?”君子不夺人之爱，望着她家大大小小的工艺品，我微笑：“不用不用。”她松了一口气，连说：“谢谢谢谢!”

邮递员微薄的退休工资，勉强够支付伊琳卡一个月的吃喝和日常花销，我让她到我们商店买东西，说可以打八折。她挑了满满一篮子衣服，试来试去，问：“我穿这件好看，还是这件?”又对着镜子照来照去，然后一件一件地往外拿，眼神是那样不舍，像是与情人离别。付款时，只留下两件。我说：“你要是喜欢，给你留着，下月你发工资了再买。”她连忙赏我一个布西。

那年六月，伊琳卡家的樱桃熟了，一颗颗又大又红的樱桃叫人眼馋。周日，她唤我摘樱桃。那么一大棵樱桃树，反正老太太也吃不完，我索性拿了两个大塑料袋，边摘边尝。刚摘了一满袋， 老太太忙说：“算了，差不多了吧？”我脸红了，人家让你摘樱桃，许是意思一下，点到为止，自己却摘那么大一袋子，太贪。伊琳卡的脸比我还红，她轻声说：“我还要拿到菜场上卖。”人家老太太全靠卖樱桃补贴家用，我简直无地自容。

今年，不知何故，伊琳卡的樱桃颗粒无收，便摘了一小盒红红的覆盆子送我。我尝了一个，酸中带甜。许是觉得覆盆子分量太轻，她又拿出一瓶杏酱，说是自己做的。老太太的自制杏酱，比超市的果酱强一千倍，说不上好在哪里，就是喜欢。我盘算着如何还人情。

机会来了，我家的母狗虎妞怀孕了，伊琳卡隔着围墙招呼我：“待狗生了，可不可以送我一只小狗？”虎妞是德国品种罗威纳，小狗在市场上也能卖个好价钱。一窝好几只，送她一只无所谓，谁让我吃人家的嘴短呢！我点头应下了。

没等虎妞产崽，伊琳卡家就传来了汪汪的狗叫声。她在园子里拔草，一只白色卷毛小狗在一旁晒太阳。我不免吃惊：“伊琳卡，你买小狗了？”她说：“是啊。漂亮吗？”我说：“漂亮。”她说：“很贵，一万多福林哪！”价钱差不多是她工资的五分之一。

放着免费的狗不要，偏偏自掏腰包。况且，我家的是德国有名的看家护院犬，那小卷毛就是个跟屁虫，这老太太，傻呀？

“你不要我们家的小狗了？”我还是问了。她说：“我想了想，不合适。”我问：“为什么？”想必是她觉得罗威纳狗的市价不菲，不好意思要。

伊琳卡指着绿色铁丝围墙说：“妈妈在这边，孩子在那边，假如我是狗，会伤心的！”

我半天没说话。

从此，傍晚时分，伊琳卡的自行车前篓里，多了一个毛茸茸的小家伙。老太太骑车遛狗，潇洒自在的身影，成了我们小街的一道风景。

选自《百花园》2019年第7期

评鉴与感悟

小时候爷爷买的桃片并不能满足"我"对零嘴的一切想象，只有隔壁胡奶奶那里才能让"我"真正满足。小包装袋装好的花花绿绿的小零食，装在小果篮里，摆在铺了棉质桌布的茶几上。拿两三个是可以的，一旦超过三个，胡奶奶就会推推鼻梁上的眼镜，接着把小果篮往里面挪一挪，我就知道差不多了。似乎每个人的童年都会有这样的一个邻居奶奶，说不上大方，但也绝不算小气，把自己的一方小天地管理得井井有条。

伊琳卡也是这样一个温暖的老太太。

坦然接受善意，及时给予感谢的反馈，在能力范围内回报——一个东西、一个拥抱、一小袋红樱桃、一罐自制杏酱。在被婉拒回礼后的无语，在我读来都是一种可爱心理。

渴望一只小狗来陪伴自己，但也绝不剥夺狗妈妈和小狗陪伴的权利。人性的温情是温暖人心最有力的法宝。(袁佳琪)

姚黄魏紫

/田双伶

听到门铃响，我起身去开门，一下子惊住了。

眼前站着一位端庄优雅的妇人，卷发，淡妆，穿着暗色花纹香云纱套裙，很有几分雍容的贵气。

她冲惊诧的我嫣然一笑，报名介绍自己。原来是昨天我预约的家政公司钟点工。我还以为隔壁富豪家的亲戚走错了门。

她在门口套上鞋套，又进卫生间换了工装出来，问我先做厨房还是先做客厅。

我说，客厅吧。

给她倒茶的间歇，我去化妆镜前扫了一眼镜子里的自己：这个发型凌乱满脸憔悴的人，是我吗？

我坐在沙发上接着追剧，喝茶吃点心。她跪着细心地擦地板。擦到茶几前时，我赶忙跳起身，站着和她说话。

这位姓姚的钟点工说她是洛阳人。我说，牡丹之乡的人，您可真有些牡丹的雍容气质呢！

她的眼眸里似乎是惊喜的，羞涩地说，大概是因为我胖吧。

茶几，电视柜，书柜，甚至连花瓶里的百合，她都小心地用纸巾裹住花蕊拔掉。回头对我说，花开了你把有花粉的蕊拔掉，这样百合看着干净，花期也长。

我点头彻悟，长长地噢了一声。

她把我书桌上的书挪动一下，擦过后，又按原位置放好，连茶杯的手柄都摆回原来的方向。不像上次来的那位家政大姐，擦书桌的时候，把刚泡上茶的热茶杯墩在我的书本上，把书本烫出一个圆形痕迹不说，溢出来的茶水还把书页给洇湿了。

我说，你们公司的服务费有点儿贵呀。

她擦着窗台上的灰尘说，是的，价钱贵些，但是服务品质比别家高很多的。接着她说自己刚报了一个培训班，准备考育婴师证，以后就不做家务了，年龄大了有点儿累。

我说，育婴师工资很高的，可是也很辛苦。她的笑容里有些疲累，说，是的，不过我喜欢孩子。再说，也不用像做家政这么跑来跑去，年龄大了腿脚也不利索了。我又仔细地看了看她，四十多岁的样子吧，保养得还不错，再老也不到五十岁的。

收拾完屋子，她又换回来时的衣服。我留她坐在阳台上喝茶，看她喝茶的神态，倒像一位养尊处优的人，丝毫想不起她刚才跪在地板上擦地的样子。

她望着阳台外面说，你们小区物业不太好，院子的绿化带也不整理。不过院子大，采光挺好的，离菜场也近。

我随口问她在哪儿住，她说住在枫丹白露。我暗暗吃了一惊，那可是这个二线城市的高档住宅区，是富豪精英们的居住地。我表姐回国后就住在那儿，每次去她家，走过小区门时我心里都怯怯的，那里的保安都保持着英式贵族的礼仪，物业费比别处贵好多。住在那里的人，怎么会出来做钟点工？我好奇，但是克制着没问。

对她的服务很满意，为了以后联系方便，我和她互加了微信，她的昵称是“姚黄魏紫”。

我抬头问，牡丹呀?

她说，嗯，是两种不同的牡丹。接着她指着藤柜上大大小小的咖啡罐说，姑娘你是不是老喝咖啡呀，会影响睡眠的。你可以泡一些花果茶，养颜，经常煲汤给自己喝，女人要学会爱自己。

晚上，她发了一条微信给我：和你一比，显得我好没文化啊。若下次去你家，能不能借几本书看？

我回复她：好呀！有时间就来挑。

天已入秋，我去给表姐送东西。表姐下楼接我，顺路到服务中心去交物业费。一进门，看到三个工作人员正与一个女人争论。听了几句，原来是该交物业费了，女人已经拖欠了两三个月，工作人员的话语客气中透着斥责。

女人喏喏着说，这样吧，妹妹，到月底我必定会交上的，你放心吧，都住了几年了你知道我的。

工作人员无奈地说好吧好吧。

女人连连道谢后转身离开。

竟然是她!

我望着女人离去的身影吃惊地呀了一声。一位工作人员摇摇头说，我就不明白，她干吗不把房子租出去，一个月也四五千块的，非得住在这里，又不会挣钱，何苦呢?

另一个大抵是新来不久，问，她那房子都值几百万了，为什么连物业费都交不起呀?

一个说，她常年在家，做饭煲汤照顾老人，人倒是很贤惠，可男人在外边早就安了家把财产转移走了，她一点儿都不知情。男人也绝情得很，只留给她一套房子，一分钱都不给，他们在一起过了那么多年，又没有孩子，不知道她出去做什么，挣一点点钱贴补家用，也够不容易的。

办完手续，表姐和我默然无语。等电梯时，表姐忽然叹了口气，说，每个人都有自己的深渊，都要学会临崖而立。

我点点头，她在国外求学多年，深知她有多少难言之苦。

在表姐家吃东西喝茶看剧，我有些心不在焉，坐了一会儿便告辞回家。临出门时表姐特意说：过几天你再约她，多给些小费，她的事心里知道就行了。我点头应允。

穿过楼前的草地，紫藤架前有几个女人坐在青石台上聊天。我一眼就看到了她，正抱着一只泰迪和人说笑。

我拎着手提袋从藤架前缓缓走过去，经过她面前时，她的目光从我脸上一扫而过，又别过头去。

《天池小小说》2019年第8期

评鉴与感悟

这篇作品一下子勾起了我对“姚黄”“魏紫”两种牡丹极大的好奇，百度一下终于得见真身。“花品姚黄冠洛阳，巴中春早羡孤芳”，姚黄像一大个蓬勃、嫩黄的纸灯笼，炫目夺人。魏紫作为牡丹四大名品之一，花瓣更加繁复、华美。我一下子就懂了那位钟点工的微信昵称，没有养尊处优过的人，绝对摆不来经年累月才有的气质和修养。普通的钟点工再怎么勤奋严谨，都不会知道拔掉有花粉的花蕊才能延长百合花的花期，看起来也更加干净。每一处细节似乎都在暗示着她的与众不同。

直到去了表姐家才对她有了更深的认识，她宁愿承担高额物业，独自苦守着那处空房，也不愿离开。是对昔日自己的留恋不舍，还是对家里老人放不下的责任，我们不得而知。但是擦肩而过的互不相认，仿佛才是“我”能给予她的最大善意。

不论留下来的原因是什么，我们都不能否认，能留下来就是一种勇气，是一种不退让和对自己的坚守，望诸位读者能共勉。（袁佳琪）

第十辑

人生百味

人类社会是一张人际关系织成的网，这张关系网每天都落着爱恨喜怒各式各样不同的情绪，演绎各种让人感动、震撼的人间百戏。个中滋味虽不同，但我们都无法离开这张网，要在这张网里努力寻找一个平衡点。

这一辑讲的是各种人之间的关系，有父子、母女、情侣、邻居，甚至陌生人。在空巢老人，闹分手的情侣，各样市井商家这些普通人背后，都有一个不那么普通的故事。或许有一篇讲的就是你我经历过或正在经历的人生。这也恰恰是现实题材的魅力，阅读过程中会与自己的经历产生共鸣，越是平凡的故事越容易触动心弦。故事或许“平凡”，但人物不凡，看过了太多各类英雄天花乱坠的故事，这次就让我们走进普通人的世界，聆听他们的故事。或许你细心观察，这些主人公，可能就在我们身边。

展开书卷细细品读，合上书页静静思索，希望你能在此有所收获。无论如何，都祝你能更加坚定地面对接下来的百态人生。（吴春明）

我们到此结束

/刘国芳

有时候，男人会觉得很孤独、很无聊或者很空虚，这时候男人不想待在家里，想出去，去到一个很远的自己从没到过的很陌生的地方，最好会发生一些故事，比如遇到一个女人，一场艳遇。这天，男人就这样想着，后来，男人行动了，开着他的车出来了。

那是一个阳光很好的天气，这样的天气最适合外出，男人开车出来后，并没想过去哪儿，只顺着马路往前走。忽然，男人看见前面马路边站着一个女人，而且，这个女人还向他的汽车招着手。男人有些开心，很快把车开到女人跟前并停了下来，男人说："你做什么？"

女人说："想搭你的车。"

男人求之不得，说："上车吧。"

女人说："等一下。"

女人说着，绕到车后面，用手机拍下了男人汽车的车牌，然后才上车。男人坐在车上，并不知道女人拍下了他车牌，男人在女人上车后问："你去哪里？"

女人说："我还没想好去哪儿，先搭你的车往前去吧。"

男人说："你一个女人，怎么敢随便搭陌生人的车？"

女人说："不怕。"

男人说：“怎么不怕，要是我是坏人呢?”

女人说：“我已经拍下了你的车牌号并发在微信上。”

男人当然也有微信，男人说：“你把我的车牌号发在微信上做什么?”

女人便把手机伸到男人眼睛前，女人说：“你自己看吧。”

男人便在女人手机上看到他的车牌号和这样几个字：

搭这辆车去远方。

男人看过，跟女人说：“你倒是有心计。”

女人说：“防人之心不可无嘛，要是我出了什么事，公安就知道我与这辆车有关，你也就脱不了干系。”

男人说：“你要去远方，怎么不邀个伴，就一个人出门。”

女人说：“只想一个人出来。”

男人问：“为什么?”

女人说：“有时候，我会突然觉得自己很孤独，很无聊或者很空虚。”

男人接嘴说：“这时候不想待在家里，想出来。”

女人说：“是，想去一个很远的，自己从没到过的，很陌生的地方。”

男人忽然笑了笑，男人说：“最好会发生一些故事，比如遇到一个男人，一场艳遇，是吗?”

女人说：“你怎么知道?”

男人没回答女人，只说：“你看我合适吗?”

女人说：“难道今天会有故事?”

男人说：“有可能哦。”

话说到这种程度，男人和女人不发生故事都不可能。男人和女人这天去了一个景区，这景区距他们所在的抚州市有几百公里。在这儿，男人和女人可以像情人一样。事实上，别人看他们也像一对情人。女人看见别人看他，还是有些不自在，女人跟男人说：“在别人眼里，他们会觉得我们是什么关系?”

男人说：“情人关系呀。”

女人说：“我们才不是情人哩。”

男人说：“但我们走在一起，人家绝对会以为我们是情人。”

女人说：“千万别碰到熟人。”

男人说："不会，这儿离我们抚州那么远。"

女人说："但愿。"

两人在一起，也会说些别的话，男人就看着女人说："你还是个美女哩。"

女人说："才看出来呀。"

男人说："你一上车就看出来了。"

女人说："你也不错，挺文雅的。"

男人说："谢谢!"

差不多整整一天，他们都在一起，到晚上了，他们也不想分开。事实上他们也分不开，他们并没有回来，还在景区。这样，他们要在景区过夜了。他们去开了房，开房的时候男人没问女人开两间还是一间，女人压根也没提这事。男人只开了一间房，进房后，男人一伸手抱住了女人。

男人女人真的有故事了。

第二天早上，他们离开了景区，几个小时后，他们回到了抚州。一到抚州，他们就分开了，但分开前，他们彼此留了微信。男人在女人走后，发了一条微信跟女人说："谢谢厚爱，以后还可以见面吗?"

女人回复："看心情，心情好的话，可以。"

男人发去一个笑脸。

再来说说男人，男人在机关上班，是个不大不小的官员。这天，男人在机关食堂吃饭时，竟意外地碰到了女人。女人边上有人，他们喊女人李主任。女人也看见了男人，她愣了一下，然后连招呼也没打，就从男人跟前走过了。

男人愣在那里，但很快，男人回过神来，男人没想到女人也在机关工作，男人觉得这事不大好玩了，也不能再和女人玩了，男人拿出手机，给女人写了这样一条微信：

不能再联系了，我们到此结束。

写好，男人正要发出去，忽然，男人手机一响，女人给他发来了微信，同样是这样几个字：

不能再联系了，我们到此结束。

选自《短篇小说》2018年第11期

评鉴与感悟

男人和女人去的远方和现代人的网络世界有异曲同工之妙，都是一个可以放空自己的理想桃花源。在信息爆炸的时代，人们越来越依赖网络，在这里能迅速接触到世界各地的陌生人，和他们沟通。遇见、聊天、告别，一系列下来可能连五分钟都不到，一些不敢或不能对身边人说出的话，在网络世界里都能得到安慰和化解。

在现实的工作和生活中，人们无形中为自己包上了一层外壳。在快节奏生活下，人们只能一直被推着往前走，压力像滚雪球一般越来越大，人们也更加渴望能尽情地释放自己的情绪。所以男人/女人上路了，去一个很远的地方，遇到另一个女人/男人。现实和桃花源是两个完全独立的世界，在桃花源里面，他们可以放下责任和伪装，完完全全只做那个不完美有缺点的自己。他们在相遇的时候，是放松的，同时也是保持警惕和冷静的。放松是因为这里离现实很远，警惕是因为要防止现实入侵，冷静是因为他们都懂得桃花源只是一个暂时的藏身之所，终究是要回去的。当他们发现这个隐秘的“桃花源”和现实有联系的时候，就是该结束的时候了。

男人女人会不会在一段时间后重新出发，寻找桃花源，我们不得而知。我们在生活中该如何化解伪装和压力，我们的桃花源又在哪里？我们仍不清楚。这些问题在无聊的时候或许可以细想一番。（吴春明）

在城市写下你的名字

/李伶伶

每次工地开工，长明都盼着大楼早日完工，完工后他就可以给大楼外墙刷涂料了。比起盖楼房，他更喜欢干这个。他小时候就喜欢在墙上涂涂抹抹，朱花就是因为这个喜欢上他的。

想到朱花，长明就满脸的幸福。朱花长得好看，给她介绍对象的人有的是，她都不同意，独独看上了他。就凭这点，他就得一辈子对朱花好。

大楼建成后，老板把涂料交给长明，说，五遍，一遍也不能少。长明不是第一次给大楼外墙刷涂料，知道能说出这话的是好老板，有的老板只让他刷两遍到三遍就完工了。

给大楼外墙刷涂料，前后有十道工序，第一道是检查墙面的基础情况并做记录，然后清点墙面，处理墙面的孔洞及裂缝等，做完这些才开始刷第一遍涂料。

第一遍涂料还没刷完，长明接到朱花的电话。朱花说，你干完活了吗?咱俩见个面吧。长明一想，他跟朱花有两个月没见了。

俩人在一座城市打工，朱花在城东一家饭店做服务员，长明在城西近郊一个工地干活，相距不足五十里，见一面却不那么容易。长明的工作没有休息日，除非下雨。朱花每月休息两天，但有时饭店一忙也休不了。刚来城里时，朱花总是想长明，不到一星期就跑出来见长明一面，有时就是看看他，说几句话就得回去。长明心疼朱花，改成他去看朱花。长明白天没时间，晚上吃完饭赶到朱花那里，都快十点了。赶上饭店收工早，俩人能多聊一会儿，赶上饭店红火，长明就得坐在一边等，经常是朱花还没忙完，长明就睡着了。这时朱花又心疼长明，不让长明来看她。她想长明时也会克制着，等俩人都有空了再见面。这样，见面的次数就少了，有时一两个月也见不上一面。

长明很想马上见到朱花，可是他的活还没做完，就说，等我把第一遍涂料刷完就去找你。

挂掉电话后，长明心情很好，哼着小曲儿继续刷涂料。忽然心血来潮，在墙边的空白处用滚刷的头画了只小猪，又在小猪的头上画了朵小花，然后在下面写了“朱花”两个字。

他第一次画带花的小猪是俩人在一起不久后，忘了因为啥，长明惹朱花不高兴了，他不知道怎么哄，就木木地站在一边。想抽支烟，掏烟时碰到了兜里的铅笔头，灵机一动，把烟盒撕开，在上面画了起来。画完递给朱花说，这就是你。朱花看到烟盒上画着一只憨态可掬的小猪，头上还戴着朵小花，又气又笑，转身就来打长明。长明赶紧躲，朱花追着他打，直到长明承认画的是他自己，朱花才肯罢休。之后，每次想起这事，长明都忍不住笑。

长明用手机给小猪拍了张照片，想给朱花发过去，想想又没有，等见面后再给她看。他收起手机赶紧用滚刷把小猪和名字抹了，要是让老板看见，可坏事了。

刷完涂料后，得晾一晾，趁这空，长明去了朱花那里。朱花正好不太忙，让长明去外面等她。

长明在街边的银杏树下等朱花。不一会儿，朱花出来了，手里多了个兜子。

朱花把兜子交给长明说，这里的东西都是你给我的，现在还给你。

长明不解地问，为啥呀？朱花说，咱俩分开吧。长明很惊讶，说，为啥分开？朱花不说话，不管长明怎么问，她都不再说话。

那天，长明不知道自己是怎么回到工地宿舍的，他好像把自己灌醉了，睡了很长时间。醒来时头很疼，心里比头还疼。他发现自己一直抱着朱花给他的那个兜子，打开兜子，掏出里面的东西，有衣服，有裙子，有金项链，还有他画过小猪的那个烟盒。看到那只戴花的小猪，心里再次疼了起来。

老板给他打电话，问他涂料刷几层了，他才想起活儿还没干完。

长明开始刷第二层涂料，刷到他画过小猪的那面墙时，停了下来。小猪虽然被他涂抹了，但是还能隐约看到一点影子。他赶紧用滚刷在影子上又刷了一层涂料，影子更模糊了，但是朱花的身影却一点也没有模糊，顽固的盘踞在他脑间，挥之不去。

当初来城市打工，是朱花的提议。长明想跟朱花结婚，朱花父母说，要结婚必须先盖新房。长明家拿不出盖新房的钱。朱花说，不怕，咱俩去城里打工，一人一年挣两万，两年多就能挣够盖房子的钱。朱花的计划很好，可实际情况却没那么乐观。虽然每月都挣钱，可是也要花钱，长明出来三年了也没能攒下两万块钱。

朱花是因为这个离开的吗？

刷完第二遍涂料，长明又去找朱花，想跟她好好谈谈。还是在下午人少的时候去的。还没走到饭店门口，就看到朱花跟一个穿着体面的男人从饭店出来，上了一辆轿车。长明跑过去想跟那男人干一仗，还没跑到跟前，车已经开走了。

那天下了很大的雨，长明被浇成了落汤鸡，回到宿舍发了高烧，躺了三天才好些。老板见他病了，想换个人刷剩下的涂料，长明说啥都不同意。这栋写有朱花名字的大楼，他一定要自己刷完。

两个人恋爱，朱花一直顶着压力。五年来他确实没给过朱花什么，尤其是来城市这三年，连见一面都不容易，还谈什么照顾。朱花有追求自己幸福的自由，他不怪她。

刷完第五遍涂料的时候，他画小猪和写朱花名字的那个地方一点痕迹也看不出来了。看着那个地方，长明在心里说，朱花，我原谅你了。这么说的时候，眼里有东西涌了出来。

选自《天池小小说》2019年第6期

在快节奏都市里生活的人们都太急迫了，遇到打击首先想到的是抓紧时间调整好状态，就像所有一切都没有发生过。但其实每个人在失去的时候都需要一个仪式，留一段时间思考，以此来告别过去，开始新的生活。

这个告别对朱花来说是归还长明送的礼物，对长明来说，是画一只代表朱花的小猪，一次一次，一笔一刷把它涂抹掉，直到消失不见，直到长明在心里说：朱花，我原谅你了。在这个“告别仪式”里，我们难过、愤怒、逃避，但终究有一个时间点，我们与自己和解，也与这个世界和解。

长明刷五遍涂料的过程中经历了喜悦、痛苦、疑惑、释然这样几种心境，这五遍涂料成了贯穿小小说的线索，随着涂料一层层增加，两人爱情的始末原原本本地展开在读者面前。明明两个人两情相悦，却因为现实因素不断受折磨，最后不了了之。我们都期待公主与王子般的美好结局，期待男女主人公能永远幸福快乐地生活在一起。但回到现实，每个人又不得不面对“面包与爱情”之间的抉择。没人告诉我们，王子和公主也会吵架，随时间流逝也会衰老长皱纹，但事实却是如此。可能有一天长明会认识新的女孩，投入柴米油盐的繁杂生活，或许还会在某个时刻忘记朱花，但朱花的名字会永远留在这个城市大厦的墙壁里。（吴春明）

请喊我潘若云

/梁爽

潘若云真的老了。

她不在家，打电话也没接，我是在公园里找到她的。她没去看广场舞，也没去听京戏，我找到她时，她正在西北角的竹林边听一个小伙子念报纸。小伙子念得结结巴巴，一听便知肚里没几滴墨水，潘若云却半眯着眼睛听得入神。两人中间的桌子上摆着血压计、宣传单，还放着潘若云的拐杖、水杯、老花镜、软帽和开襟的驼色毛坎肩。

见是我来了，潘若云起身。小伙子忙抓起坎肩和软帽替她穿戴好，把老花镜帮她放进包，又把拐杖水杯递到她手里。潘若云说，再见啊小刘，我明天再来。被唤作小刘的小伙子笑着说，潘奶奶再见，明天我把药给您送过去。

离开了小刘的视线，我问潘若云：又买了什么药?

降血压，提高免疫力的。潘若云说得轻飘。

又是保健品，都是骗人的。

不用你管，我自己的钱。

你的钱是大风刮来的吗？妈，能不能别这么执迷不悟，你买了那么多保健品，也没见你怎么吃过。

潘若云不再说话，我们彼此沉默地走着。公园门口有个三级台阶，潘若云一手拄着拐杖，一手托着腿弯处，上一级托一下。我伸手想去扶她，她摆了摆手，没让。

我的心颤了下。想当年潘若云站在师大的讲台上，也是个叱咤风云的人物。

你今天怎么有时间来，不用出诊吗?

我被医院派去德国做访问学者，下周走，三个月以后才能回。

你不出国不也是个把月才来一次。

妈你别这样。

我怎么样了?!

现在的潘若云对我和弟弟说话就是这样，要么冷嘲热讽，要么夹枪带棒。父亲走后的第一个冬天，潘若云去楼下市场买菜，在卖鱼的摊位前滑了一跤，小腿骨折，被邻居送进了医院。彼时恰逢我参加市里组织的乡村医疗公益活动，在一个偏僻的山村。我第二天赶到病房的时候，潘若云铁青着脸对我说，我不是你妈，以后喊我潘若云。

想起父亲在时，他把潘若云照顾得无微不至。我们每次回家，她总会说，年轻人要好好干事业，你们优秀，妈妈脸上才有光。我和弟弟按照母亲说的，几乎把全部精力拼到了工作上，直到弟弟远渡重洋去了美利坚，我也成为院里最年轻的主治医师。潘若云曾在电话里对她的妹妹说，养个有出息的孩子，不如养个孝顺的孩子，我两个孩子都有出息又能怎样？一个只在过节时打打电话，另一个只会给我钱……

潘若云说得没错，对于我和弟弟来说，相较于金钱，时间显得更为奢侈。我们不知道被谁绑架上了战车，在时间的囚笼里只能不断前行，不敢转弯，更别提调头。

打开家门，屋子里蹿出一股寒气。顾不上换衣服，潘若云便倚到床上休息。

冰箱里姹紫嫣红，红的番茄绿的黄瓜紫的甘蓝白的牛奶一应俱全。潘若云说，是小刘帮买的。

哪个小刘？问后我即想起，公园里卖保健品的小伙儿姓刘。

厨房里的水龙头是新换的，光鉴照人，一串英文数字彰显着“九牧”的标志。潘若云说，是小刘帮换的。

煤气表上的五个黑色数字除了六便是八，看起来很吉利。潘若云说，不用看了，小刘上周充的值。

我一边洗菜一边琢磨着，还有什么事儿要嘱咐潘若云。对了，血压，不知道潘若云最近的血压怎么样？

我用围裙擦了擦手进到卧室时，却看到潘若云半坐半卧地睡着了。头歪向一边，正好靠在一摞高高的保健品药盒上。鲜红色的药盒全都没有拆封，在潘若云满头白发的映衬下，鲜亮而刺眼。

选自《椰城》2019年第1期

评鉴与感悟

亲情也是需要经营的，甚至比其他感情要付出更多。因为无论是爱情还是友情，面对的基本上都是同龄人，沟通没什么障碍，而亲情的对象往往是隔辈的，有巨大的代沟，需要更多的耐心和包容才能使这份情感保温。

人们都说："远亲不如近邻。"这句话映射到潘若云身上变成了："亲儿女不如卖药的。"如果让外人分辨，甚至会觉得这个卖药的小刘更像是亲生儿子。潘若云感动于小刘的照顾，买了大量的保健品，看到这里不免对这个白发苍苍的老婆婆产生了浓浓的心疼。都说养儿防老，其实潘若云想要的只是子女的关爱和陪伴，但这恰恰是"我"和弟弟因为忙碌最给不了的东西。其实看到最后每个人都不免想到自己的父母长辈，我们陪他们的时间又有多少呢？近年来关于"空巢老人"的讨论越来越激烈，这也正是我们作为子女需要考虑的。读到这里，是不是要考虑给父母拨一通电话了？他们有多久没有听到你的声音了？

这篇小小说叙述简洁有力，详略得当，大量的短句成段和问号、感叹号将人物的对话和心理表达得淋漓尽致，好不生动。作品的细节描写也极其动人，小刘的细致热情、潘若云的孤独和倔强、主人公"我"对潘若云的生硬和愧疚都跃然纸上。并且采用插叙的手法写出老妇人的身份，以及主人公称呼她为"潘若云"的原因始末。潘若云的形象

随作品展开逐渐丰满，犹如解谜一般，也是阅读过程中的一大乐趣。（吴春明）

琢　舞

/李佳怡

晨光初现，一片一片的雪花悠然而落。在大雪中，一个细高个儿的男人，翩然起舞，他的舞姿与飘落的雪片相映成趣。

这个男人叫王琢，老李认识，是做小买卖的。做什么小买卖呢？不好定义。这么说吧，什么快，他卖什么：灯节他卖元宵；清明节他卖冥纸；中秋节他卖月饼；春节他卖鞭炮；樱桃下来他卖樱桃；毛桃下来他卖毛桃……不管卖啥，一年四季他不闲着。

老李早晨遛弯，恰好遇到王琢在自己的摊位前跳舞。老李乐了，问，王琢，你跳的是什么舞啊？

王琢说，琢舞！

什么“拙”舞？就是笨蛋舞吗？

你没听说，倒也不算你孤陋寡闻。因为这个舞蹈，是我王琢创造的，所以叫琢舞！以后，我会让我的舞家喻户晓，你会慢慢听说的！

王琢乐呵呵地说着，老李的问话，一点都没影响他，继续跳他的琢舞。

老李“呸”了一声，也乐了。心想，家都那样了，还穷欢乐呢！

王琢的儿子七岁，脑瘫，成天靠人侍候。妻子精神分裂，一犯病就整天在外面疯跑，不着家，家里家外全靠他王琢一个人忙活。

老李又问了几句什么，但王琢不再理会老李，仍继续跳他的舞。

老李见王琢不搭理他，也就没了心思再看他跳舞，他还得遛弯锻炼呢。

老李走了一圈儿回来，老李突然想起来，该问问王琢今天卖什么了。

王琢一边跳着舞，一边回答说：我今天卖的是大豆包。我的豆包是正宗北票的，馅儿是正宗大芸豆的，皮儿是正宗大黄米掺小米的，用的水是北票松山五泉水。所以呢，我给我的豆包起了个品牌，就是“一二五”牌，扩展开来就是“一豆二米五泉水”！

王琢一边说着，一边跳着，看起来非常欢乐。

一听王琢说出“豆包”二字，老李就胃口大开。老李喜欢吃豆包，打小就偏好这口，问，多少钱一个？

王琢说，五毛钱一个。

老李听后心一沉，心想，可够黑的了。但又口犯馋水，实在顶不住诱惑，于是，咬咬牙买了十个，心想，不就是多给两块钱嘛，能咋的呀！

老李买完了，又陆续有几个老头儿跟王琢打听价格，听了报价，老头儿们竟头也不回地走了。

而那个王琢竟跟没长心似的还在跳。

老李回家把冻豆包蒸好了，一吃，黏黏的、甜甜的，真就不比平常的豆包，老李想，这钱没白花！

吃过了王琢的豆包，老李觉得应该再买些，就下了楼，直奔王琢的豆包摊，说，再给我来一百个！

王琢一边跳舞一边说，老李啊，我可不能卖给你那么多。最多，我卖你二十个！

老李一听急了，说，你是不是大姑娘要饭太死心眼了吧？开店哪有怕大肚子汉的？

王琢说，那你就不懂了，要不说你没有战略眼光呢。哈哈，我这是在打广告搞推广呢，要做大！

老李说，你可真逗，小题大做，卖几个豆包，还需要战略？还要有眼光？我看还不如赶紧卖了，多赚点钱呢！

王琢停下舞动的四肢，一本正经地说，我可不逗你！真是这样！

李老像不懂似的摇了摇头。

王琢还是像傻子似的跳舞。后来，王琢的摊子前经常有人围观，看王琢跳舞，走时顺手把豆包买了。

后来，老李天天来王琢家买豆包，也不多买，每次都是十个以内，够吃一顿的，他倒要看看王琢到底琢磨的是什么。

王琢的小摊上豆包没断过溜儿。

再后来，不但冬天王琢卖豆包，就是五黄六月，王琢还卖豆包。而且，有冻豆包、鲜豆包，还有已经包好的自己现吃现蒸的那种豆包，并且，都是北票的，广告牌子也竖起来了，“一二五”牌。

那时，王琢已经不摆小摊了，而是租了门市，常年经营起了豆包店。

当然，已经开了店的王琢已经不跳什么琢舞了，他没有那工夫了。

老李问，你咋不跳你那琢舞了呢?

王琢说，我是不是说过我要我的舞蹈家喻户晓?

老李说，说过呀，咋了?

王琢说，那不就得了嘛，买二两棉花你访一访（纺一纺），我王琢是不是家喻户晓?

王琢说着指了指自己的小店。

那倒是，现在谁不知道王琢的豆包店呢？谁又能离开它呢？

据说王琢的儿子仍然瘫着。好在，王琢的妻子精神分裂病好多了，都能照顾儿子了。

这时，老李才恍然大悟，说王琢是个有心人。

选自《北京文学》2019年第4期

评鉴与感悟

看起来疯疯癫癫举止奇怪的人说不定是个商业天才。这个世界上有很多东西是表里不一的，有时候看到的不一定真实，抛去刻板印象才能看到事情的本质。

小说开篇都是先渲染环境以衬托人物，在主人公出现之前，读者已经在脑海里描绘好了背景画面。虽然天气都冷冷的，但故事却是温暖的。王琢靠着自己的聪明才智闯出了自己的一番天地。读完精练的小小说，王琢晨光中优雅起舞的纤细身躯一直萦绕在脑海里。生活中有很多不如意的事情，有疾病，有纠结，有痛苦。我们不断学习的就是怎么与它们斗智斗勇，怎样和解，以及怎样在困境中舞蹈。希望在读到这里的你能，做生活越来越好的“王琢”。(吴春明)

遗　嘱

/子弋

一、别再去苦岸酒吧

当疯狂的猛士舞曲响起，整个酒吧开始战栗。

他适时地出现在酒吧，径直走向吧台前的转椅，无语落座。服务生心照不宣地送上一杯威士忌，放在他的手边。

他从不碰那杯酒。买酒更像是履行程序，或者是为了取得这个座位的资格。一开始，服务生感到奇怪，慢慢地，就对这个老男人失去了探究的兴趣，只在一旁漠然地打量着那杯酒，只等他离开后再收回去。

犀利的激光灯像狂舞的利剑，从各个角度穿刺着舞池中的红男绿女。他们一定很疼，摆着头，扭着腰，甩着臀，手臂抽筋，两腿发抖，像一群在地狱受难的魂灵。他面对舞池毫无表情，连目光也懒得一动，似乎在冷眼旁观，又像什么也没看到，如同一尊蜡像，或者酒吧特意安放的一件摆设。

一曲终了，他已经不知所踪。吧台上只剩下那杯酒，寂寥地映着多彩的灯光。

服务生常常怀疑他是否来过，又是否付过钱，最后，默默地取回酒杯。

二、走路要当心

寒风扯起风衣，他显得更加羸弱。

雪后的大地一片苍茫，不细看便分不出哪里是路。他不得不弓下腰去，把细长的身躯弯成一个问号，不停地捣着碎步，摇摇摆摆的，像一株风中的枯草。

转弯的地方须得当心，黑灯瞎火又人迹罕至，最适合歹人出没。过了这里，就可以看见远处的小区了。路灯昏昏欲睡，他两眼迷离。

看门老头儿脾气很古怪，对每个进出的人都详加盘问。又不是特别针对哪个人，他是没必要争辩的。再说，回来得这么晚，人家给他脸色看，他也应该兜着。

进了院子，还要提防楼前被雪覆盖的水沟，尤其是垃圾桶边的大坑。去年夏天的那个雨夜，他酒后迷迷瞪瞪地掉进去——三根手指倒是长好了，一颗门牙却换成了假的。

楼梯上的声控灯坏了很久。妻子又在黑暗中絮叨："怎么还不更换，又花不了几个钱……"

三、进门要开灯

开门。关门。进入客厅。

他兀自坐在沙发里，一动不动。窗户上挂着厚厚的窗帘，让屋子沉陷在加滞重的黑暗中。他听见了自己的呼吸声、心跳声，甚至血液在体内流淌的声音。这声音令他祖丧，无法和这亲切的黑暗融为一体。他想，也许只有到了那一天，一切才能平静下来。

他摸出一支烟，点上。于是，黑暗里多出了吸烟的动作和声音，多出了烟头上暗淡的光亮。这光亮闪闪烁烁，间歇性地照亮他面部的轮廓。

他好像在等待着什么，唯一等不到的是总也等不来的困倦。

四、多开窗通通风

门口响起钥匙开门的声音，门锁却无法打开。接着，听到有人敲门。

他没有理会。敲门声继续响着，急切而执着。

他起身打开房门。进来的是叶子。

你没事吧？叶子说

他反问，你有事?

叶子没说有事，也没说没事，只是用狐疑的眼睛审视他，窥探着他背后的黑暗。

他关上门，想掩盖这一切。

你应该多开窗，通通风。叶子说着，打开了灯，走过去拉开了窗子。

这时候，他才发现，房间打扫过了，窗帘也换了新的。

你走吧，以后也别再来了。他赶走了叶子，却没有收缴叶子的钥匙。

打扫过的房间让他无所适从，半透明的新窗帘更令他不安。他翻出旧窗帘换上，驱逐了入侵的光亮。尽管这样，原有的宁静还是被打破了。他开始失眠。

后来，他再没见过叶子。但叶子还是常来，只是选他不在家的时候。新窗帘和旧窗帘拉锯式地换来换去。换一次，他的失眠就加重一层。

五、来看我时别睡着

他来看妻子，不带酒，也不带纸钱和香烛，像他承诺的那样，带了茶。保温杯，铁观音，芳香浓郁，一口一口地给妻子喝。

他跟妻子说了很多话，像从前一样，啰里啰唆，傻。他说的话妻子都听得到，她也陪他说了很多话，他却听不到，只顾自己唠叨，傻。妻子可以看到他，他瘦了一些，头发显然梳理过，却遮不住两鬓的斑白。他看不见妻子，只看得到墓碑上的照片，那依然不变的笑。依然不变吗？傻。

他看着妻子的照片，妻子也在照片里看他。妻子不愿看到他的痛苦，也不愿意看到他从别人那里得到幸福。是的，一定是这样的。

第一次见叶子，妻子就说叶子是个好女人。还说，好女人该有好的归宿。他说，那你帮她找个好人家。可是，张肥李瘦，王弱马狂，叶子总是不满意。妻子疑惑，察言观色，旁敲侧击，越发觉得叶子和他之间，有点儿说不清道不明。这样，妻子便不喜欢叶子了。叶子也不再来他们家，见了他们也绕着走。

妻子说，叶子还是一个人。

妻子说，可惜啦，叶子，三十了。

妻子说，叶子该有个家的，三十五了。

妻子还说，一切都是注定的。

他说，什么注定不注定，别胡思乱想，好好配合治疗，一定会好的。

妻子苦笑，说，我要回家。

这时候，他却睡着了。以前就喜欢枕着妻子的腿，现在喜欢靠着墓碑，傻。他总是这样睡着，鼾声里冒着憨气，眉头紧锁，傻。妻子喊不醒他，赶不走他。傻。

风寒，潮气大。他生病了。

六、收起我的照片

终于，他们还是碰到了一起。

叶子来到他床边。他犹犹豫豫，没有赶叶子走。这一次，他攥紧了叶子的手。叶子颤抖一下，却没有把手抽回去。那一夜，他枕着叶子的手臂，酣然入睡，轻轻地打着鼾。叶子不忍动一下，静静地注视着他，对着他依旧拧紧的眉头，无声地抹泪。

墙上也有一张妻子的照片，跟墓碑上那张一模一样，未经风雨，还是新的。叶子看着照片，妻子也在照片里看着她。

妻子说，把我的照片收起来吧。

叶子说，那得问他。

七、娶了叶子

他习惯了和妻子对视，他看妻子的照片，妻子也在照片里看他。叶子来了，也会加入他们，看看照片，看看他。照片里的妻子依然年轻，依然漂亮，暖暖地笑，和半年前判若两人。

当时妻子已经无力坐起来了，用尽力气喊叶子。其实她根本无法判断自己有没有发出声音。

叶子似乎明白妻子的意思，把她扶起来，又帮她拿出枕头下的纸和笔。妻子吃力地写了半天，她已经看不清自己写了什么。叶子看到了，最后那行字的笔画掰开、拼凑后，是——“娶了叶子”。

选自《莽原》2019年第2期

评鉴与感悟

作品以上帝视角叙述，倒叙插叙相结合，抽丝剥茧般解密故事的原委，在极具诱惑力的文字诱导下了解前因后果。

小小说从酒吧场景切入，读者只能被动地随着作家细致生动的叙述一点点深入，在眼前勾勒出深情又颓废的男人，温柔等待的叶子，以及心软的妻子这样三个形象。在读到上楼梯妻子抱怨时，谁也猜不到妻子已经去世了，这一切只不过是他爱妻心切，时时刻刻一直想着妻子而已。妻子因为男人和叶子的思念也以另外一种形式“活”了起来。叶子，作为一个隐形存在的“第三者”并没有使人生厌，她在妻子活着的时候就没有打扰到他们夫妻，如果不出意外，她可能会默默地一辈子不结婚。就算妻子去世，她也是在安静地帮助男人，知道男人忘不了妻子也不去打扰他。最后男人顺从妻子的遗嘱接纳了叶子，想必妻子在另一个世界也会安心一点了吧。

“遗嘱”这个标题的意思最后才表明，在阅读过程中一直好奇所谓的“遗嘱”到底是什么，是什么财产吗，还是别的？通过几部分的铺垫，“遗嘱”的内容虽出人意料却又合情合理。（吴春明）

万家灯火

/厉周吉

老赵熟练地按开开关，明亮的灯光便充满了楼房。

房子面积很大，虽然尚未装修，也能看出这房子的好坏。他在房间内转了一圈，看了下手中的表格，然后关上门，下楼，朝另一个单元走去。他现在要去旁边那栋楼的五楼。

老赵今年六十五岁，论说这个年龄不该出来打工了，但是农村都这样，只要身体允许，哪怕七十岁了都还在打工赚钱，要是闲在家里反而觉得不好意思。当然，打工对老赵来说应该是不错的选择，自从三年前老伴儿弃他而去，他一直没有走出老伴儿去世的阴影。他害怕孤独，不打工，自己独自待在家里，日子岂不更加难熬。

老赵的身体不错，这不，五层楼“噌噌噌”就爬上来了。上楼前，他已经找好了钥匙，来到门前，熟练地敞开门，打开灯，同样明亮的灯光充满了同样的楼房。

老赵看了一下手机，时间正好。老赵年轻时当过一段时间的民办教师，养成了严格遵守时间的习惯，时间对他来说一般是准确到分钟的。

这家的户型和刚才那家完全一样，但他还是看出了不同，就像一位母亲能够轻而易举地辨认出别人很难区分开的双胞胎儿子一样。

至此，他已经用一个小时断断续续地打开二十五户的灯了。现在，他有半个小时的休息时间。接着，他将有一段每晚最忙碌的时间，他要连续不断地工作三个小时，陆续打开并关掉很多家灯。

有时候，老赵觉得自己像是总司令，他的兵是这座刚建起不久却没有一户人家入住的楼房的灯。有时，他觉得自己像个音乐家，在明明暗暗的闪烁中，在这座周围尚是旷野的小区演奏着属于自己的灯光音乐，在一派空阔中营造着万家灯火式的温暖。

但是，他异常烦躁，觉得自己的努力都是徒劳的。打开，关上。关上，打开。灯光照亮的只有自己的无边孤独。他希望通过打工寻找热闹，最终他却干了这种活儿。对他而言，每个夜晚都是从黑暗复归黑暗的过程，那明亮的万家灯火，像极了了无痕迹的梦。白天和深夜的很多时间，他都是静静地待在自己的小屋内、品味着属于自己的无奈与迷惘。

当然，迷惘归迷惘，他其实是很负责任的。他觉得既然自己拿了老板的钱，就得按照老板的安排去做，至于这样干的作用和意义，那不是他应该思考和关注的。

我们仔细考察过，你一直严格按照我们的规定操作。一年来，我们的楼盘价格与周围楼盘相比上升幅度是最大的，每平方米超过三千元。公司认为，这与你们几个人的努力是密不可分的。公司决定给你发一份三千元的年终奖金。希望你在春节期间更认真地工作，年后继续跟我们签订合同。腊月二十那天，公司张副总来小区视察，给老赵送来春节福利并额外奖励给他一个红包。

每平方米涨价超过三千元，原来自己的劳动这么有意义！他甚至觉得公司奖不奖给他红包不重要，重要的是他知道了自己劳动的价值。公司对自己工作的肯定，让老赵非常感动，他表示要好好考虑一下。

老赵的儿子和女儿都在上海工作，平日几乎不回家，只在春节期间回来，老赵不想失去这难得的相聚时光。经过综合考虑，老赵跟领导表示只在春节期间休息三天，节后尽快上班。

儿女们是腊月二十五回来的，虽说回来了，但是都有多家亲戚需要走，有多处关系需要疏通，有多种事情需要办理，真正全家人聚在一起的时候是大年三十。

一年一次的相聚，喜庆中带着一份无奈与感慨。每年聚在一起，大家都是要回顾一下过去一年的收获，展望一下新年的生活。今年也是如此。

老赵最开心的事莫过于打工充实了自己的生活，还得到了一个大大的红包。老赵相信新的一年自己一定会干得更好并能得到更大的奖励。

女儿的最大喜事莫过于工资每月涨了近千元，她相信，新一年的工作环境会变得更好，工资也一定会继续涨。

儿子的最大喜事莫过于跟人开的小饭店生意红火，自己有十几万的年终分红。儿子相信，饭店明年生意会更好，父亲也能够过上更幸福的生活。

为了给老赵一个惊喜，姐弟俩最后才说出送给父亲的新年礼物。姐弟俩拿出打拼这么多年的积蓄，悄悄在城里买了一套新房。他们希望尽快把房子装修好，让操劳了一辈子的老赵搬过去住，过上城里人的幸福生活。

因为担心老赵孤独，姐弟俩特意在县城考察了两个晚上，最后确定了一个入住率最高的楼盘。那家楼盘每平方米比附近其他楼盘都要贵接近四千元，那套一百二十五平方米的房子虽然让他们多花了接近五十万，但是他们觉得值。

当儿子拿着新楼钥匙在老赵眼前晃呀晃的时候，老赵着急地问小区的名字。

盛世朝阳。姐弟俩异口同声地说。

那不正是自己打工的那个小区吗！老赵目瞪口呆。

选自《小说月刊》2019年第6期

万家灯火，星光璀璨。每一窗光芒都在等待一个未归家的人。可这一切只不过是人为造成的假象罢了，明亮温柔的光芒照亮的，只有孤独的老赵。

这篇小小说讲述了很有意思的故事。老赵找了个工作，给小区没卖出去的房子开关灯，营造出有人居住的样子。他的儿女在外工作，为了报答老父亲，特意精心挑选了一个贵的楼盘，恰好就是老赵工作的地方。结局里面目瞪口呆的是老赵，啼笑皆非的是书页前的读者。老赵找工作是为了避免孤独，结果找了个只有自己不和人接触的工作；回家过年是为了团圆，结果被各种琐事牵绊相聚的时间还是不多；儿女为老父亲买新房是为了让老赵热闹起来不那么孤独，结果反而给老赵送回了孤独那里。老赵人到老年，反反复复所做的一切都是为摆脱孤独，但这种孤独如泥潭一般，让人越陷越深。无疑儿女是爱父亲的，心甘情愿拿出自己多年的积蓄，想让辛苦的老赵过上城里人的幸福生活。可他们不知道的是，城里人的生活不一定幸福，父亲需要的只是家人的陪伴。

作品以“万家灯火”为题，但其实描写的只有老赵一家，这样的对比更突显了孤独感。或许可以想象到，住上新房的老赵，同楼层只有他一户，他还是像之前工作一样，指挥着无人房间的灯光，营造出万家灯火的景象。等工作结束，一切恢复黑暗，谁也不知道，这空空的大楼里，只有一户有人，他躺在床上瞪着眼，做伴的是无边无际的孤独。(吴春明)

摸摸儿子的头

/叶生华

每年儿子生日，他总要赶回家。看着好长时间没见的儿子那么可爱，他总是忍不住摸摸儿子的头。

妻子生下儿子后他就去了外地，在建筑工地打拼，每月发了工资就往家里寄钱，嘱咐妻子给儿子买好点的奶粉。儿子周岁了，他向包工头请了假，坐火车往家赶，周岁生日那天赶回了家里。看着儿子咧嘴笑，他也笑了，伸手去摸了摸儿子的头。儿子不认识他，“哇”的一声大哭了。这是他第一次摸儿子的头，还没摸够就收回了手。第二天一早他要走了，儿子正睡得香，他想再摸摸儿子的头，手伸过去又缩了回来，怕惊着了儿子，狠狠心出了远门。

他当上了建筑工地的施工班长，没日没夜地干，工友劝他别累垮了身体，他笑着说谢谢，放下饭碗又去了工地。快到儿子两周岁生日了，妻子打来电话说物价涨得厉害，家里的钱不够给儿子买奶粉了。他放下电话就去找包工头，要求增加额外的活，他要凑够了五千块钱带回家。儿子两周岁生日那天他抱起儿子，儿子使劲将他往外推。儿子认识照片上的父亲，可父亲抱着他时，他又觉得这个人不是父亲。他懂儿子，哄着儿子，伸过手去摸儿子的头，手掌上的老茧太硬了，刺着了儿子嫩嫩的头皮，儿子“哇”地哭了。他往手掌里呵热气，搓手皮，恨不得把老茧搓下来。

儿子十周岁，他受伤了。那晚加夜班，从上层滚下一根钢管砸伤了他的右臂，落下了病。从此他的右手不能灵活抬起和伸缩，只能练习用左手扎钢筋，练成了熟练的钢筋工。他回家，伸过左手摸儿子头，儿子喊脏，将头躲开了。他看看自己手，发现确实脏，一条条黑不溜秋的污垢嵌在皮肉里了。平时都没仔细看，怎么会这么脏啊。他很内疚，去洗手，冲掉了好多水，依然黑不溜秋。

儿子三十周岁时，也做了父亲。儿子争气，三十而立，小企业办得兴旺。儿子劝他别去建筑工地干活了，可他闲不下来，说要帮儿子给孙子挣几罐奶粉钱。儿子没忘记父亲在每年这个时间要回家给他过生日，于是百忙中抽时间也回了家。儿子像父亲，也喜欢摸儿子的头，他看见儿子在摸孙子的头，想起了自己爱摸儿子的头，就呵呵呵笑起来。儿子问他笑啥，他对儿子说，你也有白头发了。其实他是想再摸摸儿子的头，可是儿子已经长大了，他开不了这口，怕被儿子拒绝。儿子没听明白父亲的话，继续逗自己的儿子乐，他把手默默缩回到裤兜里。

儿子四十周岁时，他积劳成疾病倒了。儿子来到他床前问要吃什么，他摇摇头，举起了左手。孙子懂事，乖巧地站到爷爷手下。他摸了摸孙子的头，笑了，对儿子说，你小时候啊，爸爸也这样摸你头。

儿子五十周岁时，他老得腰也弯了。儿子摸出一个红包给他，他说不用了，用不掉了。儿子给他端来一杯热茶，他说你也头发白了，过来帮你看看。这回儿子听懂了父亲的话，不再拒绝父亲。他伸了下右手，大半辈子用惯了右手，可是右手不听话了，使不上力，还痛。他换了左手，在儿子花白的头发上来回地揉，先是轻轻浅浅，后来渐渐深入，他的手掌变成了耕田的犁，五根手指像五把锋利的犁刀，在儿子的发缝里头皮上来回耕耘。儿子感觉到了父亲的手掌里和手指上裂满了沟沟坎坎，毛糙得像一张砂皮和五把锉刀，头皮有些轻微刺痛。儿子想起了年少时父亲摸他头，那些老茧……

儿子跪下了，扶住了父亲的手，帮父亲来来回回摸了个够。

《嘉兴日报》2019年8月20日

评鉴与感悟

这是一个父爱如山的故事，深沉又温暖。不善言辞的父亲为家庭辛苦付出不求回报，儿子一天天长大，父亲却一天天老去。这位父亲，大概也是很多位父亲的缩影。

小小说里的父亲淳朴、善良、吃苦耐劳，终其一生只为了孩子能够有美好的生活，但如此奉献的父亲竟连摸摸孩子的头也是奢望。先是孩子小不认识父亲，后是父亲手粗刺到孩子，后来孩子大一些嫌弃父亲手脏，等孩子成家立业又不好意思开口，等最后父亲病重，儿子才明白过来，让父亲摸了个够，这老爷子的夙愿也终于得偿。小小说以儿子的年龄变化为主线，写儿子一年年长大，组建家庭，直到也长出了白发。与此同时父亲也在变化，父亲的手越来越粗，右臂受伤，背越来越佝偻，身体也越来越差，直到最后病倒。但父爱值得歌颂之处就在此：他毫无怨言，甚至会在终于如愿摸到儿子的头的时候觉得这一切苦都是值得的。

人类繁衍生生不息，这是一个不断的循环。父亲辛苦将儿子养大，儿子长大了也成了一名父亲，孙子有一天也会成为一名父亲……作品中的这位父亲会离开，但他的精神会一直存在，通过血液一直流淌在他的子子孙孙身上。人们薪火相传，将这一份沉默又深重的父爱一直传承下去……（吴春明）

第十一辑

温情岁月

情感这件东西，看不见，摸不着，对我们每个人来说却至关重要。它时而带来幸福，时而又带来苦闷，与笑容和泪水是密友，给人生增添百味。再孤独的灵魂，也有情感相伴相随；再铁石的心肠，总有柔软之处予它栖身。

都市时代，也是人情逐渐淡漠的年代。此时，也许那一份脉脉温情更值得被铭记。无时无刻不充满关怀的亲情，或是遥远记忆中甜蜜又一点惆怅的爱恋，每当忆起，都让人心头一暖，万般留恋。温情岁月治愈灵魂，它就像幼年在祖母家过夜时亮起的床头小灯，很温暖的橘黄色一样让人安心。温情岁月，它跨越千山万水，突破逝去的时光，来到我们面前，湿润了我们干涸已久的心灵。（杨雨秋）

少年画海

/孙湜

在少年的窗边，摆着一个画架，上面有一幅未完成的油画。画布空白的地方好像停笔了很久，油彩已经干透。

少年画不下去，他总预感到那画布里的海会溢出来，把他家唯一破旧的渔船冲走。这是他没完成作业的借口吗？不知道。每次从住宿艺校回到海边家中，他都会把大把的时间，消磨在沙滩上。细腻的海沙陷进他的脚趾间，温糯的海风吹起丝丝黑发，一双眸子定在远方的海天交界线……

“依然是这种熟悉的感觉！”每次少年都是这样想，嘴角微微扬起，“我喜欢的果然还是海啊。”

他会精心地挑选海岸上散落的美丽贝壳，大大小小的贝壳在他的简陋房间里陈列，那仿佛是他的战利品，视若珍宝。他也会没日没夜地睡觉，好像要把在画院缺的觉都补回来。只是今天他的梦不同，他在睡梦中听到了海浪拍打的声音，听到了海风呼啸的声音。他从没有梦到过这样的大海，所以一下子就惊醒了。他发现，湿咸的海风已经把窗户吹开，吹拂米色的老旧窗帘不安地抖动着，油画里的海岸线依稀可见……

他慢慢眯着眼睛向窗外望去，惊诧地看到炭黑的乌云笼罩了天地，充斥着无比的压力。他锁了锁眉头，向屋外走去，快步找到惴惴不安的母亲，问父亲有没有出海，母亲不安地点了点头。他故作镇定地说：“没问题，相信父亲。”但是，他的手在轻轻颤抖。

一个小时，两个小时，三个小时，他等来的只是愈演愈烈的狂风和瓢泼大雨。而父亲的渔船却望穿了眼也望不见。他开始憎恨大海，疯狂地把屋子里的贝壳一股脑儿扔出窗外，诅咒大海这个喜怒无常的怪物。他的焦躁、懊悔和不安，完全占据了他，脑海中不断浮现出父亲的音容，想起自己平时无理任性，对自己说，只要父亲能够回来，怎么都可以，让他做什么都可以。

母亲已经报警到海上警卫队，而他几乎什么忙都帮不上，只能用手扶着窗台，无助地来回转动着的双眼，揭示着他的不安与惶恐。他多么盼望父亲可以像往常一样慢慢地从海平面不断放大，一点点来到他的眼前，和母亲炫耀今天的收获比别人多多少。他多么想他现在看到的大海还是他印象里的海，那个带来希望的、带来快乐的海。他的一丝丝心绪，汇成了一条浊浪四起的河流，冲刷着少年尚未成熟的心灵。

天空间闪电骤然降落，泼下的雨水打在脸上，他再也看不清似有似无的海平面。泪水淹没了他的眼睛和心灵，他用力揉揉眼睛想把泪水挤出去，他想停下这懦弱的眼泪。这才发现自己一直依靠的父亲，也仅仅是一个普通人而已，相比于父亲，自己真的是太弱太弱了。他要为父亲做点什么。他想到了母亲，他深吸了一口气，慢慢看清了眼前的大海，转身一步一步地走向像往常一样在客厅的椅子上等父亲归来的母亲。

看到儿子走过来，母亲嘴里安慰的话还没有说出口，少年就把母亲揽入他那尚未宽厚的肩膀，说道：

“妈，别怕，还有我，爸一定会没事的！”

母亲的眼睛瞪得大大的，刚刚平稳的呼吸又重新急促起来。母亲再也抑制不住内心的不安，放下了坚强，剧烈地哭泣起来。此时的少年内心却平静异常，因为母亲一缕缕银丝赫然出现在他的眼前。他明白了，自己也应该真正地作为家里的一分子努力做点什么，不允许自己再以年龄为借口而贪图玩乐，他要用自己的力量保护亲人与梦想。

他回到自己的房间，来到画架前坐下。他庆幸自己没有把画丢掉。他把画板立在窗前，画中景与窗中景融为一体，多了的，只是不同的天气和少年的心境。他轻轻拂去上面的灰尘，拿起了落尘已久的画具。他完全沉入了画中，一笔一笔地勾勒这陌生的大海。不知过了多久，当他恍然清醒时，这海已经平静了许多，心想："海啊，你就连让我画下你的样子的机会都不给吗？"当他再次将视线移到海平面，一个熟悉的白色亮点在上下飘动，他的心微微颤抖。但是，手却在画布上一笔一笔从未停止。那白点一点点变大，少年的手也在一点点加速。父亲的脸、身姿跃然于画布上。终于，父亲靠岸了，少年的最后一笔也终于完成。画中的大海一半魔鬼，一半天使，父亲在船里奋勇地扯着船帆，目光坚定地盯着少年……

少年扔下画笔，拿着油画走出去的时候，父亲正在像往常一样，和母亲讲述着海上的事情。他的确遇到了大风浪，海浪推着他走，毫无招架之力。但是幸运的是，他被吹进了一个可以躲避风浪的海岛附近，才免去了倾覆的后果。

少年回头望向大海，深深地凝望着，弯下腰，深深地鞠躬。他的眼泪和雨水一起落到了海滩上，最后一起流进了画布中的大海……

"好儿子，画得真好！"父亲说。声音里虽然满是疲惫，却充满着喜悦。

母亲不知道儿子怎么突然懂事起来。而少年知道，深深吸引他的，不仅仅是和蔼的父亲，还有海。所有的海，他都爱。

选自《小说林》2019年第1期

评鉴与感悟

少年画海，实则在画自己的内心。在画布上的，不仅有大海，还有如海般宽容的亲情。

这是一次成长的心路历程，小小说开头的少年，还是一副未成熟的样子，正如他窗边那未完成的油画。他没有完成作业，没日没夜地补觉，花大把的时间消磨在海滩上，过着属于孩子的无忧无虑的生活。直到一天，狂风暴雨骤然而至，父亲的渔船却迟迟未归。少年由最初故作镇定，到后来近乎无助地惶恐与不安，他才发现，父母并不想自己想象的那样强大。他们也是普通人，母亲在岁月的侵蚀下长出了白发，突然降临的暴风雨则可能让父亲的小渔船有去无归……生活就像大海，时而风平浪静，时而巨浪接天，一半是天使，一半是魔鬼。生活不易，渐渐衰老的父母则更为艰辛，这一次，少年感受到了双亲持家的不易，他的心灵也在迅速成长：“（少年）不允许自己再以年龄为借口而贪图玩乐，他要用自己的力量保护亲人与梦想。”

画海，画父亲与海抗争，这是少年在以自己的方式为父亲祈愿。实际上，画海也是一种诗意的象征手法，它象征了青年人们在理解父母为家庭的付出后，逐渐走向成熟、开始为父母分担生活压力的心路历程。(杨雨秋)

楼上的男人

/崔立

纪梅一直在关注着。午间，楼上会有一个年轻男人下来休息。来到二楼。二楼有五六个会议室。中午的时候，会议室都是空着的。

从电梯里出来，年轻男人会朝楼梯口的前台看上一眼。前台坐着纪梅和她的几个女同事，她们都是物业公司的人，负责这个楼面的会议室预定、倒水，还有其他一些简单的服务。

年轻男人在朝前台看过一眼后，朝纪梅她们几个，会微微点一下头，这是打招呼吗？然后，年轻男人朝会议室的方向走去，打开一间的门，走进去，再关上门。纪梅见过这个年轻男人好多次了。这是一个政府的办公大楼，只有八个楼层。在这里办公的，都是政府的人。纪梅时常能见到这男人，在许多的会议中，年轻男人端坐着，坐在后排，坐在中间，有几次，还坐在主席台前，面色无比凝重。年轻男人也是很有礼貌的。每次，纪梅去倒水，走到年轻男人这边，他都是低低地说一声，谢谢。纪梅淡淡一笑，男人已经回过了头。

很长一段时间，纪梅都是看着年轻男人，从电梯里走出来，朝前台她们这边看一眼，又到会议室去。会议室里，男人是坐着，还是躺着，纪梅是好奇的。有次，纪梅实在忍不住了，在离上班时间还有十分钟的时候，从位子上站起来，轻轻地推开了年轻男人休息的会议室的门。纪梅看到，年轻男人背靠着，端坐在一张皮椅上，脱去了鞋子的一双脚，架在另一张皮椅上。椅子是面对面放着的。年轻男人听到了声音，迅疾地收回了脚，看着纪梅说，一会儿有会议吗？纪梅愣了一下，说，哦，是的。年轻男人说，哪个部门的会？纪梅说，是……纪梅胡乱说了一个。年轻男人说，我知道了，等会儿我就走。五六分钟后，纪梅走过会议室，门是开着的，年轻男人已经走了。年轻男人应是坐另一侧的电梯离开的。纪梅走进去，看年轻男人刚才坐过的真皮椅，都已经摆放好了。还有，房间里也没有男人脚臭的气味。纪梅记得，在家里，父亲的脚总是最臭的。只要父亲一脱下鞋，父亲的脚足以用臭气熏天来形容。纪梅想，难道还有不臭的男人的脚吗？

关注这东西，看得多了，似乎也就成了一种习惯。差不多一到这个时间，纪梅就忍不住朝着电梯门去看，看着电梯门打开，年轻男人从里面走出来。几个女同事都笑她，孙子美说，纪梅，你不会是喜欢上他了吧？张洁洁说，肯定是的，你们看你们看纪梅的脸……纪梅的脸，不知怎么地，突然就不争气地发起烫了。我喜欢那个年轻男人吗？怎么可能呢？但到哪天中午，若是年轻男人不从电梯口走出来，不去会议室休息，纪梅心头空荡荡的，总有一份失落，甚至在想，他是不是今天休假了？是不是在加班，来不及休息了？

时间像流水，看似流得很慢，流着流着就很快了。一晃，纪梅在这里已经待大半年了，还有个把月就要过年了，父亲电话的声音还在耳边响着。父亲说，梅呀，年你就回来吧，早点回来，你姑帮你在村里寻了个小伙，就是那个牛家的牛宝，你的小学同学，你还记得不？人家可对你印象很好呢！牛宝去广州去了好几年，赚了一些钱，你嫁过去正好可以享福……纪梅脑子里想啊想，还真想到了这个牛宝，黑黑瘦瘦的，是个顽皮鬼，小时候还拉过纪梅的小辫子，把她拉到哭。纪梅有点不敢想象，回去，真要和这个黑黑瘦瘦的男人在一起吗？不由自主地，纪梅想到了那个年轻男人，白白净净，斯斯文文，还很有礼貌。纪梅特别喜欢听年轻男人讲那两个字：谢谢。柔柔地，带着温情。

春节的脚步，哪怕是老太太的小脚走路慢腾腾地，终究也是要走到的。那一个午间，年轻男人从电梯里走出来，走到会议室里。年轻男人关上门，纪梅就闯了进去，把一块黑巧克力塞在了年轻男人手上。年轻男人还没反应过来，纪梅已经快速地跑了出去。

晚上的火车，纪梅就将回到老家，可能，以后也不会再回到这个城市了。躲在女卫生间的纪梅，不自觉地呜呜哭了起来。

选自《潮州日报》2018年11月1日

评鉴与感悟

暗恋，是甜蜜的，因为在暗恋者眼中，对方的一切都是优点。可暗恋同时也是苦涩的，因为大多数时候，不敢进一步，就不会有结果，只能成为某个人心中尘封的一段温情往事。女子的暗恋，更是小心翼翼，像一朵娇羞的花苞，怕人瞧见，迟迟不肯绽放。

在纪梅看来，楼上的年轻男人礼貌、体面、又爱干净，是个理想的情人。纪梅跟他的接触并不多，也正因此，给这个年轻男人增添了神秘的滤色。文中对纪梅在暗恋中的一举一动刻画得十分真实，这位暗恋者情不自禁要去关注情人的一切，又怕被别人发觉，恋得小心翼翼。

可惜世事总不尽人意，纪梅的命运已被早早敲定，回老家和小学同学结婚是她的归宿。自然，现实中的暗恋又有多少能成功呢？留下遗憾总是日常。我想绝大多数人都有过这样的体验。时隔多年后再品味当时的心境，可能会稍嫌幼稚，但是依然美好，因为那是一位年轻人最纯净无瑕的感情。它就像纪梅送给意中人的巧克力，甜中带点微苦，但值得被深藏在心底，偶尔回味。（杨雨秋）

王小丢的爱情

/朱红娜

我回来了。王小丢人还在楼下，声音已到了门口。可王小丢没像往常一样等来女朋友开门，只好自己掏钥匙开了门。我回来了！王小丢又大声加了一句。房里静悄悄的，奇怪，女朋友哪儿去了？

王小丢原名王小逗，一字之差，是跟他妈妈有关，其实也怨不得妈妈，小逗的名字多好听啊，不是万般不爽，谁愿意好端端给儿子起个小丢这么难听的名字啊？

盖因小逗总是丢三落四，今天丢一支钢笔，明天丢一本本子，后天又丢一个圆规。母亲揪着王小逗的耳朵骂他，你这不长记性的耳朵，我看你还丢不丢？王小逗捂着揪疼的耳朵，一个劲地讨饶，不丢了不丢了。可王小逗耳朵不疼了，答应过的话又被丢到脑后了，照样地丢笔丢书丢圆规，后来一次，整个书包也丢了。妈妈就叨叨开了，你这不叫王小逗，是叫王小丢啊，我的小祖宗。这句话就被他的小伙伴听到了，王小逗就变成王小丢了。

女朋友没了。电话关机，微信不回。这回王小丢可丢大了，王小丢漂亮的女朋友丢了。

王小丢原本可以八点回到家的，可王小丢在路上遇到一位老人，老人拉着王小丢的手央求说，我要回家，我要回家。王小丢问老人家在哪里？

老人摇头，再问儿子电话多少，老人又是摇头。原来是个痴呆老人。

王小丢急得直跺脚，想着还要为女朋友做晚饭。王小丢是在第一次送外卖给女朋友的时候丢了魂的，王小丢在免费送了三十天外卖加三十枝玫瑰花，外加帮忙丢了三十天垃圾之后，这个女孩才答应做他女朋友的。王小丢吻着漂亮的女朋友说，你负责貌美如花，我负责赚钱养家。女朋友一日三餐都吃外卖，王小丢说吃多了外卖对身体不好。事实也确实如此，女朋友不化妆脸上就是白菜，不戴增大胸罩身材就一竹竿。女朋友振振有词说这是骨感美你知道吗？王小丢怕女朋友被风一吹就飘走，坚持晚餐回去做饭给女朋友增加营养。王小丢想快点儿回去做饭，便征求老人，我送您去派出所吧？我不去派出所，我不要去救助站。老人像小孩一样撒娇，双手死死抱在一棵树上。

这个时候王小丢突然想起小学同学李多琪，王小丢的耳朵就是因为李多琪常常被妈妈揪的。李多琪父母早年离异，父亲游手好闲，不务正业，全家靠奶奶一个人支撑。有一天奶奶上山劳作，到了晚上还不见奶奶回家，李多琪着急地求父亲去找奶奶，父亲一身酒气呼呼大睡，李多琪哭着坐到天亮，也没等到奶奶回来。后来发现奶奶掉到了一个坑里，李多琪抱着奶奶拼命哭喊，可奶奶再也听不见李多琪的声音了。李多琪辍学了，王小丢去找李多琪，把整个书包丢在了她家里，说，多琪，你成绩那么好，不上学也要读书。李多琪泪水涟涟，使劲儿点头。直到李多琪十七岁出城打工，王小丢便不再丢东西了。也不知她现在过得怎么样了？王小丢想。

王小丢问老人，您记得您家门口有什么吗？老人说了一句“榕树下”。做了几年外卖的王小丢从未听说过“榕树下”这个地名，百度地图也搜不到。王小丢在外卖群发了个求助，很快，有个群友回复说榕树下是B区的一个小巷子，离这有十几公里。王小丢这时把给女朋友做饭的事丢得一干二净了，载着老人直奔“榕树下”。兜兜转转终于找到老人的儿子，王小丢说，看好老人，不能再让他走丢了。老人儿子面无表情说，丢不了，总会有人送回来的。王小丢差一拳点挥了过去，最后丢下一句，老了你也会丢的。

又生气了？王小丢嘟囔。女朋友动不动就生气，王小丢早已习惯了。王小丢女朋友不喜欢甜言蜜语，喜欢打蛋见黄——实惠。王小丢便练就了一套哄女朋友开心的法子，比如将银行卡给女朋友，又比如给女朋友洗衣服，再比如给女朋友买首饰。

生气了不可能大半夜不回家啊！万一出事了可怎么办？王小丢在大街上无头苍蝇一样东南西北乱转，可哪里有女朋友的影子。

第二天，王小丢只得去派出所报案，刚登记完女朋友信息，女朋友就丢来一条微信：不要来找我了，你一个外卖，怎么能负责我貌美如花？

王小丢失魂落魄游地走在大街上，突然听到一句“王小逗”，有多久没人这样叫他了。他循声望去，一个亭亭玉立脸蛋红扑扑的女孩站在面前，樱桃小嘴一张，银铃般的笑声。

“你是李多琪？”王小丢惊问。

李多琪笑靥如花，嗔道：“呆子，不认得我了？”

王小丢看得呆了，一拳捶到自己头上，什么时候，我把李多琪丢了呢？

选自《荷风》2019年第1期

评鉴与感悟

在充满了势利、自私、无情无义的冷漠环境中，王小丢是个例外，宛如满山枯草中的一朵向阳花，永远生气蓬勃，向阳而生。

王小丢并不丢三落四，他只是太善良，太愿意为别人付出了，他是一个博爱之人。自私势利的人太多，善良与博爱倒成了难得的品质。时间久了，人们便将你的慷慨奉献认为理所应当，有时还被误解，这真是上帝给人类开的巨大玩笑。也许有人会问，善良值多少钱？博爱又值多少钱？为何要浪费时间，为何不把这些精力花在有丰厚回报的地方呢？可是人最不该缺失的偏偏就是这份善心，如果一个社会里，人与人之间只有互相纠缠的索取，只有利益的钩心斗角，一旦人失去利用价值就会被弃之如敝，那该多么恐怖！

还好有王小丢这朵温暖的向阳花，时时刻刻温暖人的心灵。（杨雨秋）

关于成长

/迩青

冬天来了，妈妈风湿性关节炎又犯了，脚底又长了新骨刺，一直在固执地保守治疗。我看着心疼，常抽空帮做些家务。

爸爸的身体很健康。退休后，他每天早餐后穿戴整齐，上班一样正襟危坐，看书看报看电视，少言寡语。妈妈每天都要唠叨爸爸几次：一辈子老挂着一张冷脸，一点儿家务活也不帮干。爸爸对妈妈的话从来都是听而不闻，烦了就吼几声回应。

妈妈说她从没感到幸福过。长大后的我才知道，这是一种冷暴力。

我结婚后，爸爸很少来我家，他反对我嫁给龙生。小珠珠的出生，缓解了些他和龙生的关系。

爸爸听说珠珠一直咳嗽没好，非要亲自来我家看孩子。他来时，赶上我在单位加班。我请了假，顶着突然飘起的飞雪，急匆匆赶往菜市场。选了好多爸爸喜欢的菜，提着大包小包往家里赶。

远远看到爸爸背着手，驮着一身细碎的雪花，在楼口徘徊。看到我，他急急地赶过来，心疼地埋怨道："看看你，买这么多菜干吗，累着了吧！"

爸爸这句话让我突然很感动。从小到大他给我的一直都是那张严肃的脸，冰面一样让人发寒，关心的话语也很吝啬。

"你丈夫，他……"爸爸欲言又止，终究还是问了下去："你丈夫龙生，一直都是这样吗?”

“爸爸，您指的是什么?”我不解地问。

“你进屋看看就知道了。”爸爸摇头叹息了一声。

打开房门那一刻，我愣住了。屋里像被抄了家一样：珠珠正闹得不亦乐乎：鞋柜里的鞋子像受伤的飞鸟，落得到处都是；卫生纸扯成棉絮状，扬了一屋子；孩子没吃完的饭撒了一地，大鼻涕和着灰尘抹成了花猫脸。龙生正埋头在电脑前忙活……还好，他没有玩游戏什么的，是在画工作的图纸。看到我和爸爸进来，他打了一声招呼，又低头忙了。

我刚想说什么，单位又来了电话，让我赶紧核对数据。我急忙从背上解下电脑包，打开办公软件。核对完数据，边收拾脏乱的屋子和孩子，边做饭。父亲抱着孩子，跟在我后面跑，总想帮忙，又不知从哪插手。

终于，热腾腾的饭菜端上了桌子，我一边安顿家人吃饭，一边打着电话，又去晾晒洗好的衣服。等做完这些事，我才松了一口气，疲惫地坐在桌旁，匆匆吃着已经凉透的饭菜。

爸爸看着我，又瞅瞅倚在沙发上翻看报纸的龙生，无奈地摇头叹息。他突然吼了起来：“龙生，家是两个人的，你什么也不管是不对的。她回到家，还要做单位的事，做母亲、保姆、妻子，她能承受吗……”

“父亲大人，您息怒！我们都是男人，经常听您妻子说，您和我一样吧？您妻子和女儿的生活方式有什么区别吗？我没逼她，是她自愿做的。”龙生争辩道。

送父亲走到楼下，他沉重地问我：“你为什么不和你丈夫抗议？你得让他成长起来。不行的话……就离婚吧，你会累垮的!”

“爸爸，我一直都这样。龙生的爸爸在家里也是这样坐视不理，没人能管得了。我不想因为家务和他吵得不愉快，女人任劳任怨才能维护婚姻的幸福。”

爸爸用力抿紧嘴唇，遥望天空，眼中浮起了一层水雾。

夜里，妈妈打来电话，悄声说：“你爸爸突然变了，从你家回来就一个劲儿地帮我做家务，这一辈子可头一回啊，好像一个孩子突然懂事了一样。还说，有时间要找龙生的爸爸好好谈谈……”

放下妈妈的电话，我长出了一口气。我决定，有时间带龙生先去看看爸爸，回来后和他好好谈谈“关于成长的事”。

选自《连云港文学》2019年第2期

评鉴与感悟

一说到成长故事，我们脑中就会立刻跳出小主人公经历磨难后，终于变得成熟的各种套路。而这篇小小说却是关于一位退休父亲的成长故事，很是新颖。

在大多数人心目，成长一词专属于少年，与成年世界基本无缘。可实际上，成年人的标志是生理上的成熟，而有些人在心理上未必成熟，在这方面依然有机会获得成长。小小说中的父亲已是人到中年，可依旧不懂得体谅妻子，像巨婴一般在婚姻中理所当然地占据被照顾的地位。当然，这并非个别现象，女婿龙生和他的父亲也是这样，他们共同反映了中国多数男性在婚姻中很不理想的表现。

不过父亲也有可取之处，对女儿的爱使他看到了女性在婚姻中不平等的地位，看到了那些几乎被全体男性们漠视的不公。他开始懂得要维持婚姻的美满，光是享受成果是不可能的，自己也需要主动付出，参与家庭事务，体谅劳累的妻子，这才是一个男人最终的成熟。毫无疑问，因为父爱与同理心，父亲终于成长了。

小小说最后，父亲要与女婿分享这一故事，实际上也是作家想通过这一故事，在读者心中播下成长的种子，灌注责任与体谅，让平等理想的婚姻观念在人们心中慢慢发芽。（杨雨秋）

一人食

/千屈菜

自从在某直播平台上开通了一个每天直播自己吃饭的账号后，平之还从来没有在户外直播过吃饭。他通常是在办公室的电脑前，摆上一份外卖，独自一人，也不说话，默默地把饭吃了。这种情况下，关注他的人自然非常少，但显然，平之开直播的目的并不是为了当网红，他不需要流量，他只是太孤独了。

在平之的记忆中，独自一人吃饭的场景深深烙印在他的心里，仿佛从宇宙洪荒开始，他便是独自一人吃饭似的。就连母亲去世之前，他能回忆起的场景，也是母亲早早把他的饭做好，放在炉灶旁，叮嘱他临吃前热一下就走了。父亲就更不用说了，常年在外打工，一年也难得回来几天，甚至于连他十岁时母亲过世，父亲也没能赶上看最后一眼。母亲下葬后，父亲又匆匆离开了家，打那以后，平之就去了寄宿学校。要说学校里本来也有其他寄宿的孩子，但平之自小性格有些孤僻，不喜跟人交流，和别人坐在一起吃饭也只是吃自己的，并不与人聊天，于是久而久之，就再没人跟他坐在一起吃饭了。

所幸平之还算是个聪明的孩子，成绩不错，高考时顺利考上了省城南京的大学，学了计算机专业，毕业后便留在了南京，成了一名安静的“码农”。程序员的工作很适合平之，不需要跟人多打交道，每天对着电脑埋头写代码就行了。当然，这也导致他快三十岁了还是没交到女朋友，也就是说，三十岁了，平之还是没有找到一个可以和他一起吃饭的人。

有一天平之突发奇想，在一家直播平台上开了个账号，开始直播自己吃饭。吃饭时一言不发的原因很简单，他不需要流量，观众选择他，他也选择观众。他只想找到那些和他一样孤独吃饭的人，彼此相对而食，互相取暖，如此而已。

果然，开通直播后，一些人来来去去，有些人一进来，看了几秒，说：什么鬼！就走了。还有些人一开始觉得有意思，但来了几次后也觉得无趣了，慢慢就不来了。这样两年下来，大概也就只有一个叫“熟悉的陌生人”的常客，几乎每天都来陪他一起吃饭，话不多，偶尔问一句他叫的外卖好不好吃，平之有时会回答，有时不回答，那人也不在意，照旧陪他把饭吃完。

今天是平之的生日，又恰好碰上星期天，平之睡了个懒觉，一起床，发现阳光灿烂！平之顿时心情大好，便决定今天去栖霞山做个直播。

栖霞山是平之平日常去的地方，那里虽有一座千年名刹栖霞寺，但平时人并不太多，比较清静。当然秋天除外。秋天的栖霞山漫山红叶，风景绝佳，游客自然也多了许多，所以平之总是等到黄昏时分，游客基本都散尽了，才登上栖霞山，找一个高处，安静地坐下，看着山下的千家万户随着暮色降临次第亮起温暖的灯光，当灯火璀璨如繁星闪烁的时刻，平之心里总有莫名的感动和悲伤。

既然决定要去栖霞山直播一顿生日餐，平之便精心给自己做了一碗长寿面，他把撒着翠绿葱花的长寿面装进银灰色的保温桶，还在上面小心翼翼地盖上了一个金灿灿的荷包蛋。正要出门的时候，手机铃突然响了起来，平之吓了一跳，一看，是父亲的电话，平之犹豫了一下，还是接了电话。父亲问平之今年过年回不回家？平之敷衍道：不一定吧，可能要加班。父亲沉默了一会儿，突然说道：“今天你过生日，多吃点。”

平之愣了一下，他没想到父亲还记得自己的生日。印象里父亲的形象已经很遥远了，一年当中有限的一两次碰面，父亲也是不善交流的人，父子俩常常相对无言。更何况平之一直记恨着母亲离世时，父亲没有及时赶回来见上最后一面，觉得这样凉薄的父亲不要也罢。因此，二十年过去了，时间并没有拉近他们之间的距离，只是越来越疏远了他们。平之答道：

“嗯，知道了。我走了。”便挂了电话。

坐在公交车上。平之想起上一次见到父亲还是两年前过年的时候，他和父亲一起到大伯家吃年夜饭。一大家子亲戚叽叽喳喳，他觉得无趣，便一个人坐在沙发上，百无聊赖中开了会儿直播，不想被大伯的孙子从后面看到了，大喊一声：“叔，你也开直播啊！你网名啥意思啊？一人食？啥意思啊？”平之忙退出直播，看了眼父亲，只见父亲正大眼瞪着他，显然是嫌他没去跟亲戚们应酬，平之便站起身来，跟大伯他们寒暄了几句。第二年，平之就以加班为由，没有回家过年了。

有时候平之会想，那个他称之为父亲的人到底跟他有什么关系呢？除了在血缘上有一点点联系之外，他们几乎就是陌生人，彼此对对方的生活毫不了解，也没有兴趣了解。母亲去世之后，父亲并没有再娶，依然在外面没日没夜地打工，直到去年因为工伤摔断了腿，才不干了回老家。即便如此，他们依然没有多联系，偶然打个电话双方也不知道该说什么，总是草草地说两句就挂了。这样的父子关系又有什么意义呢？平之望着公交车外的一棵老树，有些呆了。

“栖霞山站到了。”公交车突然报站，平之忙抱着保温桶下了车，还好，太阳还没下山。平之很快登上了山顶，找了块平坦的大石头坐下，打开直播。手机画面里，他做的长寿面和荷包蛋在夕阳下闪着金灿灿的光。

那个熟悉的“陌生人”很快就进了直播间，字幕闪道：谁做的长寿面？真好看。平之说：“我自己做的。”“陌生人”回复道：“好，好，会照顾自己就好。”平之埋头吃了一会儿面，字幕突然又闪道：“平之，生日快乐！”平之一下呆住了。“陌生人”又道：“对不起，瞒了你这么久，我是爸爸，我只是想多陪你吃吃饭……我以前陪你陪得太少了，对不起！”

平之的眼泪哗一下涌了出来，他“啪”地一下退出了直播，整个人都呆掉了，不知过了多久才清醒过来。不经意间，山下已是灯火璀璨，平之望着点点灯光，一时间不知道心里是悲伤还是喜悦。手机“叮”了一声，是父亲发来的短信：平之，我还可以陪你吃饭吗？平之擦了擦眼泪，重新把直播打开。夜色朦胧中，面已经看不清了，平之掏出背包里的手电筒，对着那桶面，重新吃了起来。

选自《青春》2019年第7期

评鉴与感悟

这是一个老父亲长期通过直播平台看儿子独自吃饭的小小说，温情中带着些许感伤。父子二人有深深的隔阂，平之很少回家，他因为孤独开始直播吃饭，这多少减轻了一个人的寂寞感。父亲也是凭借直播平台，才能够经常看看远在异地的儿子，寄托自己对儿子的思念。

父亲的网名“熟悉的陌生人”是别有用意的，在网络上，平之对这位直播间的“常客”十分眼熟，可是在现实中，父亲却近乎是一位陌生人，不仅让人心生感叹。父子二人不善与人交流，这也许就是他们看起来关系淡薄的原因。可父亲内心未必像表面看上去那样凉薄无情，他亦有无处诉说的苦衷。他为家庭操劳半生，却不被平之所理解，只能在直播平台上，以自己的方式默默陪伴儿子，献出一位老父亲无言而深沉的大爱。

世上最深沉的爱，是无言的陪伴。请别忘了一直默默陪伴在你身边的人。(杨雨秋)

藏在父亲家书里的时光

/曲辰

1992年：

你的来信，在文风上太啰唆，篇幅太长。这在你们中学时代是免不了的通病。一封家信，应主题突出，简而明之，一目了然。以后写信、写文章要注意。不过，我在文学方面缺乏研究，一生致力于研究医学，欣有一技之长，为民解除痛苦，济世救人。我虽不是菩萨，可有慈悲心肠，普度众生，救死扶伤。

1993年：

今年农历腊月十八，是你爷爷的七十大寿，你若不能参加，要来信向他老人家祝福，以慰老人心。当前，在经济上你是不会有所表示的，但以后能挣钱、成大款时，大把拿钱并不比现在一封慰藉之家信的心理作用大、精神效果好。

1994年：

十年校庆，是你们高校的大喜事，学生会的秘书长理当更忙些，要为这难得的十年校庆忙碌工作而欣慰。这也是你学习校长、接触校长，让校长了解你、认识你的好机会。要记住：你是国家栋梁，要有人把你当作栋梁用之，才能最大地发挥你自己。如若没被人发现，或发现太晚，这将耽误人生年华。

1995年：

关于工作之事，我的看法是：以能够发挥你的专业特长，更好地为人类服务为宗旨。当然，也要想到工资、福利和待遇，去经济效益好的单位，自然会过得更潇洒。大学生都是知识分子，特点是：有思想抱负，志向远大，但又不切实际，好高骛远，甚至目空一切。我劝你要实在一点儿。大学毕业，也只是劳动分子。一言以蔽之，找点儿事干便行。

1996年：

还没来得及询问你在三联书店天然支店的学习、生活、工作、福利、待遇等，这封信又要奔三联书店紫荆山支店了。你属虎，虎登山，纯属天然。家乡父老相信你能干好，而且一定干得出色。原来在政七街时，你来信总写上“东关虎屯”字样，我就有点儿不喜欢，但始终没有流露出不满，为的是放开手脚促你去干。不悦是你属虎，怎么从大学出来就去关虎屯呢？虎为兽中王，但被关起来，在公园里就只能供游人观赏。一只老虎的价值，远非如此！

1997年：

小牛姑娘比你小两岁，你们有心通过恋爱，结为百年之好，这要求你在生活、工作、学习、感情多方面予以照顾。我和你妈成婚后，几十年从没有红过脸，更不要说吵架、打架等不文明行为。当然，男人女人都有思想，有主意，会说话，懂感情，意识形态领域有种种认识，会随着长期的共同生活而渐渐融洽，或者分道扬镳。

1998年：

一年一度的春节已过，过去的一年是我们取得不少成就的一年。虎年是你的本命年，一年之计在于春，春天你又去参加了北京的全国性会议——北京图书订货会，这将使你得以锻炼、开阔眼界、增长见识，因为这些生活知识、人际交流，在书本上读不到、学不来，只有你亲身去体验、去参与、去总结，方能提高。

1999年：

结婚了，家庭建立了，夫妻之间要互相帮助，互相尊重，遇事共同商量，处理好各方面的关系。家庭生活总是锅碗瓢勺交响曲，开门总少不了米面油盐酱醋柴。俗话说得好：“酒肉朋友，米面夫妻。”看似平常，过好日子，确不容易。

2000年：

春节之后一直没有通信，由于电话通信更方便，有些事，通电话比写信得当、快捷。3月20日晚近9时，全家人围坐在电视机旁，观看都市频道的《都市报道》节目。是你姐姐眼明嘴快，看到三联书店作家签名售书的报道，她说："作家张宇旁边坐着的，不正是马国兴吗？"看来，生意红火，还挺忙的。作为企划总监，出主意，想办法，促销售，多挣钱，才是施展才华的最好注脚。为此，全家向你们表示祝贺。

2001年：

孩子们学业蒸蒸日上，老人们老当益壮、身体健康，全家和睦共处，家和万事兴。所以，别人没有的我们有，别人有的我们也将会有。只是，想到你们的孩子，你爷、父母都有点儿想得慌。过去俗话说："三十没儿心中想，四十没儿老街嚷。"趁年轻体壮，养个儿女也是应该的。请你们三思。

选自《百花园》2019年第5期

评鉴与感悟

这篇小小说以书信体的形式，展现了一位父亲在十年间对儿子的关怀。学业、工作、爱情、婚姻、子女……这是孩子成长的经历，做父亲的每一步都在指导，以一名前辈的身份，把人生经验悉数教给孩子。人类文明为何能够如此繁荣呢？主要是因为人类懂得"传承"二字。呱呱坠地的新生儿本是什么都不懂的，做父母的任务，就是要通过言传身教，将基本常识、生活技能、为人处世的道理，传承给下一代。

作品中的父亲便是一个典型，他关心儿子的生活和事业。年轻人初入职场，初入婚姻，总不知道如何对待，父亲则将他的经验传授给儿子，用意无非是希望孩子少走弯路，能够早日获得幸福美满的人生。诚然，父亲的建议过于实际，有的观念也稍嫌陈旧，可是更多的时候，他的形象是一位温和儒雅、善解人意的人生导师。许多父亲总认为子女是自己的附属品，一举一动都充满了大家长式的作风。而这位父亲不一样，尽管也许观念上会有分歧，他给儿子留下了充分的理解和尊重，这一点十分难得。（杨雨秋）

致一九九一年的仙女

/高沧海

四十三岁生日前夕，我收到了一捧粉色百合花和一件非常打动人的白裙，花束中鹅黄色的便笺上有留言：致一九九一年的仙女，生日快乐！

几乎不用猜，我便知道是阿德。

一九九一年春天，我上大二，那年卤鸡蛋三毛钱一个，咸菜疙瘩三毛钱一饭缸。

百货大楼有一件白色的连衣裙，它挂在漂亮的玻璃橱窗里，白纱覆盖着质地柔软银亮的白绸，像月光笼罩的洁净的远方，裙摆蓬松，似一片海。我久久地站在它面前，一遍遍地想这世上它会装点谁云烟一样的时光。

我吃了三个月的咸菜疙瘩。食堂打菜的阿姨是我拐了好几个弯的远房亲戚，她经常说，丫头，你这么辛苦地吃咸菜，是在攒嫁妆吗？

我终于攒足了一百块钱。

我想约上阿德一起进城。

阿德是我的学长，每每当打菜的阿姨说我攒嫁妆钱时，他总是站在我身边轻轻地笑。阿姨侧着身子从窗口里伸出半个勺子说他，还有你，小伙子，你光吃咸菜也是攒嫁妆？阿德高高的个头，像一支年轻的芦苇。我想请他看一场电影，像一对像模像样的小情侣那样，一人一包爆米花。电影散场后，我还要请他去城南角吃包子，老邱家的包子，皮薄馅大，大方块肉，一咬一嘴油。我上铺的学姐思甜曾向饥肠辘辘的我们回忆她吃老邱家包子的每一个细节，包子上滴下的油怎样浸染了她的手掌，好长时间过去，她手上的味道还是跟春天的气息一样沁人心脾。

她诱人的描述令我们开心地大笑。我让她在一张纸上详细地画好了去城南角老邱家包子铺的路线。

思甜有一身月白色的衣服，在上衣的衣袋处和裤腿一侧分别有几处月白色的绣花，蔓延的茎枝上顶着小小的花朵。当有月光的夜晚她和一个高高的男孩出去散步时，她朦朦胧胧的白色身影总是引起我们的无数对这人世间云飞花落，风长烟消鱼来雁往的美好遐想。

说穿了，我喜欢阿德。

阿德的笑容总是那样真诚，让人难忘记。相比我穿一件毫无特色的运动衣，我更想让阿德看到我穿上白裙子的样子。

阿德欣然赴约。

仙女的白裙子还挂在橱窗里，我一直担心它被卖掉，我想它想得春天都变得那么暖，那年的花似乎开得特别早。我甚至都想到了自己站在空荡荡的玻璃窗前是怎样的失魂落魄的样子。我换上新裙子，在商场的穿衣镜前照来照去，金色的镜子里，一切都跟想象的一样美好，我感觉只要我旋转起来，即便是在最寒冷的冬天，美丽的花儿也会一朵一朵地从裙摆飞出。我二十岁了，我的生日在春天的时候就到了，三个月来，我一直在等这件仙女的白裙子。我从贴身的衣兜掏出八十块钱。

真的是仙女的裙子！阿德惊叹着。

真的是仙女的裙子……

深山净谷，等待王子打马而来，仙女总是穿着白色的裙子，提着水晶鞋，映着日出之前的朝霞，她的面庞明亮。

我看着阿德，阿德鼻尖上有微微的汗，他戴着一顶旧了的白色棒球帽的样子，分外打动人，我把钱交给他，愉快地说，帮我结账去吧，为了它，我都吃了好长时间的咸菜了。

阿德接了钱，他又围着我看了一圈。我催促他快去吧，然后我们就可以放开肚皮去吃老邱家的包子，一起去看电影。阿德点点头，他飞快地向结账窗口跑去。

我看着他的背影，他步子迈得很大，像一只跳跃的羚羊，又像一只可爱的梅花鹿，在青青的草地上。然后，我就在他高高抬起的脚上，我看见了他白球鞋上，有一个磨穿了的窟窿。

我忽然一下子就感觉到了我的心痛。

那件仙女的裙子，在一九九一年的那一天，又重新挂回了百货大楼的橱窗。

我帮阿德买了一双鞋子，余下的钱做了他的生活费。一九九一年的夏天，阿德的母亲病重，家里支出一度亏空，阿德靠打零工维持基本的生活支出。

一九九一年二十岁的喜欢也许并不是爱情，我跟阿德最终没有在一起。

我翻来覆去地看那张卡片，卡片上没有阿德的任何信息，我在想，人到中年，阿德是不是跟我一样，在突然之间，竟就怀念起那些丝绸般的过往？

二十三年，好似一眨眼就过去了。

选自《天池小小说》2018年第12期

评鉴与感悟

二十三年，如梦如幻，弹指一挥间。

时间带走了青春，可是带不走回忆。“我”可以说，自己老了。但是在“我”的回忆中，二十三年前那个二十岁生日，依旧像烟花一般绚烂。两个年轻人纯洁的感情、仙女般的白裙子、省吃俭用买礼物的日子、一颗懂得体谅的真诚之心，都让人梦回一九九一，那个散发着雏菊香气的岁月。那时候的日子显然没有现在这样滋润，“我”要吃三个月咸菜疙瘩才能攒到买连衣裙的钱，吃包子时滴到手上的油，阿德穿着磨穿了鞋底的白球鞋……不错，确实很苦，但是处处洋溢着淳朴与干净。有努力奋斗，有对未来的希望，何况还有最纯真的心心相印。

这是那一代人值得纪念的青春，是任何时候都无法比拟的温情岁月。

如果生命是一条溪流，那么这岁月就是最为清澈的一段，水中鱼儿畅游，溪底还闪耀着金色细沙。这份回忆，连同青春的感情，他们将永存于心，永远无法忘却。（杨雨秋）

第十二辑

人生意趣，平淡为真

世上有千种万种人，便有了千种万种人生。有人光芒万丈，自然有人在尘埃中求存。但万米高空之上天鹅有天鹅的活法，茫茫大地之下蚂蚁有蚂蚁的生趣，千万种人生各有各的趣味，谁又能说小人物的生活没有精彩？有喜、有怒、有哀、有乐，有电光一闪的高大，也有忙忙碌碌的平凡，正是这些细碎的侧面拼凑成人生的模样，也勾勒出芸芸众生平庸平淡而又各有意趣的生活。

本辑以小人物为主人公，以小小说极精练的篇幅描绘出一幅幅简单而生动的人物肖像，这些肖像画有的只是印象色块，有的则细细摹画眼鼻，但无一不流露着浓厚的生活意趣。抛却天边月，端起桌上茶，平平淡淡才是真，如水一般润物细无声的，正是生活原初的样子。（风夜）

上海阿四

/张小华

阿四不知道自己有多好，更不知道有个女人对他念念不忘。他是个其貌不扬的老光棍儿，上海某路公交车司机，谁会在意他呢?!

如果阿四看到这篇文章，一定会平静地说：晓得晓得，阿拉做过邻居，小姑娘蛮好，蛮好。

十年前的事了——

上海市南市区西藏南路多少号忘记了，附近有个很大的鞋城，我在鞋城上班，租住在一栋破旧的四层老楼里。说出来让人难以置信，每层三户人家，居住面积加起来不足一百平方米。

三户人家如何蜗居在一百平方米之内，有必要再介绍得详细点儿：房间整体为“凹”型，凹字中间是共用厨房，三个煤气灶，三个水池，布局相当合理。住两头儿的自然宽裕些，我有幸占了一头儿。另一头儿住着一对河南父女，听说女主人跟人跑了，女儿十四五岁，正读初三。凹字底部是“原住民”阿四母子的家。

阿四的老母亲八十多了，耳不聋眼不花，声大如炮仗，结实得像一块石敢当。老母亲整日啥都不用做，单等儿子下班回家，盯着儿子烧菜烧饭忙东忙西，她在边上挑三拣四骂骂咧咧。阿四从不忍让，母子俩高一声低一声吵得很凶，往往以阿四一声大笑收场，母亲也笑了，凶巴巴的眼睛里终于露出些许难得一见的柔情。

阿四身高不过一米六五，白净，偏瘦，大眼，长脸，爱穿西装皮鞋，活脱脱一个中国版“卓别林”。住邻居的两年里，我和他的对话少得可怜，“侬桑班了?”“侬沃班了?”非此即彼。话虽不多，阿四每次都“羞”红了脸。有一次，三家人都在厨房里忙夜饭，河南男人对阿四说：“找个老婆吧兄弟，打工妹也不错呀。”“就咱这条件，还是别害人家了。”阿四认真地说。

阿四养了一只雪白的波斯猫，经常跳到主人肩上亲吻脸颊和头发。我竟然莫名其妙嫉妒了。猫也喜欢到我房间串门儿，有段时间，我几乎相信了猫就是我的。

阿四烧得一手好菜，尤其红烧肉，色泽红亮，甜滋滋香喷喷（见他放了很多冰糖）。厨房里的阿四显得特别酷，总是有条不紊不慌不忙，五星酒店大厨的派头。我难得做饭，随便糊弄一口算了。阿四母亲经常“骂”我：“小姑娘正长身体辰光，哪能不切 VEI（吃饭），行稀啊（想死啊）!”

每当听到“行稀啊”，我便浑身不自在，恨不得回敬她一句：“躺伐老侬（受不了你）。”

对门儿的中学生是个假小子，头发极短，走进走出“咚咚咚”山响。不曾见她笑过，瞅谁一眼光想龇牙，背后的书包像个炸药包，白皙俊俏的小脸儿上写满“叛逆期”。我暗地里叫她“小野猫”。小野猫有个天大的优点：会做饭。她可以守候在灶前三个小时，就为卤一块儿鸡蛋大小的牛肉。

一日，我下班回来，见阿四母亲正背着手监督小野猫做菜，嘴里喋喋不休。小野猫脸上明显带着怒气，动作异常生猛。我一头扎进房间，关门大吉。

不一会儿，便听见小野猫发出凄厉的尖叫声：“滚!”

我连忙跑出来，瞧见阿四母亲手里举着锅铲正朝小野猫后脑勺上敲去，小野猫转身一个巴掌，狠狠落在老人家的脸上。

这俩人没一个善茬儿，说不上谁欺负谁，但是这一刻我的天平倾向了老人。我用身体护住老人，把她搀扶回屋。老人脸色煞白，喘着粗气，找出一个小本子，指指床头柜上的座机，示意我打电话。

阿四的姐姐们很快就到了，仨闺女围着老人姆妈姆妈叫着，问长问短。

老大问打人事件原委，老人浑身颤抖哼哼唧唧，讲不出个黑白头尾；老二开始收拾衣物，嚷嚷着无论如何先送老娘去医院；老三气愤难平，站在厨房里破口大骂……

小野猫把门关得死死的，憋气不吭。

猫爸火急火燎赶回来了，一露脸儿，先给三姐妹深深三鞠躬，又去屋里看过老太太，这才掏出钥匙开了自家房门。屋里顿时传出打骂声，小野猫哭得上气不接下气。

天黑透了，阿四才下班回到家。阿四没有接猫爸递过来的香烟。回屋看过母亲，对三个姐姐说："归去吧，没啥事体。"

三姐妹面面相觑，愣了几秒钟，继而齐齐咆哮起来。总之：自己老娘挨耳光，奇耻大辱，没那么简单！

猫爸推搡着女儿过来道歉，三姐妹理都不理！老二仍坚持带母亲去医院。

阿四突然大喝一声："自家老娘啥脾气勿晓得？闹啥么子闹?"

三日后，是个星期天，天空飘起零零散散的雨丝。阿四母亲使劲儿敲着小野猫家的门，声如炸雷："小姑娘，落雨咯，出来收被头。"

小野猫悄悄打开一条门缝儿，跳出来慌里慌张收了被子，刺溜儿钻回屋里，像一只可爱的小老鼠。

阿四不知道，某一刻，他的的确确光芒万丈！

有件事，他应该再勇敢一些。

选自《大观·东京文学》2019年第2期

世间众人，并非每一个都活得精彩淋漓。出众的人有出众的活法，但更多人只是一天天的重复，过着平淡如水的生活。作品的主人公上海阿四就是碌碌众生中的一员，老光棍、带着老娘、没钱，也没有好相貌，按部就班，平淡度日，更甚者，看上去还有些畏畏缩缩，与人对话“少得可怜”。

小小说以“有个女人对他念念不忘”为始，描写一名普通上海小市民的生活片段。难能可贵之处在于，作家未让人物流于平俗，也未让人物跳脱平凡，而是抓住生活中一个小小的矛盾冲突，让主人公迸发出一丝光辉。尽管阿四只是平凡甚至庸俗的男人，是芸芸众生之一，他身上却有一点正直，让他在某一刻变得高大无比。他的人生路一直平平淡淡，就连他如烟火般光芒万丈升起的这一刻，也是平凡的。但虽是平凡却也动人，否则又怎会有开篇那句“有个女人对他念念不忘”呢！人生正是在这光点般灿烂的一星之间变得与众不同，被赋予了独属“上海阿四”的一份魅力。

作家未让作品陷入情愫的俗套，开头一点后随即让感情没入朴素的描绘中，直至末尾才点出一句“他应该再勇敢一些”，轻描淡写又字字千钧，让读者在反复咀嚼间品尝到一丝念念不忘的滋味。这份情愫也许是邻里乡情，也许是青涩的爱情，又或许只是一缕风一般的好感，这轻描淡写的笔触，反而令人回味无穷。(风夜)

班长老崔

/布衣

煤矿有多少班组，就该有多少班组长。但现在是班组多，班组长少。原因是班组长不好干。甭看班组长有几百块钱奖金，班组人员礼尚往来，安监质量考核罚款，完不成任务分析处罚，三下五除二，那几百块钱就成了镜中花水中月。看上去很美，却已不属于自己了。单位开班组长会，这个诉苦，那个喊冤，唯独老崔不言不语。

老崔人老实，话也不多，带队伍却有一套。多调皮捣蛋的人，跟了老崔，干活都能独当一面。其他班组长诉苦，想要区里增加班组长津贴。有人见老崔不说话，怂恿他："是骡子是马，你倒是出来走两步，打一个响鼻表一个态呀。"老崔吭哧了半天，起身走了。临走，扔下一句话："增加班组长津贴，我坚决支持。但我们总得拿工作成效说话吧。"

老崔牛气，是因为老崔有话语权。全区九个班组，能月月完成任务的只有老崔。完不成任务的主要原因是：很多人是劳务派遣工，缺乏爱岗敬业的主人翁精神，遇到地质条件不好，干不了几天，十有八九就要趴窝。有人说："家里来了亲戚。"有人说："孩子要开家长会。"有人说："感冒发烧打摆子，浑身没力气。"即使不准假，也要旷勤不上班。打电话询问。啥原因都没有，就是不想上班。再问，急了，怼你："我挣这几个钱，这么卖命不值的！"其他班组长发愁就愁在了人员出勤上不来，说一千，道一万，没有人员谈任务都是瞎扯淡。他们班组人员出勤上不来，老崔的班组却要轮休，班班都是满员。

区长要我到老崔班组里搞调研，查找原因，总结经验，全面推广。正好，老崔班里又分来几位新工人。我找到老崔说明了来意。老崔见我身单力薄，说："行是行，但有个前提。"他说："你得跟工人一块儿干活，并且只能比他们干得多，不能比他们干得少。"到了掘进工作面，我才明白老崔这话的真正含义。老崔怕我到了工作面不干活，影响别人的积极主动性。干起活来，老崔没有丁点班组长架势，他要求别人做到的，自己首先做到；他要求别人干好的，自己首先干好。不仅做到、干好，还处处争抢第一。在他以身作则的鼓舞下，其他人员没有丝毫懈怠、抱怨，只有埋头干活。那样子好像人人在耕种自己的责任田，丁是丁，卯是卯，一丝不苟。老崔前边干，其他人后边撵。有人能撵上，有人撵不上。最先撵不上的是我。我汗流浃背，气喘吁吁，一屁股儿坐在了地上。老崔看了我一眼，想说啥又没说。这时，几位新工人也停下了手里的活儿，坐了下来。老崔喊起来这个，又停下了那个。老崔看了看表，无奈地说："也好，那就休息十分钟吧。"

别人休息，老崔不休息。老崔去迎头查看了一番，又去了后路。从后路回来，肩上扛来了几块板坯。老崔给我说："再往前掘进，地质验证孔显示岩石破碎，十有八九要见断层了，支护板材需要提前备足备好。"这般说着，他放下板坯，跟几位新工人拉起了家常。老崔问小刘："你爸是做啥的，村长，还是乡长？"小刘羞愧地笑了："啥都不是，就一个低头种地抬头看天的老百姓。"老崔说："那你比你爸强，你好歹也是煤矿工人了不是。"老崔问小张："你爸是做啥的，经商的还是包工的？"小张不满地看了老崔一眼："我爸要是经商或包工的，我还用下煤窑啊。"老崔又问年纪最小的小徐："你爸是干啥的，高中教师还是教授？"小徐说："我爸大字不识几个，让他当教师，纯是误人子弟。"老崔这会儿，讪讪地笑了："也对，村长、乡长家的孩子谁来下煤窑？经商做买卖的人家谁来当矿工？大学教授的子孙谁又来干这苦情活呀？正因为你们老子不是，你们才来下煤窑。正因为你们没有出路，所以才来煤矿寻出路。"老崔说，"你们都来下煤窑了，还有什么资格喊累？难得你们还想要自己的孩子，像你们样碌碌无为吗？"

老崔看了我一眼，我心领神会，振臂高呼：“不会。”其他人的情绪也被鼓动起来：“肯定不想。”“那好。”老崔说，“既然不想，那我们今天就干出个样子。我们今天受累，是为拼搏一个美好的明天；我们今天受累，是为儿孙今后不再受累！有能耐咱就创造一个记录，也让别人看看，我们虽然只是普通煤矿工人，但比谁都不差。我们所差的，仅仅是一个机会。”老崔进一步“蛊惑”，“大家有没有信心？”班组的人都举手喊：“有！”

看到平常一言不发的老崔，竟然这么能“蛊惑”人心，我心里不禁犯了嘀咕。我想：老崔和别人所差的，也就是一个机会。那天，老崔班组进尺仍是全区第一。升井后，我请老崔吃饭。吃饭间，我说：“老崔你真行！现在很多人啥道理都懂，就是缺少方向。”老崔说：“我只不过正好给了他们一个方向，并带头奔跑了而已。”

选自《金山》2019年第7期

评鉴与感悟

出的是最不值钱的劳力，干的是最苦最累的活，凭什么班长老崔就能带着班组完成任务？作品从一开头便铺垫下一个悬念，营造老崔身上令人摸不着头脑的“神秘”性——这老崔究竟何方神圣，又有什么能力？

作家用正面描写与侧面烘托相结合的手法，描绘出一个踏实肯干、勤劳朴素的劳动人民形象。写旁人怨声载道是为了衬托老崔兢兢业业闷声干大事，而写老崔闷声干大事的同时，又展示出老崔鼓舞组员时能言善道的场景，结构上一环扣一环，使作品行云流水且无一丝赘余，效率很高。尤为趣味的是老崔鼓舞几个新人时那一连串的问句，看似毫无关联，甚至有些滑稽，却偏偏与他的发言主旨相契合：想改变人生，就要脚踏实地！从老崔的发言中，一个行动的巨人拔地而起，他的双脚深深扎根在黄土地上，扎根在矿洞之中，双眼却紧紧凝视着天空，注视着太阳！

班长老崔并不是伟人，只不过是千万劳苦大众中平凡的一个。但谁说小人物没有功绩，从他身上展露出的恰恰是中华民族最基本的美德，勤劳踏实、吃苦耐劳。正因有这样坚固的基石，国家才会富强、人民生活才能美满。作家采用大段的语言描写，更加直观、务实地展现出老崔身上平凡朴素而又光芒万丈的美德，将这一人物形象的内核淋漓尽致地展现在读者眼前。(风夜)

打米糖

/三石

费干部跟老槐说，老槐，过年给我打两锅米糖吧。

老槐莫名其妙地盯着费干部看，“嘁”了一声说，满大街都有得卖，谁还自己打？

费干部说，老槐你还不知道啊，手工打的，那是甜而不腻、脆而不坚，比起店里机器生产的，口感好了去了，更何况你老槐打的米糖。

费干部这么一说，老槐的脸就笑成一堆褶子。

乡下的年总是来得更早些，过了腊八，家家户户就开始准备年货，杀猪、打大米果、做扣肉滑肉，好不热闹。自然，还得打米糖。老槐就是打米糖的，早些年十里八村的，米糖打得很有些名气，一直到年边，那是没得一天的歇息。东家打了西家打，倒也能够多少赚些过年的用度。当然，这说的都是以前。如今，厂里什么都能生产，店里什么都有的卖，就说米糖，县里有好几家食品加工厂都加工米糖，这产量不是手工所能比得了的，至于口感吗，老槐不做评价，只哼哼一声。

但不管服不服气，反正老槐多年的手艺便歇了空。少了这一块的收入，虽然属于一人吃饱全家不饿，但每逢过年，老槐还是有些许的紧巴。

答应了费干部，老槐就要做些准备了。还好，打米糖用的工具手工栏搭还在，只是布满灰尘，翻出来清洗一番，就可以用了。再去邻居家要点糯米，弄点麦芽、芝麻、白糖、豆末，万事俱备。

老槐先将糯米淘洗，浸泡三四个钟头，然后磨浆、上锅，用柴火蒸熟，搁麦芽发酵后滤渣，熬制成饴糖，饴糖在渐冷却时缓慢成形，就可以上手工栏搭拉糖。老槐将糖坯缠绕于木棍，双臂裸露，将饴糖拉直再反向缠回木棍，动作极快，倒也像极了咏春练功手法。米糖打的好坏，这一环节至关重要。如此反复，遂成白色，搁案板搓捏制成圆袋状，灌上配制好的芝麻、豆末和白糖，从一个口上以抽丝的方式做成条形，剪成一寸左右的糖段，一锅米糖大功告成。

老槐打米糖是在室外空地，引来不少人驻足观赏，都啧啧稀奇。还有一中年男子求购。老槐说：我这不卖，给朋友专门打的。中年男子仍不死心：卖给我便是，朋友那你可再打。老槐想想也是，离过年还早，再说费干部也不见得近日会来。心中细算一下，说了个价钱。中年男子倒也爽快，掏出钱来给了老槐。老槐算了下账，除去糯米、芝麻、白糖成本，小赚几十，心里倒也畅快。

至于费干部那儿，糯米等物品还有，继续打便是，保证不耽误。

接着又是蒸米熬糖打糖，虽然费些体力，但老槐还是能钉得住。说来也怪，一连十几天，每天打两锅，最后都卖了。老槐家地处河埠老街，常有城里人过来游玩，见老槐打米糖觉得新鲜，顺带就买个几斤，甚至还有人上门订货。白花花的银子，老槐要不挣也是情不由衷。先前准备的糯米、芝麻等早就用尽，老槐又采购几次。倒是费干部的米糖一直没有着落，让老槐多少有些不安。两年多来，费干部是老槐的帮扶干部，人不错，经常上门嘘寒问暖，送米送油，还帮着干些体力活计。

眼看就要过年，老槐算着日子，心想最后再打两锅给了费干部，谁买也不答应。正在蒸糯米时，费干部来了，一脸笑嘻嘻地说：老槐，听说你最近打了几十锅米糖，生意好得很啊。费干部没提自己米糖的事，但老槐心里有数，便有些尴尬，嘿嘿一笑说：这最后两锅就是给你打的。

两人正说着，一辆小车开到边上，车上下来两人，其中一个说：喏，就是这儿买的。另一个便对老槐说：师傅，给我打两锅米糖。老槐将脑袋摇得如拨浪鼓，说道：不行不行，这两锅得给费干部，人家早定了。这人仍说，师傅，我可是从县里专门跑来买的，就卖给我。可老槐仍摇头：不行不行。

费干部说：老槐，你看你人家大老远慕名而来，这不扫了人家的兴致吗，你就先给他吧。

老槐说：不行，给了他，你的米糖咋办，过两天就是年了。

费干部微微一笑，附在老槐耳边说：老槐，告诉你个秘密，我有糖尿病，吃不得糖，一点都吃不得。

说完，费干部拍了拍老槐的肩膀，哈哈大笑而去。

老槐一时没反应过来，摸了摸后脑勺，一脸的呆萌样子……

《检察日报》2019年5月23日

评鉴与感悟

随着社会进步，科技日新月异，许多传统手工艺有了机器代替，在民间慢慢没落，有很多就此失传。老槐拿手的这门打米糖手艺，就是日渐失传者之一。

作品以“打米糖”为题，自然少不了打米糖的过程描写。拉、搓、揉、捏、剪，一连串动作描写生动活现，一个院中打米糖的老汉形象便跃然纸面，字里行间甚至透露出一股糯米的清香，读者尚且能打动，更何况文中络绎不绝的客人了。对老槐来说，卖一锅米糖小赚一笔固然开心，但更令他满足的是来来往往的人对他这独门手艺的赞叹与青睐，是从打米糖中扑面而来的年节喜庆与劳动的畅快。借写打米糖一事，作家描画的是像老槐这样的传统手艺人对自家手艺的自信与自豪，更是乡村年关的喜庆与热闹。

费干部形象在文中未得详写，寥寥数笔，勾勒出一位亲民爱民、体贴人心的好干部形象。他原本就是老槐的帮扶干部，以想吃米糖为由头为老槐谋得一份活计，让老槐师出有名，这份关怀是润物细无声的。从打米糖中传承下来的不仅仅是手艺，更是人与人之间的温暖与关怀，传递的是最为朴素的劳动人民间的情谊。正是有了这份情谊，我们才得以携手共进，迎来更美好的明天。(风夜)

梨花白

/赵淑萍

这世上，大部分的良善之人，不会咒别人死。当然，谋财害命者除外。但是，对于村里一个叫“梨花白”的人来说，就不一定了。

因为，他是给死人穿衣的。村里的老人们，在生前，就准备好了一套寿衣，专为以后赴阴曹地府时穿。入殓或者火化前这行头就得全副换上。那寿衣，往往是中式衣服，老太太的鞋子，还绣着繁密的花，和戏文里的一样。为了留在阳间的最后印象，这衣服当然要穿得光鲜、体面，不能皱巴巴的。可是，死者的身体僵硬了，不好穿，而且亲人们穿，又怕眼泪掉在上面，怕逝者后世流泪烦忧。于是，就有了专门给死人穿衣的人。这钱好赚，以前两三百现在七八百了。而且，主家还得给穿衣人好酒好烟伺候着，伺候他也等于在给死者尽孝。

这村里能够给死人穿衣服的也就两人。有一人已经很老了，穿得不利索了，现在，有丧事的人家都来找“梨花白”，甚至，外村的人也慕名来请他。

“梨花白”眉清目秀，长得不赖。他爹娘去世得早，就剩下了他和弟弟两个。以前大家都穷，这两兄弟孤苦伶仃的日子更难过。平时，就种点庄稼，还给人家干点杂活。“梨花白”的弟弟，绰号叫“猫头鹰”，经常小偷小摸。比如别人家地里的瓜熟了，番薯可收了，他就半夜三更去偷，但是，绝对是东家偷一点，西家偷一点，匀开偷，偷瓜挑熟的，决不踩死瓜藤和生瓜蛋子。偷桃子常偷那种歪劣干瘪的，但不偷饱满丰润的。除了吃的，其他东西都不偷。日子长了，村里人知道是他，只是骂几声，也不怎么理论。因为昼伏夜出，就有了“猫头鹰”的绰号。起初，人们怀疑“梨花白”也参与了。但一天，有人经过他们破败的屋，漏风的墙里传出了“梨花白”的厉声呵斥：“你我管不了了，但偷来的东西，我饿死也不吃！吃了，脏了手，怎么给死去的人穿衣？”有一次，人高马大的“猫头鹰”，在一个外乡人这里讹钱（按今天的话说就是“碰瓷”）。这时，“梨花白”赶来了，甩手就是一巴掌，“猫头鹰”就乖乖地跟着哥哥走了，从此再无此行径。

“梨花白”面庞白皙，空闲的日子，夏天，常穿一件雪白的纺绸衫，摇着一把折扇，很有点文化味。因为爱听说书，那三国、水浒、隋唐英雄传之类的，他熟了，乘凉时就讲给别人听。他讲得最生动的是“三请樊梨花”。凡此种种，就是他被叫“梨花白”的由来。要说他那双手，不仅白，而且巧。他穿寿衣，平整，妥帖，整个像被熨过一样。穿时，他戴上手套、口罩，那神情是凝重肃穆的，如在进行一项无比庄重的仪式。人们对他客气，也跟他聊天，但终究不会长谈，更不会深交，可能多少有点忌讳。

村里死人，对这家来说是噩耗，对“梨花白”来说无疑是个好日子。有一年夏天大热，村里的老人被生生热死的就有七八个。“这下可好，‘梨花白’发财了。”村人说。可是，“梨花白”的一大半钱都给了弟弟。“猫头鹰”就带着这笔钱和一位寡妇住在一起了，不久，四十多岁的寡妇，居然添了一个漂亮的女娃。村西的一位孤老婆子，年岁高了。不知什么时候起她每晚都穿着寿衣睡。她怕自己有一天睡着睡着就醒不来了。她孤身一个，又没钱，没人给她穿寿衣的。你想，大热天捂着寿衣睡，不病也得捂出病来。后来，“梨花白”特地跑去，劝她“别担心，有我呢，我会给你穿寿衣的，我不要一分钱。”老婆婆顿时神清气爽，身体硬朗了不少。

但是，人们还是判断，“梨花白”一定每天盼着这村子死人。死了人他才有生意。特别是富户李三，就说过，人不为己天诛地灭，“梨花白”铁定盼着有人归天。李三因为自己带了好多种病在身上，当面对“梨花白”客气地说：“我说‘梨花白’，我高血压心脏又不好，什么时候两眼一闭就去了，到时，你给我穿衣，我备了上十一下九件，你一件件都要给我穿得齐整、舒服，我儿子一定给你双倍价。”

那天，李三从外面回来，天色已晚，抄近路走小道，走得急了点，突然感到晕眩、气闷，跌倒在路边。而这时，路边只有“梨花白”一人经过。“梨花白”二话不说，平时文质彬彬的他，咬破了李三的手指，然后背起李三狂奔，跑到附近的诊所。就这样，李三捡回了一条命。后来，人们再没说过他盼村里死人的话了。

年复一年，“梨花白”也老了，头发雪白了，但身子很硬朗，他孑然一身，仍然在给逝者穿衣。

那天，“猫头鹰”亭亭玉立的女儿，在梨花地里举着手机拍照。“梨花白”和“猫头鹰”打路边走过。“我说侄女，你别拍梨花了，拍我们吧。我们两个，头发也跟梨花一样白。”夕阳中，“梨花白”脸上的笑容很灿烂。可是，不知怎么随即黯淡了。他对弟弟说：“我给那么多人穿了寿衣，谁又给我来穿呢？又有谁会像我这样把‘穿寿衣’当一回事？”

《文学港》2019年第2期

评鉴与感悟

中国人一向忌讳提及死亡。每每说起“死”字，总感觉扑面一股腐朽气息，更有人要啐两句不吉利、掉福气。可这世上有侍奉生者之人，也有侍奉死者之人，作品中的主人公“梨花白”，便是一位以替死者穿寿衣为业的人。

“梨花白”这替死人穿衣的大半生，无论如何也脱不出一个“死”字去。他原是“眉清目秀”又“很有点文化味”的青年，纵观全篇，可概括他为人的单是一字——“白”。名号中带白，人长得白净，人生履历一片光白，心地更是纯善清白。作家巧妙抓住他这一点人性特质，加以渲染，以印象代替人物具体形象，给读者留下无尽的遐想空间。“梨花白”的一生是光明磊落的一生，“梨花白”的事业是郑重肃穆的事业，恰恰是与传统看法相悖的作为，突出了人物独到的人性光辉。

小小说中另一重要人物“猫头鹰”作为主要人物的陪衬，有其独特的艺术魅力。“猫头鹰”小偷小摸，有时占人便宜，却不是坏人。兄弟二人虽为人有异，心性却一样的纯善。“猫头鹰”娶了妻，有了出落得亭亭玉立的闺女，又恰好是对文末“梨花白”寂寥独语的一种回应：好人有好报，善人的结局亦不会太坏。作品淡然的氛围在此得到升华，也因此营造出一种人性温暖的意境，也深化了主题。（风夜）

亚芹

/王建军

亚芹三十四岁，老姑娘了，不是因为老姑娘才圣女，是因为圣女才老姑娘。圣女也不是因为爱情受过挫折，是因为她娘的原因，她娘是圣母。

我小时候去亚芹家，见过亚芹家的圣母像。正屋对门的桌子上放着一尊半人高的泥塑观音菩萨像，菩萨慈眉善目，前面放着一只碗大的香炉，后面的墙上贴着一张黄表纸，上面写着北海圣母观音菩萨之灵位。周边不断有人来上香，请圣母看阴宅阳宅，看腰酸背痛，看失火遭窃，求子求福，求出门吉日，求上梁良辰。据说圣母从香火的方位上能给人找到丢失遭窃的东西在何方，从香灰的颜色上能准确地判断出孕妇怀孕的是男是女。圣母处处显灵哩，圣母就是亚芹的娘。亚芹娘说的话就是圣母说的话，亚芹娘的意旨就是圣母的意旨。来人都十分虔诚地顶礼膜拜。开桌礼原先是一元、二元、五元，现在涨到十元、二十元、五十元了。亚芹家的桌子上总是摆满了油炸丸子油炸鱼、大肉白面馍馍什么的，在我儿时的记忆里，我每次都会看着桌上那些好吃的东西走不动，眼睛发直，心跳加快，可亚芹娘总是对我们说，那是圣母享用的东西，凡人消受不起的。可吃饭时我发现那些东西出现在亚芹家的锅碗里，亚芹就是吃着圣母的供品长成圣女的吧，我这样想。

稍大时我们上学了，亚芹没有上。亚芹娘说亚芹将来要当圣女的，根本用不着进学堂。十六岁时，亚芹娘说亚芹可以上桌子了，经过洗礼，亚芹的圣女生涯正式开始了。亚芹受的什么洗礼我们不知道，想来大概就是和尚尼姑那一套吧，亚芹成为圣女后开始戴一顶她娘亲手缝制的灰色尼姑帽，我们没再看到过亚芹的长发。圣女的故事和传闻传遍了方圆几十里，都说圣女比圣母更灵性，都说圣女一生下来就是圣女。谁知道一生下来的圣女是什么样？亚芹小时候天天和我们一起疯一起捉迷藏打坷垃仗，一起下地割草拾柴火，别人惹了她她也会和我们一样哭鼻子骂脏话，甚至比我们骂的花样还多。后来我们上学了，只能在星期天和节假日和她一起玩，有时亚芹翻看着我们的新书说她也想上学，可她娘圣母不让。

亚芹成为圣女那一年我在县城读高一。春节放假我回家找亚芹玩，亚芹不像原来那样和我信口开河胡说八道了。亚芹正在给一个老妇女看阳宅，我进去时看见亚芹面朝里正站在圣母面前念念有词哩，地上跪着一个老妇女。我站在一旁没敢打扰她，待亚芹睁开眼说你家茅房偏西南妨人又妨财时，她看到了我。亚芹看到我跟没看到一样，圣女亚芹给那老妇女说了逢凶化吉的破解之法，待老妇女千恩万谢走后，亚芹才淡淡地招呼我："来了。"亚芹招呼完就忙着收供礼，我看到香炉下面压着一张十元钱，一碗油炸丸子，一碗大肥肉，还有四个大白面馍。亚芹把供品端到里屋，出来仍然和我没话。我知道亚芹现在不是亚芹了，亚芹现在是圣女了，从此我再没去过亚芹家。后来我回来也在外面碰到过她几次，她有时对我笑笑，有时看见我像没看见一样。圣女亚芹离我们越来越远了，儿时那个爱说爱笑泼泼辣辣的亚芹不见了，后来关于圣女的许多事我都是听母亲和村里的人说起的。

亚芹二十岁时已出落成一个模样周正的大姑娘了，自然也有上门说亲的，可都被她娘圣母轰出来了。圣母说了断尘缘方能成正果，我家的圣女要修成正果的。谁敢妨碍圣女修成正果呢？谁敢妨碍仙人得道呢？圣女的爹死得早，圣女的两个姐都出嫁了，圣女就这样过了二十五岁，然后过了三十岁，眼看着要奔三十五了。

一年前，圣女的二姐和男人打架自缢身亡，撇下两个嗷嗷待哺的小孩。一家族的人都摩拳擦掌要去讨说法，可圣女说，谁死谁该死，与你们相什么干？她一滴眼泪都没落下。圣女真的修炼成无欲无痛的正果了？一村人都愕然。半年前圣女的大姐来走娘家，圣女说大姐家里妖气重，回去命会不保，需留下伴在圣女左右方可活命。大姐因此乖乖地留下了。姐夫带着儿子和孙子来要人，但每次都被圣女和圣母骂了回去。

圣女咋还会骂人呢？仙家佛家也有那些尘间的污言秽语吗？圣女不光骂她姐夫，村里看不顺眼的人她也骂，过路的行人多看她一眼她也骂。前两天我带着儿子回娘家，碰见圣女去锄草，我想和她打个招呼，她却像陌路人一样看了看我，什么都没说。不过，我看见圣女的眼睛里还是有什么东西亮了一下。

选自《短篇小说》2019年第2期

评鉴与感悟

作品以旁观者视角，记叙了一位乡村女性，被称作“圣女”的亚芹的半生。无欲无求，方能成圣，可活生生的人都有七情六欲，又如何做到无欲无求？所谓的“圣女”，原本便是一种讽刺。

小小说字里行间透露出一股淡淡的、灰色的气氛，讽刺不以讽刺为目的，而是从语言中自然流露，读来虽不辛辣，却如绵里藏针般扎人。几处前后照应，先说圣女吃圣母的供品长成圣女，又说圣女生来就是圣女，如今虽是淡淡的模样，曾经却也是开朗泼辣的小女郎。她有时“对我笑笑”，有时“像没看见我一样”，矛盾的言行透露着她内心人欲与封建禁锢的冲突。亚芹始终压抑着自身的情感，她的悲喜经由“我”这一旁观者的回忆展露在读者面前，直至最后“眼里有什么东西亮了一下”，这压抑的情感才得以宣泄而出，读者的情绪也在此达到顶峰。

再回看作品中圣母的作为，她以圣母自居得来供品，是为了供孩子食用，体现出一位母亲的慈爱。但同时，她不许亚芹读书，让亚芹成为“圣女”，不许亚芹成家生子，残忍断绝了亚芹正值青春年华时的合理欲求，这又是一种对人性的摧残。亚芹的悲剧是人性的悲剧，更是封建礼制下的悲剧，是乡村蒙昧落后思想束缚下的悲剧。

亚芹的半生在孤寂中度过，却仍用自己的方式保护着姐姐，嗓子虽已嘶哑，但哀鸣着要冲破束缚。只愿亚芹在那一点光的指引下走出束缚的牢笼，愿无数的“亚芹”能突破禁锢，触摸到太阳的光与热。(风夜)

并不是世界名著之恶时辰

/何君华

德海叔的儿媳妇芳霞买回了几只新瓷碗。瓷碗就是瓷碗，瓷碗真漂亮。你看这些瓷碗，碗底都釉着青色的小花，比那些土不拉叽的土碗好看多了。

日头正在头顶的时候，德海叔从地里回来，在水池里舀了水洗过双手双脚，就上桌吃饭。当他端起碗的时候，才发现自己一直用的那只土碗不见了，摆在面前的变成了一只瓷碗。德海叔的脸一下子就沉了下来，他放下筷子问儿子大民："我的碗呢？"

大民指着他面前的碗，说："这不是你的碗吗？"

德海叔说："我要我的土碗。"

芳霞买回了新瓷碗，就把家里那只土碗当了狗钵，拿去喂狗食了。

德海叔气不过，跑去狗窝旁把狗食一股脑儿倒在了狗槽里，把土碗拿回来洗了又洗，重新盛上饭，端上桌。

芳霞的脸色就不好看了。按理说，儿媳妇给公公端新碗，那是尊重他，那是不嫌弃他这个人。没想到这个老头子偏不买账，还要去狗窝里掏回那只土碗。拿狗用过的碗盛饭吃，你说恶心不恶心？

芳霞当然不知道，这只土碗是已经去世的婆婆王英娘过门时带来的嫁妆。婆婆死得早，现在她带过来的嫁妆破的破，旧的旧，只剩下这只土碗还能用。清河这一带有个讲究，新媳妇过门嫁妆里可以什么都没有，但是一定要有碗，有句歌儿唱得好，叫作“入了俺家的门，成了俺家的人；端了俺家的碗，死了也是俺家的魂……”唱的就是这个理。

王英娘死的那年闹饥荒，那时她刚生了大民，别说补营养的肉啊蛋啊吃不上，就连一碗热乎的大米饭都吃不上，王英娘就这么走了。王英娘走了，德海叔却撑了过来。现在日子好过了，德海叔觉得对王英娘有愧，他老觉得自己当年是从王英娘嘴里挤走了粮食才捡了这条命，王英娘是替自己去死的。多少年过去了，德海叔就一直用这只土碗。这只土碗成了德海叔唯一的念想，除了他谁也不能动。

儿媳妇把这只碗拿去喂狗食是什么意思？是不要我这个糟老头子吃饭了吗？是嫌恶我吗？是想我早点死吗？我偏不！德海叔心里越想越气，就这么的，他又去狗窝里捡回了土碗。

这样一来，芳霞就下不来台。芳霞本来是好意，那只土碗已经缺了两个口，芳霞怕公公吃饭硌到牙才给他换了新碗，没想到秀才遇到兵有理说不清，芳霞委屈地跑进里屋大哭起来。

芳霞看着橱柜里唯一的那只土碗还是憋气。满橱柜都是瓷碗，只有这么一只土碗，看着都嫌烦，芳霞越想越不舒服。

吃晚饭的时候，摆在德海叔面前的又是那只新瓷碗。德海叔的脸色铁青：“我的碗呢？”

孙子小岩低声应了一句：“爷爷，我不小心打碎了……”

德海叔最疼孙子小岩，德海叔什么也不说，饭也不吃便进屋了。

芳霞下午塞了两只红苹果给儿子小岩。

德海叔一直把自己闷在屋里，也没出来打热水泡个脚。屋里也没开灯，大家都以为他睡下了，也就没搭理他。

没想到德海叔一睡就再也没起来。

德海叔是在第二天早上七点多才被发现已经过了世的。儿子大民进来叫他吃早饭，三叫不动，儿子便推门进来，一推他的身子，早就硬了。

德海叔的葬礼是在八月的最后一个星期天，大中午的，树上的知了吵个不停，天气燠热难耐，简直要热死人。这真是一个恶时辰。

德海叔葬得不远，就在后山的清风岭上。

远远看去，德海叔的坟就像一只倒扣过来的土碗。“这老头子真犟，死也要钻到土碗里去！”人们比画着说。

选自《草原》2019年第2期

评鉴与感悟

孤独就是捧着一只土碗度日，是与狗争抢粮食；孤独就是有话说不出咽不下，心里事无从对旁人话；孤独就是我在这里，而你不在我身边。所谓“恶时辰”，也就是孤独的时辰。

德海叔虽有儿子儿媳和孙子的陪伴，却仍身陷于一种忧郁的处境中。这种孤独并非是身无所傍，而是一种由心而发、不为人理解的精神忧郁。自从妻子离世，德海叔便被深陷于“恶时辰”，尽管如今生活改善，用得起漂亮的瓷碗，但他仍被妻子的死魇，被贫穷、饥饿、天灾与人祸宰割的人世苦景牢牢圈住。这只破土碗对德海叔而言，无异于心灵的寄托。而土碗的破碎，则成了压死骆驼的最后一根稻草，夺去了德海叔对人世的生的希望。

作品结尾耐人寻味，土碗作为全文的线索坚持到了最后一刻，德海叔“死也要钻到土碗里去”，这既是他对儿子儿媳自作主张行为的一种反抗，也是他坚持自身精神信仰的一种象征。晚辈的关怀并非不是好事，但在关注老人物质生活需求的同时，也应该关注到老人的精神需求。许多老人深陷于恶时辰中，沉浸在精神的孤独之中，无从倾诉，更无法排解。不要让“土碗”成为老人精神的坟墓，要用关怀与爱向他们传递心声：恶时辰总会过去，丰收的季节终将到来。（风夜）

声　明

本套“北岳·中国文学年选系列丛书”收录了2019年度众多优秀文学作品及文化时评类文章。在编选过程中，我们及各选本主编已尽力与大多数作者取得了联系，但仍有部分作者因故未能取得联系。见此声明，烦请来电，以便奉送薄酬及样书。

联系人：王朝军

电　话：0351—5628691